साधो
जग
बौराना

साधो जग बौराना

संपादक

रमेश नैयर

विद्या विहार, नई दिल्ली

प्रकाशक : विद्या विहार, 1660 कूचा दखनीराय, दरियागंज, नई दिल्ली–110002
सर्वाधिकार : सुरक्षित / संस्करण : 2017 / मूल्य : चार सौ रुपए
मुद्रक : नरुला प्रिंटर्स, दिल्ली ISBN 978-93-86871-19-0

SADHO JAG BAURANA

satire by Ramesh Nayyar ₹ 400.00

Published by Vidya Vihar, 1660 Kucha Dakhni Rai,
Darya Ganj, New Delhi-110002

भूमिका

इश्क करनेवाले कहते हैं—'इश्क नहीं आसां बस इतना ही समझ लीजे, इक आग का दरिया है और डूब के जाना है।' सच्चा और अच्छा व्यंग्य लिखनेवाले की भी कुछ ऐसी ही गति होती है। व्यंग्य, जो हास्य के सम्मिश्रण से कांतिमान होता है, जब तक गहन विचार और सघन करुणा के सागर में डूबकर नहीं निकलता तब तक दीर्घकालिक प्रभाव नहीं छोड़ पाता। व्यंग्य और हास्य में आँसू और मुसकान तथा अवसाद एवं आनंद के बीच का नाजुक रिश्ता रहता है। विचार, संवेदना, करुणा, पीड़ा और हास्य मिल-जुलकर व्यंग्य को धारदार बनाते हैं। हास्य को व्यंग्य से पूरी तरह अलग रखने का आग्रह भी कई बार किया जाता है; परंतु यह आग्रह वही लोग अधिक व्यग्रता के साथ करते हैं, जिन्हें हास्य की शक्ति और मन-प्राण पर उसके त्वरित प्रभाव का ज्ञान नहीं होता।

भारतीय लेखन-परंपरा में हास्य का सदैव महत्त्वपूर्ण प्रभाव रहा है। इसे न केवल नव रसों में से एक माना गया है, बल्कि दैवीय अभिव्यक्ति माना गया है। पौराणिक मान्यता है कि जो हँसता है वह शिव है और जो हँस नहीं सकता वह शव के समान है। शव किसी प्रेत-प्रसंग में ही हँसता हुआ पाया जा सकता है, सामान्य जीवन में नहीं। हास्य को मंगलकारी और विघ्नविनाशक माना गया है। पौराणिक मान्यता है कि शिव के हास्य से गणेश उत्पन्न हुए थे (वराहपुराण २३.५-१५)। हास्य की तुलना विश्व की परम सत्ता से करते हुए कहा गया है कि हास्य ब्रह्म की भाँति है, जिसकी व्याख्या नहीं की जा सकती। हमारी शास्त्रीय मान्यता है कि सर्वाधिक बुद्धिमान वे हैं, जो सदैव प्रफुल्लित रहते हैं। वे सभी वस्तुओं, परिस्थितियों, चेष्टाओं और स्वयं अपने आप पर हँस सकते हैं। इस जगत् की माया पर, आसक्तियों-विरक्तियों, बुद्धि-विलास, मूर्खताओं और अन्य सभी बातों पर हँसा जा सकता है।

व्यंग्यकार उन समस्त आवरणों को हँसते-हँसते अलग कर देता है, जिन्हें पाखंड बड़े जतन से बुनता है। संस्कृत साहित्य में हास्य-व्यंग्य की समृद्ध परंपरा के गंभीर अध्ययन और शोधकार्य के लिए सम्मानित अमेरिकी प्राध्यापक डॉ. ली सीगल ने अपने बहुप्रशंसित ग्रंथ 'लॉफिंग मैटर्स : कॉमिक ट्रेडीशन इन इंडिया' में भारतीय व्यंग्य-विनोद को विश्व साहित्य में अद्वितीय और उत्कृष्ट मानते हुए लिखा है—'भारतीय कॉमेडी का मूल तत्त्व यह है कि इसमें देवताओं की मनुजता और मनुष्यों के देवत्व को अभिव्यक्ति मिलती है। व्यंग्य उस बुराई पर प्रहार करता है जिसे अच्छाई के रूप में जताया जाता है। इसमें उस मूर्खता को निर्वस्त्र किया जाता है, जिसे बुद्धिमत्ता के रूप में प्रदर्शित किया जाता है। कॉमेडी में अक्लमंदी बकवास के, औचित्य अनौचित्य के, व्यवस्था अराजकता के और वास्तविकता कल्पनाशीलता के सामने समर्पण कर देती है और इस समर्पण में जो पुन:सृजन होता है उसका आनंद आत्मीय हास्य में व्यक्त होता है।'

व्यंग्य वस्तुत: सत्य की तलाश करता है। होरेल का कहना है, 'व्यंग्यकार हँसते-हँसते सत्य को कहता है और यह व्यंग्य का विनोदी अनुगुंजन होता है। हास्य मुख्यत: स्वयं पर किया जाता है और दूसरों पर कटाक्ष। व्यंग्यकार हृदय से निर्मल होता है, परंतु उसका विप्लवी मस्तिष्क भीतर-बाहर के संपूर्ण कालुष्य, कपटता, छल-प्रपंच, आडंबर, दुर्भावना आदि को पूरी प्रखरता के साथ उजागर करता है।' व्यंग्यकार आलोचक होता है, इसलिए उसकी अभिव्यक्ति में कई बार निर्ममता का भी आभास होता है।

डॉ. ली सीगल ने व्यंग्यात्मक हास्य की व्याख्या करते हुए लिखा है—'व्यंग्यकार उस धनी व्यापारी की पत्नी की तरह है, जो एक शातिर चोर के फुसलावे में आकर अपने पति को छोड़कर उसके साथ भाग खड़ी होती है। दोनों भगोड़े जब एक नदी के तट पर पहुँचते हैं तो धनी व्यापारी की पत्नी अपने भारी आभूषण और जवाहरात अपने कपटी प्रेमी को सौंप देती है, ताकि वह उन्हें उठाकर नदी के उस पार ले जाए। दुष्ट प्रेमी सारे आभूषण और महँगे वस्त्र लेकर रफू-चक्कर हो जाता है और ठगी हुई वह महिला नदी के किनारे बैठी हुई अपने साथ हुए छल पर विलाप कर रही होती है। सहसा उसे मुँह में मांस का टुकड़ा दबाए एक लोमड़ी दिखाई देती है। इसी बीच एक मछली नदी की सतह पर उछलती है। लालची लोमड़ी मांस के टुकड़े को छोड़कर मछली की ओर लपकती है। पास ही उड़ती हुई एक चील मांस के टुकड़े को चोंच में दबाकर दूर आकाश में उड़ जाती है। इस बीच मछली भी नदी में गायब हो जाती है। लालची लोमड़ी की मूर्खता को देखकर

वह महिला अवसाद की स्थिति में भी बेसाख्ता हँस पड़ती है।

लगभग यही स्थिति व्यंग्यकार की भी होती है। वह दूसरों को मूर्खता करते हुए देखकर हँसता है, स्वयं भोगी जा रही वेदना को उस मूर्खता में डुबो देना चाहता है; परंतु मन-ही-मन उस कसक को भी अनुभव करता है। वह बस यही संतोष कर सकता है कि उसकी तरह गलतियाँ करनेवाले और भी हैं; परंतु उसका दायित्व-बोध उसे कुछ ऐसा व्यक्त कर देने के लिए भी विवश कर देता है कि अपनी और दूसरों की मूर्खता को वह सामने रख दे, ताकि और लोग उससे सबक ले सकें। उसके हास्य की फुलझड़ी अपने अग्निफूल बिखराकर दूसरों को मुग्ध तो करती है, पर उसके हाथ में फुलझड़ी की तप्त लौह शलाका रह जाती है। व्यंग्य-जनित हास्य-सा हास्यपूर्ण व्यंग्य इसी प्रकार एक तीखी, तप्त और दर्द भरी अभिव्यक्ति होता है। यही कारण है कि जब हम हँस रहे होते हैं तो अकसर मन की गहराई में कोई वेदना लहरा रही होती है। उर्दू के प्रसिद्ध व्यंग्यकार और उपन्यासकार कृश्न चंदर का यह कथन अत्यंत सटीक है कि कई बार हम इसलिए भी हँस देते हैं कि कहीं रो न पड़ें। व्यंग्य की सतह पर जो हास्य दिखाई पड़ता है, वह उस हरी-भरी घास से लहलहाते भूखंड की भाँति होता है, जिसपर कदम रखते ही हमारा पैर काँटों से भरे कीचड़ में धँस जाता है। ऊपर हास्य की नरम घास और उसके नीचे छिपा हुआ काँटों से भरा कीचड़।

व्यंग्यकार के मन में परिस्थितियों की विद्रूपता के प्रति गहन आक्रोश हो सकता है, पर मलिनता नहीं। अपने आक्रोश को अपनी रचना के माध्यम से व्यक्त करते हुए व्यंग्यकार की भावना कल्याण की होती है। मूल्यों के प्रति उसका आग्रह रहता है। आचार्य क्षेमेंद्र ने 'समयमातृका' में लिखा है कि 'व्यंग्यकार की रचना जनता के हित के लिए होती है और हास्य तथा व्यंग्य के माध्यम से पाखंडी एवं दुष्ट जन को इस प्रकार लज्जित किया जाता है कि वह अपने दुष्कृत्यों के सार्वजनिक होने के भय से उनसे कतराने का प्रयास भी करता है। कम-से-कम इतनी परदादारी तो करता है कि उसके अनुचित कार्य उजागर न हों। परंतु हास्य से प्रभावित, प्रेरित और परावर्तित वही हो पाते हैं, जिनकी संवेदनाएँ मरी नहीं हैं।'

भारत की शास्त्रीय परंपरा में यह भी माना गया है कि व्यंग्य, कटाक्ष तथा हास्य में न केवल मानसिक बल्कि शारीरिक व्याधियों के उपचार की भी क्षमता है। हास्य की इस शक्ति को विभिन्न कथाओं के माध्यम से व्यक्त किया गया है। 'शुकसप्तति' में एक कथा है, जिसके अनुसार एक राजकुमारी के गले में घाव हो जाता है। राजदरबार के सभी वैद्य उस घाव का उपचार कर पाने में विफल रहते हैं। अंत में राजकुमारी

को एक वानर चोर से संबंधित एक हास्य कथा सुनाई जाती है, जिसपर वह ठहाका लगाकर हँस पड़ती है और बड़ी देर तक हँसती रहती है। उस मुक्त हास्य का चमत्कारी प्रभाव यह होता है कि उसके गले का दर्द ठीक हो जाता है।

इसी प्रकार बारहवीं शताब्दी में शंखधर कविराज द्वारा रचित एक कथा का उल्लेख मिलता है, जिसमें दंतूरा नामक एक बूढ़ी कुट्टिनी अपनी सर्वश्रेष्ठ गणिका मदनमंजरी के गले में फँसे हुए मछली के काँटे को निकालने के लिए वैद्य जंतुकेतु को बुलवाती है। जैसाकि नाम से ही ध्वनित होता है, जंतुकेतु एक विचित्र नीम-हकीम है। जंतुकेतु अपनी 'चमत्कारी' शक्तियों का बखान करते हुए मदनमंजरी को बताता है कि वह खानदानी वैद्य है। वह दावा करता है कि उसके पिता भी पहुँचे हुए वैद्य थे। उनकी महानता का प्रमाण देते हुए वह बताता है कि एक बार मरुस्थल में एक ऊँट के गले में एक कंटकजाल फँस गया। वैद्य पिता ने ऊँट के नथनों में मोटी रस्सी प्रविष्ट करके इतने जोर से झटका दिलवाया कि ऊँट के गले में फँसा हुआ कंटकजाल बाहर आ गया। वैद्य जंतुकेतु के मुँह से उपचार की इस विधि को सुनकर मदनमंजरी की हँसी छूट गई। उसके अट्टहास का तत्काल प्रभाव यह हुआ कि उसके गले में फँसा मछली का काँटा बाहर आ गया। आज की जिंदगी में उलझे हुए अनेक कंटक मुक्त-हास्य के द्वारा निकाले जा सकते हैं। बनावटी हँसी के लिए सक्रिय 'लॉफिंग क्लबों' का विस्तार यह भी एहसास कराता है कि आज के जीवन में हास्य-व्यंग्य की कितनी जरूरत है। यदि बनावटी हँसी का आभास करानेवाले ये क्लब मनुष्य जाति का कुछ भला कर रहे हैं तो शुद्ध, सहज, वास्तविक और स्वस्थ हास्य-व्यंग्य के रचयिता कहीं अधिक महत्त्वपूर्ण भूमिका निभा सकते हैं।

यहाँ एक प्रश्न यह भी उठता है कि क्या व्यंग्य के माध्यम से उन स्थितियों को बदला जा सकता है, जिनमें वे तमाम विसंगतियाँ, विद्रूपताएँ और विडंबनाएँ पनपती हैं जिनको लक्ष्य करके व्यंग्य रचा जाता है? इसका उत्तर यही हो सकता है कि व्यंग्य में देश और समाज को बदल पाने की उतनी ही सीमित क्षमता है जितनी कि अन्य किसी भी सृजनात्मक विधा में होती है। वस्तुत: व्यंग्यकार सुधारक की नहीं, सचेतक की भूमिका निभाता है। व्यंग्य नैतिकता का झंडाबरदार नहीं होता, वह अनुभूतियों को झंकृत करता है, सौंदर्य-बोध जगाने का यत्न भर करता है। व्यंग्य चित्रकार अबु अब्राहम की मान्यता है कि हास्य-व्यंग्य हिसाब बराबर करने का काम करता है। यह शक्तिमान व ऊँचे उठे हुए लोगों को नीचे झुकाकर और दबे हुए छोटे लोगों को ऊपर उठाकर एक प्रकार की समता कायम करने का यत्न

करता है। अबु अब्राहम के अनुसार, यदि समस्त प्राणि जगत् में केवल मनुष्य को ही हँसने की क्षमता प्राप्त हुई है तो उसका कारण यह भी हो सकता है कि केवल मानव ही ऐसी जाति है जो अपने समाज में असमानताएँ उत्पन्न करती है। आर.के. लक्ष्मण ने व्यंग्य चित्र बनाने के अपने आधी सदी के अनुभवों का निचोड़ यह बताया है कि व्यंग्य उस पंख की तरह होता है जो किसी शिला पर धुँधले से चिह्न भले ही बना ले, वह उसपर कोई गहरा निशान नहीं डाल पाता। आर.के. लक्ष्मण ने लिखा है—'मैं एक भी ऐसा दृष्टांत नहीं बता सकता जिसमें (मेरे कार्टूनों से प्रभावित होकर) किसी राजनीतिज्ञ ने बदहवासी की राह से हटने का मन बनाया हो। ...मेरे प्रयासों से एक भी मंत्री किसी सीधे-सच्चे और विनम्र जनसेवक के रूप में नहीं ढल पाया है।' (यू सैड इट, खंड-५)

अपनी इन समस्त सीमाओं के बावजूद आज व्यंग्य लेखन न केवल लोकप्रिय हो रहा है, बल्कि सृजन का असरदार माध्यम बन रहा है। साहित्य यदि किसी समाज को लगभग उसकी समग्रता में प्रतिबिंबित करनेवाला दर्पण है तो उसकी व्यंग्य विधा या धारा अपने समाज की विसंगतियों और विद्रूपताओं के अक्स दिखानेवाला आतिशी आईना है। सार्थक व्यंग्य अपने समय के मर्ज की शिनाख्त ही नहीं करता, वह उसके निदान की इच्छा भी जाग्रत् करने का प्रयास करता है। प्रतिष्ठित समीक्षक डॉ. धनंजय वर्मा ने हमारे दौर के शीर्ष व्यंग्यकार रवींद्रनाथ त्यागी की चुनिंदा व्यंग्य रचनाओं के संकलन 'पूरब खिले पलाश' की भूमिका में लिखा है—'व्यंग्य किसी भी भाषा की जिंदादिली और जीवंतता का प्रतीक है। ...सच तो यह है कि आज की स्थितियों में व्यंग्य सबसे पुरअसर और सार्थक विधा होती जा रही है। वह जितना प्रचलित है उतना कठिन भी है। ...सच्चे और सार्थक व्यंग्य की यह खासियत होती है कि वह मूल्यों की आपा-धापी और संक्रांति का चित्र ही नहीं देता, नए मूल्यों की तलाश की छटपटाहट भी उसमें होती है। ...व्यंग्यकार समाज का निंदक और छिद्रान्वेषी ही नहीं, परिशोधक भी है। ...सच्चे व्यंग्य का रुख व्यक्तिगत आक्षेपों से उठकर वर्ग और समूह की ओर होता है। वह गहरे नैतिक दायित्व और अपेक्षाकृत अधिक सशक्त एवं व्यापक सामाजिक बोध का लेखन है।'

सभी ओर अनुभव किया जा रहा है और खुलकर कहा भी जा रहा है कि आजादी के बाद अपने देश में प्राय: सभी क्षेत्रों में मूल्यों का स्खलन हुआ है। यह भी कि विसंगतियों का तेजी के साथ विस्तार हुआ है। संस्थाओं की मर्यादाएँ टूटी हैं; उनका सम्मान भी कम हुआ है। विस्तृत हिंदीभाषी क्षेत्र में सामाजिक, राजनीतिक,

सांस्कृतिक और आर्थिक विद्रूपताएँ अपेक्षाकृत अधिक बढ़ी हैं। यह मात्र संयोग ही नहीं है कि इसी दौरान व्यंग्य लेखन का भी अधिक विस्तार हुआ है। सुपरिचित लेखक-समीक्षक प्रकाश मनु का मानना है कि 'हिंदी व्यंग्य को अपना पूरा कद, शख्सियत और विस्तार बीसवीं सदी के मध्य में आकर ही मिला।···शायद बीसवीं सदी मनुष्य के लंबे इतिहास में वह कालखंड है, जब विसंगति और विडंबना हमारे जीवन में सबसे प्रमुख, बल्कि लगभग केंद्र में है। कह सकते हैं कि बीसवीं सदी विसंगति-बोध और विडंबना-बोध की सदी के रूप में जानी जाएगी। और इस विसंगति, विडंबना और विद्रूप की जितनी पहचान व्यंग्य के जरिए होती है उतनी शायद ही किसी और माध्यम के द्वारा नहीं।'

यदि आप किसी युग के चरित्र को जानना चाहते हैं तो उस दौर में लिखे गए व्यंग्य साहित्य को पढ़ना बहुत सहायक हो सकता है। पाश्चात्य समीक्षक गिलवर्ट हाएट ने अपने ग्रंथ 'एनाटॉमी ऑफ़ सैटायर' में इसे स्पष्ट करते हुए लिखा है—'यदि आप किसी युग से परिचित होना चाहते हैं तो आपको न केवल उस कालखंड की शौर्य-गाथाओं, उसके नायकों पर केंद्रित वृत्तांतों और दर्शन संबंधी ग्रंथों का अध्ययन करना चाहिए, बल्कि उसमें रचित हास्य-व्यंग्य संबंधी पुस्तकें भी पढ़नी चाहिए।'

व्यंग्य आजकल खूब लिखा जा रहा है। हिंदी की अनेक श्रेष्ठ पत्रिकाएँ भले ही इतिहास का विषय हो गई हों, समाचारपत्रों का विस्तार हो रहा है। उनकी प्रसार संख्या इलेक्ट्रॉनिक मीडिया की चुनौती के बावजूद बढ़ रही है। समाचारपत्रों में प्रायः प्रतिदिन व्यंग्य के लिए कुछ स्थान तय रहता है। उसे भरने के लिए व्यंग्य और व्यंग्य के नाम पर कुछ भी लिखने की प्रवृत्ति बढ़ी है। व्यंग्य के लिए निर्धारित स्थान को भरना संपादक-प्रकाशक की विवशता है। इसके दो परिणाम हो रहे हैं—एक तो नए-नए लेखकों में व्यंग्य लेखन की लालसा जाग्रत् हो रही है, दूसरे व्यंग्य के नाम पर कुछ भी खपाने की प्रवृत्ति भी विकसित हो रही है। व्यंग्य लिखा तो प्रचुर मात्रा में जा रहा है, परंतु श्रेष्ठ और दीर्घजीवी रचनाएँ उस अनुपात में नहीं आ रही हैं। बाढ़ उन रचनाओं की भी आ रही है जिनमें न भाषा के संस्कार हैं, न विचार की गहनता है, न कोई कशिश तथा छटपटाहट है और न ही वह करुणा है, जिसके बगैर व्यंग्य रचा ही नहीं जा सकता। व्यंग्य और हास्य में आँसुओं तथा मुसकान और अवसाद तथा आनंद के बीच का जो नाजुक रिश्ता होता है उसे जिए बिना अच्छा व्यंग्य लिखा ही नहीं जा सकता। पाखंड जो आवरण बुनता है और ओढ़ता है, उसको पूरी शिद्दत के साथ अलग कर देने की व्यग्रता जिस लेखन में नहीं होती, उसे व्यंग्य कैसे माना जा सकता है। दुःखद स्थिति यह है कि स्वयं

प्रवंचक आवरण ओढ़कर दूसरों के मुखौटे उतारने का प्रहसन करनेवाले भी व्यंग्य लेखन के फकीराना क्षेत्र में अतिक्रमण करने लगे हैं। संवेदनहीन और फूहड़ लेखन को हास्य-व्यंग्य के नाम पर खपाया जा रहा है। दुर्भाग्य से लगभग अनपढ़ किस्म के लतीफेबाज भी व्यंग्य लेखन में प्रवृत्त हैं। इस फलती-फूलती प्रजाति के लिक्खाड़ों के लिए प्रकाश मनु की यह सलाह काबिले गौर है, 'अगर इधर के व्यंग्य लेखक अपने पुरखों को थोड़ा सा पढ़ लेते तो उनका कुछ उपकार ही होता; क्योंकि इससे वे व्यंग्य लिखना सीखते या न सीखते, मगर यह जरूर सीख जाते कि उन्हें क्या नहीं लिखना चाहिए। तब हिंदी साहित्य व्यंग्य के नाम पर बहुत ही जल्दबाज, अधबनी या अधपकी रचनाओं से निजात पा जाता।'

फिर भी समग्रता में देखें तो हिंदी में व्यंग्य लेखन की स्थिति अधिक अवसादपूर्ण नहीं है। छठे, सातवें और आठवें दशक में व्यंग्य ने जिन ऊँचाइयों का स्पर्श किया था, उसमें कुछ ठहराव भले ही मालूम पड़ता हो, व्यंग्य लेखन का विस्तार निरंतर हो रहा है। हरिशंकर परसाई और शरद जोशी ने हिंदी व्यंग्य को जो पैनापन, वैविध्य, वाग्विदग्धता और विस्तार दिया था वह एकदम से ठहर नहीं गया है। रवींद्रनाथ त्यागी, श्रीलाल शुक्ल, मनोहरश्याम जोशी, नरेंद्र कोहली, ज्ञान चतुर्वेदी, लतीफ घोंघी, शंकर पुणतांबेकर, गोपाल चतुर्वेदी, सूर्यबाला और लक्ष्मीकांत वैष्णव ने श्रेष्ठ व्यंग्य लिखे हैं। सौभाग्य से वे अभी चुके नहीं हैं। प्रेम जनमेजय, विष्णु नागर, सिद्धकुमार, मधुसूदन पाटिल, सुरेंद्र शर्मा, अशोक शुक्ल, हरि जोशी, शांति महरोत्रा, शेरजंग गर्ग, प्रदीप पंत, के.पी. सक्सेना, हरीश नवल, अमर गोस्वामी, पूरन सरमा, वाहिद काजमी, पवन चौधरी, यशवंत व्यास, क्षमा शर्मा, दीनानाथ मिश्र, विनोद शंकर शुक्ल सहित अनेक रचनाकार अपने-अपने सामर्थ्य के अनुसार व्यंग्य लेखन में प्रवृत्त हैं। गोपाल प्रसाद व्यास के व्यापक हास्य-व्यंग्य लेखन को भी विस्मृत नहीं किया जा सकता। नए लेखकों में भी संभावनाएँ कौंध रही हैं।

जहाँ तक छत्तीसगढ़ का प्रश्न है, यहाँ गद्य एवं पद्य दोनों में अच्छा व्यंग्य लिखा जा रहा है। छत्तीसगढ़ी लोकभाषा में हास्य-व्यंग्य की समृद्ध परंपरा रही है। संस्कृत की दुहिता होने के नाते छत्तीसगढ़ी में हास्य-व्यंग्य की शताब्दियों पुरानी वाचिक-श्रुति परंपरा रही है। एक शताब्दी से भी अधिक समय से छत्तीसगढ़ी में श्रेष्ठ हास्य-व्यंग्य प्रधान रचनाएँ लिखी जाती रही हैं। छत्तीसगढ़ी लोकगीत, लोकनाट्य और लोककथा निर्बंध हास्य और पैने व्यंग्य के भंडार हैं। समधी-समधिन, दूल्हा-दुल्हन और अन्य संबंधियों को लेकर हास्य-व्यंग्य के जो बनफूल छत्तीसगढ़ी लोक-साहित्य में महकते हैं वे अद्‌भुत हैं। छत्तीसगढ़ी फाग गीतों में हास्य-व्यंग्य

गलबहियाँ डाले बड़ी मस्ती के साथ थिरकते हैं। श्यामलाल चतुर्वेदी, बसंत दीवान, डॉ. सुरेंद्र दुबे, म×हा, रामेश्वर वैष्णव, गणेश सोनी प्रतीक, सुशील यदु, टिकेंद्र टिकरिहा और परमानंद वर्मा निरंतर लिख रहे हैं।

छत्तीसगढ़ी की भाँति हिंदी में भी छत्तीसगढ़ पर छह शताब्दियों से कबीर का गहरा प्रभाव रहा है। संभवत: यह भी एक कारण है कि छत्तीसगढ़ में व्यंग्य लेखन की परंपरा का बहुमुखी विकास हुआ है। छत्तीसगढ़ के अनेक व्यंग्यकार अपने श्रेष्ठ लेखन के बावजूद राष्ट्रीय स्तर पर चर्चित नहीं हो पाए। इसका एक कारण यहाँ प्रकाशन उद्योग का विकसित न हो पाना भी है। दूसरा कारण छत्तीसगढ़ के लेखकों का संकोची स्वभाव माना जा सकता है। यहाँ के लेखक बड़े प्रकाशकों-संपादकों के द्वार पर दस्तक देने से झिझकते रहे और उनकी तरफ से यहाँ की प्रतिभा की सुध नहीं ली गई। फासला बना रहा, क्योंकि इनसे जाया न गया, उनसे बुलाया न गया।

पिछले अनेक दशकों से व्यंग्य लेखन में सक्रिय छत्तीसगढ़ के रचनाकारों की एक-एक रचना प्रस्तुत संग्रह में शामिल की गई है। इन सभी व्यंग्यकारों की रचनाएँ राष्ट्रीय स्तर के पत्रों तथा पत्रिकाओं में प्रकाशित होती रही हैं। जैसाकि पुस्तक के अंतिम पृष्ठों में दिए गए संक्षिप्त लेखक परिचय से स्पष्ट हो जाता है, इसमें सम्मिलित अधिकांश लेखकों के स्वतंत्र व्यंग्य संग्रह प्रकाशित हो चुके हैं। दोहराव से बचने के लिए इस संग्रह में शामिल रचनाकारों का उल्लेख भूमिका में नहीं किया गया है। इन समस्त सम्मानित व्यंग्यकारों के अलावा भी छत्तीसगढ़ में अनेक रचनाकार बढ़िया हास्य-व्यंग्य लिख रहे हैं। इनमें अख्तर अली, डॉ. महेंद्र ठाकुर, डॉ. चित्तरंजन कर, सुभाष पांडेय, डॉ. रत्ना वर्मा, प्रियदर्शी खैरा, जयेश कावड़िया, गौरीशंकर दुबे और सुभाष मिश्र के नाम उल्लेखनीय हैं। इस संग्रह को तैयार करने में मेरे आत्मीय मित्र अश्विनी कुमार दुबे का महत्त्वपूर्ण सहयोग रहा है। छत्तीसगढ़ के प्रतिनिधि व्यंग्यकारों से संपर्क करने और उनकी रचनाओं के संकलन के लिए भी दुबे के प्रति कृतज्ञता ज्ञापन मेरा दायित्व है। अपनी रचनाएँ इस संग्रह के लिए देने की जो सदाशयता छत्तीसगढ़ के व्यंग्यकारों ने दिखाई है उसके लिए उनका आभारी हूँ। संभव है, मेरी अल्पज्ञता के कारण कुछ यशस्वी व्यंग्य लेखकों की रचनाएँ सम्मिलित न हो पाई हों अथवा उनका उल्लेख भी न किया जा सका हो।

१५२-ए, समता कॉलोनी **—रमेश नैयर**
रायपुर-४९२०१० (छत्तीसगढ़)

व्यंग्य-क्रम

बैंक में वसंत

✍ अंतर्यामी प्रधान

हमारे यहाँ के बैंक में सर्दियाँ प्रारंभ होते ही गुलाब खिलने लगा तो मेरे आश्चर्य का ठिकाना न रहा। गुलाब बगीचे में छोड़कर बैंक में कैसे खिलने लगा? इसका उत्तर मुझे उसी दिन मिल गया जिस दिन मेरा प्रथम परिचय हमारे नए बैंक मैनेजर के साथ हुआ। अपनी जमा राशि को निकालने के लिए जब मैं बैंक गया तो उस दिन मैनेजर साहब ने मुझे अपने केबिन में बुलाया। मुझे लगा कि आहरण परची में मैंने शायद बचत राशि से अधिक राशि लिख दी है; परंतु जब उन्होंने आदरपूर्वक बैठने को कहा तो मेरा माथा ठनका। मुझे लगा, दाल में कुछ काला जरूर है। उसी समय मेरी नजर सामने की दीवार पर टँगे एक सफेद गुलाब की तसवीर पर पड़ी। उनकी कुरसी के ठीक पीछे उनके नाम की तख्ती लगी थी, जिसपर लिखा था—'ऋतुराज शर्मा'। मुझे लगा कि जब ऋतुराज स्वयं मैनेजर की कुरसी पर विराजमान हैं तो बैंक में भला वसंत क्यों न आए। उनकी मधुर वाणी जब मेरे कानों से टकराई तो मेरा ध्यान भंग हुआ। उन्होंने मुझसे पूछा, "क्या आप ही अंतर्यामी प्रधान हैं?"

मुझे लगा कि मेरा जुर्म साधारण न होकर गंभीर किस्म का है, अत: मैंने डरते-डरते कहा, "जी हाँ, मैं पढ़ा-लिखा हूँ सो लिखता हूँ।"

उन्होंने तीक्ष्ण दृष्टि से क्षण भर मेरी ओर देखा, फिर कहा, "मेरा आशय साहित्य सृजन से है। क्या आप साहित्य लिखते हैं?"

मुझे लगा कि आज मेरा संपूर्ण लेखन सार्थक हो गया। मन-ही-मन स्वयं को एक महान् साहित्यकार समझते हुए मैंने धीरे से कहा, "मामूली लेखक हूँ। कलम

पकड़ना सीख रहा हूँ। आपकी महानता है कि आप मुझे लेखक समझ रहे हैं।''

उन्होंने मेरी बातों को अनसुना करते हुए कहा, ''क्या लिखते हैं आप?''

अब मैं भी जरा सतर्क हुआ। मुझे लगा कि बैंक मैनेजर के रूप में कोई स्थापित साहित्यकार मेरे सम्मुख बैठा है और मेरी परीक्षा ले रहा है। मैंने गंभीरता से कहा, ''कविताओं से प्रारंभ किया, बाल कथाओं के सहारे आगे बढ़ा, छिटपुट लेख लिखकर कागज काले किए और आजकल व्यंग्यकारों की जमात में घुसपैठ करने की कोशिश में लगा हूँ।''

मैनेजर साहब ने हँसते हुए कहा, ''मुझे मेरे मित्र मधुपजी ने बताया था। जब मेरा स्थानांतरण यहाँ हुआ तो उन्होंने मुझसे कहा था जिस शहर में आप जा रहे हैं वहाँ मेरे ही समान एक प्राणी व्यंग्य के तीर लेकर बैठा हुआ है। बचकर रहिएगा, वरना किसी दिन आपको ही निशाना बना देगा।''

मेरे लिए सर्वथा अपरिचित ऋतुराज शर्माजी से यह मेरा प्रथम परिचय था, जिसके पश्चात् उनके पास आने-जाने का मेरा सिलसिला बढ़ गया। उन्होंने मुझे अपनी रचनाओं सहित अपने निवास पर आमंत्रित किया। नीचे दुकान, ऊपर मकान की तर्ज पर उनका निवास बैंक की ऊपरी मंजिल पर था। अवकाश के दिन मैं अपना समग्र साहित्य लेकर उनके घर पहुँचा। उन्होंने मेरा स्वागत किया और मेरी रचनाओं पर दृष्टिपात करते हुए कहा कि थोड़ा-बहुत लेखन तो वे भी करते हैं, परंतु उनकी गहरी रुचि खिंचाई करने में है। मैं सोचने लगा—बैंक मैनेजर यदि खिंचाई नहीं करेगा तो फिर बैंकों की अर्थव्यवस्था में संतुलन कैसे बना रहेगा।

मैंने शंका समाधान करने के लिए कहा, ''आप प्रतिदिन कम-से-कम कितने लोगों की खिंचाई कर लेते हैं?''

उन्होंने मेरी गलतफहमी पर जोरदार कहकहा लगाया और कहा, ''दरअसल, मैं फोटो खींचने का शौक रखता हूँ।'' और उन्होंने मुझे अपनी फोटोग्राफी के शौक के बारे में सिलसिलेवार बताना प्रारंभ किया।

''बैंक मैनेजर और फोटोग्राफर जैसे विरोधाभासी दायित्वों को सँभालते हुए आपको असुविधा नहीं होती है?'' मैंने पूछा।

उन्होंने किसी दार्शनिक की तरह गंभीर मुद्रा में कहा, ''आजीविका के लिए मुझे बैंक मैनेजर बनना पड़ा तो अपनी आत्मिक संतुष्टि के लिए मैंने फोटोग्राफी का शौक पाल लिया।'' उन्होंने मुझे अपना एलबम दिखाते हुए कहा, ''मैं मूलत: प्रकृति-प्रेमी फोटोग्राफर हूँ।''

प्रकृति के विभिन्न जीव-जंतुओं के आकर्षक फोटोग्राफ उनके एलबम में

भरे पड़े थे। कई पत्रिकाओं के आवरण पृष्ठों पर उनके खींचे फोटोग्राफ प्रकाशित देखकर मुझे सहसा विश्वास नहीं हुआ कि दिन भर रिजर्व बैंक की कड़कड़ाती मुद्राओं के लेन-देन में अपना समय बितानेवाला व्यक्ति कब प्रकृति को अपने कैमरे में कैद कर लेता है।

बातों-बातों में जब उनको पता चला कि मैं प्रात: भ्रमण के लिए निकलता हूँ तो उन्होंने भी जाने की इच्छा जताई। अब होता यह था कि प्रात:काल वे कैमरा लटकाए मेरे पास आ जाते और मैं उनके साथ प्रकृति को नजदीक से देखने के लिए चल देता। एक दिन उन्होंने सूर्योदय के समय उगते सूर्य की विभिन्न अवस्थाओं के फोटो उतारने की इच्छा जाहिर करते हुए मुझे कहा, ''किस जगह से सूर्योदय का दृश्य अच्छा दिखाई देगा, इसका पता आप लगाना।''

मैंने कहा, ''हिंदुस्तान में सूर्योदय के बदले सूर्यास्त का फोटो भी खींचा जाए तो क्या बुराई है ?''

फिर एक दिन उन्होंने सूर्योदय के समय भगवान् भास्कर के हँसते हुए विभिन्न रूपों की तसवीरें अपने कैमरे में कैद करके कहा, ''आज शाम को आप जरूर आना, हम लोग सूर्यास्त की भी दो-चार तसवीरें उतार लेंगे।''

वापसी में हमें दो सूखे ठूँठ सड़क के किनारे नजर आए। मैंने कहा, ''इन ठूँठों की तसवीरें जरूर उतारिए, क्योंकि अपने देश में अब हर जगह ठूँठ ही बचते जा रहे हैं। इन्हें देखकर हमें लगेगा कि हम किसी सूखे वृक्ष के ठूँठ नहीं देख रहे हैं, बल्कि सच्चाई के ठूँठ, ईमानदारी के ठूँठ और नैतिकता के ठूँठ देख रहे हैं।''

उन्होंने मेरी बातों पर अपना सिर हिलाते हुए कहा, ''मैं इन ठूँठों की तसवीर इस ढंग से उतारूँगा कि देखनेवाले को विश्वास ही नहीं होगा कि यह उनके अपने शहर के ठूँठ हैं।''

मैंने कहा, ''सच्चाई पर आजकल कौन विश्वास करता है ?''

उनको आए हुए चार महीने ही हुए हैं, परंतु उन्होंने पूरे बैंक का कायाकल्प कर डाला है। सफेद रंग-रोगन से चमचमाते बैंक में प्रवेश करते ही लगता है जैसे किसी बगीचे में प्रवेश कर गए हों। बैंक कर्मचारी अपनी-अपनी कुरसी पर विराजमान अपने कार्य में ऐसे तल्लीन हैं कि लगता है, फूलों पर भौंरे बैठे हैं और रस चूसने में मस्त हैं। पूरे बैंक में हर समय वसंत की बहार दिखाई दे रही है, जो ऋतुराजजी के आने पर ही संभव हुआ है।

गुलाब की अधखिली कली की तसवीर जिस दिन उन्होंने मुझे भेंट की तो मैंने उसी दिन ठान लिया था कि बदले में मैं साहब को एक व्यंग्य जरूर दूँगा। हम

व्यंग्यकार दूसरों को दे ही क्या सकते हैं? वे लोगों को ऋण देकर उनके घरों में खुशियों की बहार बिखेर रहे हैं, बैंक में गुलाब की तसवीर टाँगकर वंसंत के आगमन की सूचना दे रहे हैं, ठूँठ में भी वसंत के चिह्न तलाश कर रहे हैं। उनकी कलात्मक निगाहें जब मेरे ऊपर केंद्रित हुईं तो मुझ बे-घरबार का घर बसाने के लिए उन्होंने मुझे गृह-निर्माण ऋण प्रदान करने का वचन दिया है, तो बदले में मैं उन्हें एक व्यंग्य तो जरूर भेंट कर सकता हूँ। ईश्वर से कामना है कि हमारे शहर में ऋतुराजजी दो-चार साल जमे रहें तो बैंक के वसंत की खुशबू शहर के कोने-कोने तक बिखरती रहे और फिर शहर के किसी मोड़ पर कोई ठूँठ न दिखाई दे। चारों ओर बहार-ही-बहार दिखाई दे। मासूम बचपन वक्त से पहले न मुरझाए और बूढ़ी छातियों में भी जवानी का जोश बना रहे।

□

अपने-अपने लोकतंत्र

✍ अश्विनी कुमार दुबे

यों तो हमारा देश दुनिया का सबसे बड़ा लोकतंत्र कहलाता है; परंतु मुझे लगता है कि इस देश में विभिन्न प्रकार के लोकतंत्रों का अच्छा-खासा जमावड़ा है।

चलिए, सबसे पहले ऊपर का ही लोकतंत्र ले लें। इसमें एक हाईकमान होता है, जो कभी नहीं चुना जाता। वह सिर्फ होता है—ब्रह्म की तरह सर्वशक्तिमान। वह कहाँ से आता है और किस प्रकार हाईकमान कहलाने लगता है, यह कोई नहीं जानता। परंतु शक्ति उसकी असीम है। वह सरकार और पार्टी में हाईकमान हो गया, सो हो गया। फिर उसका पाँव अंगद का पाँव, जिसे उठाना तो दूर, कोई माई का लाल हिला तक नहीं सकता। यह हाईकमान का लोकतंत्र है, जिसमें लोक भी वही है और तंत्र भी वही।

एक कार्यसमिति का लोकतंत्र होता है। यह लोकतंत्र भी रहस्यवाद की तरह पूरी पार्टी में व्याप्त रहता है। इसकी थाह विरले ही पाते हैं। संतों ने कहा है, 'बिन घन परत फुहार।' ठीक ऐसा ही है कार्यसमिति का अपना लोकतंत्र। वहाँ विचारों के बादल कभी दिखाई नहीं देते। हाँ, आदेशों की फुहार जरूर झरती रहती है। यों किसी भी पार्टी की कार्यसमिति हाईकमान के प्रभामंडल से कभी मुक्त नहीं होती। उसे मुक्त होना भी नहीं चाहिए, अन्यथा उसके सदस्यों का जीवन असुरक्षित हो जाएगा। वैसे, कागज पर लोकतांत्रिक परंपराओं का पूर्ण पालन होता है। प्रस्ताव आते हैं, उनपर बहसें होती हैं, लोग टीका-टिप्पणी करते हैं; परंतु होता वही है जो मंजूरे-हाईकमान होता है। यही सार्थक और मूल्यवान् लोकतांत्रिक आदर्श है। वैसे

कार्यसमिति, उच्च अधिकार समिति और ऐसी ही बड़ी-बड़ी समितियों को देखकर लगता है कि हमारे देश में लोकतंत्र की जड़ें बहुत गहरी और मजबूत हैं। जड़ें सचमुच गहरी और मजबूत भी हैं। इसलिए व्यक्ति-पूजा की, उपासना की पुरातन पद्धतियाँ आजकल लोकतंत्र के दायरे में लाई जा रही हैं।

विभिन्न गुटों का अपना मौलिक और अप्रकाशित लोकतंत्र होता है, जिस प्रकार हिंदी फिल्मों में हिंसा और नौकरशाही में गुटबाजी अनिवार्य है। लोग तो अब फख्र से कहते हैं कि हाँ, हमारी पार्टी में गुटबाजी है; जैसे गुटबाजी परम गौरव की बात है। गुटबाजी जब गौरव है तो भितरघात उपलब्धि है। गुटबाजी को आपने सहर्ष स्वीकार कर लिया तो भितरघात के लिए इतनी हाय-तौबा क्यों? कहते हैं कि वैचारिक-स्वतंत्रता लोकतंत्र की जान है। हमारे यहाँ गुटीय स्वतंत्रता लोकतंत्र की जान है। एक-एक पार्टी में कई-कई गुट हैं। इस परंपरा पर हमें गर्व है। हर गुट का अपना संविधान है, अपना लोकतंत्र है। बावजूद इसके वे एक हैं। अनेकता में एकता। आएदिन सभी गुट मिल-जुलकर घोषणा करते हैं कि हममें कोई गुटबाजी नहीं है; परंतु मंच से उतरते ही सबकी डफली के राग अलग-अलग सुनाई देने लगते हैं। हमारे लोकतंत्र की यह स्वस्थ परंपरा है।

जब गुट हैं तो कहीं भूल से आप यह न समझ लें कि समान विचारधारावालों का कोई वर्ग होगा। भारतीय राजनीति की यही तो विशेषता है कि यहाँ विचार से ज्यादा व्यक्ति महत्त्वपूर्ण होता है। विचारवाले लोग तो यहाँ नेपथ्य में शोभा देते हैं। गुट के केंद्र में सदा से 'विचार' नहीं, 'प्रभाव' रहा है। जो प्रभावी है, वही मुखिया है। जो चुनाव में टिकट दिला दे, मंत्री बनवा सके, लफड़ों में फँस जाने पर जो बेदाग बरी करवा दे, जिसके पास धन हो, बल हो, छल हो और दस-बीस स्थानीय समर्थक हों, जो हर हालत में अपने मुखिया के कहे अनुसार रात को दिन और दिन को रात ही कहता रहे—ये सब बातें एक साथ जिसमें हों वह परम प्रतिभाशाली है, लोकतंत्र का रत्न है। वह जो कहे, वह लोक की आवाज है; वह जो सोचे, वह समाज की सोच है; वह जो करे, वह देश का कृत्य है। इस प्रकार गुटबाजी का अपना लोकतंत्र अति महत्त्वपूर्ण है। अलग-अलग गुट जब एक-दूसरे पर कीचड़ उछालते हैं तो सार्वजनिक रूप से यह लोकप्रिय वक्तव्य जरूर देते हैं—'लोकतंत्र खतरे में है।'

हमारे यहाँ लोकतंत्र में कई प्रयोग चलते हैं। यहाँ लोक की कोई आवाज नहीं होती। पिछड़ी जाति की गुहार, अगड़ी जाति की अपील, महिलाओं की चीख, गरीबों का चीत्कार, बच्चों का रुदन, बूढ़ों की कराह, युवाओं की हाय, अमीरों की

वाह—सब मिलकर ऐसा कोरस बजता रहता है कि समझ में ही नहीं आता कि लोक-मंशा क्या है? हमारे लोकतंत्र में यह एक सफल प्रयोग है कि चीजों को इतना उलझा दो कि वे कभी न सुलझें।

जब राजधानी में कई प्रयोग हो चुके तो लोगों ने सोचा—चलो, ग्राम-स्तर पर भी कुछ प्रयोग किए जाएँ। गाँववालों को जबरदस्ती जोड़ा गया। वे रात-दिन मेहनत-मजूरी में लगे रहे, तब कहीं जाकर अपने परिवार का भरण-पोषण कर पाते। उन्हें समझाया गया, परिवार को पालने के और भी कई तरीके हैं। नई तकनीक निकल आई है। देखो, शहर में कार्यकर्ता होते हैं। कभी देखा है उन्हें? ज्यादा खाते हैं, कम काम करते हैं और सदा खुश रहते हैं। हमें ऐसे हँसते, खेलते, मुसकराते लोग गाँव में चाहिए। प्रशिक्षण चालू है, चलो भरती हो जाओ। तुम्हारी आवाज ऊपर तक पहुँचेगी। यह आदर्श है। फिलहाल हमें ऊपर की आवाज बिलकुल नीचे तक पहुँचानी है। हमें किसी भी तरह विचार को वोट में बदलना है। बड़ा कंपटीशन है इस क्षेत्र में। सोच-विचार में समय की बरबादी होती है। कैसे भी कोई एक छाप हमें आदमी के दिमाग में टाँक देनी है। मोहित कर देना है सबको उस छाप से। लोगों को इस छाप के अलावा संपूर्ण संसार शून्य दिखाई दे तो समझो, हमारा लोकतंत्र सफल है। गाँव-गाँव में प्रयोग चल रहा है। पहले गाँव में एक मुखिया होता था। कभी कोई समस्या आ जाए तो पाँच बड़े-बुजुर्ग लोग 'पंच परमेश्वर' हो जाते थे। अब छोटे-छोटे गाँवों में बड़े-बड़े झंडे हैं। पंच परमेश्वर तो अब कहीं ढूँढ़े नहीं मिलते। हाँ, कार्यकर्ता, भैये-छुटभैये, नेता-अभिनेता, पंच-सरपंच, अध्यक्ष-कोषाध्यक्ष, सचिव, मीटिंग, मेमो, निर्देश, शिकायत, घपला, ठेका, जाति, पार्टी, झंडा, प्रचार, परचा, बूथ, पुलिस, गोली, हत्या और चालान—ये शब्द गाँववालों की हवा में तैरने लगे हैं। हमें खुशी है। लोकतंत्र की जड़ें गहरी हुईं। राजधानी के खेल हमने गाँव की चौपाल तक पहुँचा दिए।

हमारे मुल्क में सबके अलग-अलग लोकतंत्र हैं। यह उपलब्धि है। हमारी पार्टी का लोकतंत्र, हाईकमान का लोकतंत्र, कार्यकर्ताओं का लोकतंत्र, शहर का लोकतंत्र, मेंबर का लोकतंत्र, सड़क का लोकतंत्र, गली का लोकतंत्र, तुम्हारा लोकतंत्र, हमारा लोकतंत्र, गरीब का लोकतंत्र, अमीर का लोकतंत्र। बैनर, झंडे और नारों के बीच असली लोकतंत्र कहाँ है? यह शोध का विषय है।

हमारे यहाँ राजधानी से लेकर गाँव की पगडंडी तक लोकतंत्र पसरा हुआ है; परंतु पिछले पचास सालों से वही-वही चेहरे शिखर पर दिखाई दे रहे हैं। कहीं कुछ बदलता क्यों नहीं? कहते हैं कि इस लोकतंत्र में सब ऊपर से तय होता है।

गाँव में चुनाव कौन लड़ेगा? नाम ऊपर से आएगा। अमुक समिति में कौन-कौन रहेगा? नामों की चर्चा ऊपर चल रही है। आंदोलन, रैली, धरना कब कहाँ करना है, कार्यक्रम ऊपर बन रहा है। सड़क कब बनेगी? ऊपरवाला चाहेगा तब। हमें तो निर्देश मिला है कि कल पीली पार्टी के खिलाफ प्रदर्शन करना है। बताया गया है कि लोकतंत्र खतरे में है, हमें उसे बचाना है। क्या खतरा है, ये सब हम नहीं जानते। हमें तो बस लोकतंत्र को बचाना है कल जंगी प्रदर्शन करके।

अब तो हम कह सकते हैं, हमारा लोकतंत्र बहुत महान् है। यह गौरव की बात है कि हमारे मुल्क में अभी भी पैंतीस प्रतिशत लोग निरक्षर हैं। वे कहाँ अँगूठा लगाते हैं, उन्हें पता नहीं। हमारी पूरी कोशिश है कि विचार न जनमे, सोच पैदा न हो और लोकमत सदा दिग्भ्रमित रहे। 'लोक' कहीं भी जाए, परंतु 'तंत्र' सदा हमारे हाथ में रहे, इसके लिए बहुत मेहनत करनी पड़ती है हमें। कहा भी गया है, परिश्रम का फल मीठा होता है।

□

जब भोलाराम ने पंप लगाया

✍ ईश्वर शर्मा

सरकारी दफ्तरों में भी नियम से काम होता है, यह भोलाराम की समझ में तब आया जब उसने एक आवेदन देकर पंप लगाने की अनुमति माँगी। आवेदन देते ही उसके दिमाग के सारे स्क्रू ढीले हो गए। समझ में आ गया कि सरकारी दफ्तर व सरकारी नियम किसे कहते हैं।

बात दरअसल यह हुई थी कि अपने खेतों की सिंचाई के लिए वह पाँच हॉर्स पावर का एक विद्युत् पंप लगाना चाहता था। बिना अनुमति काम प्रारंभ कर देने की महान् राष्ट्रीय परंपरा का उल्लंघन कर उसने विद्युत् मंडल में दरख्वास्त लगा दी। बस यही उसकी गलती थी। हालाँकि शुभचिंतकों तथा अनुभवी जनों ने हर तरह से उसे समझाने की कोशिश की थी।

उन्होंने समझाया था, "क्यों 'आ बला, पकड़ गला' वाली बात करते हो? चुपचाप पंप लगाओ और मजे से खेती करो।"

भोलाराम ने पूछा, "और विद्युत् कनेक्शन का क्या होगा?"

शुभचिंतकों ने अनुभवी मुसकान के साथ समझाया, "किसी लाइनमैन को स्विट्जरलैंड में खाता खोले बिना या किसी दलाल को बीच में कमीशन दिए बिना सीधे सलटा देना।"

शुभचिंतकों के विचारों को सुनकर भोलाराम के खेतों को पानी जब मिलता तब मिलता, लेकिन अभी तो वह पानी-पानी हुआ जा रहा था। सही राह सूझती कैसे? उसकी आँखों पर तो संस्कारों का पानी चढ़ा हुआ था। सो पहुँच गए अपनी दरख्वास्त लेकर बिजली के दफ्तर।

साहब ने दरख्वास्त को लेकर आहिस्ता-आहिस्ता उसकी हर तह को खोला। कागज खोलते वक्त वह उसे अपनी टेबल के नीचे ले गए थे। शायद कागज की तहों में वे कुछ खोज रहे थे। लेकिन किसी भी तह में कुछ न पाने पर उसे कठोर नजरों से घूरा और फिर कागज को उलट-पुलटकर बार-बार पढ़ने लगे।

इतना सब कर लेने के बाद साहब ने कहा, "हूँ...तो इलेक्ट्रिक कनेक्शन लेने आए हो।"

उसने कहा, "हाँ, साहब!"

साहब ने पूछा, "किस काम के लिए?"

उसने कहा, "सिंचाई के लिए, सरकार!"

"कहाँ की सिंचाई?"

"खेतों की सिंचाई के लिए, हुजूर!"

"खेत किसके हैं?"

"मेरे हैं, माई-बाप।"

"सिंचाई का क्या साधन है?"

"अभी कुछ भी नहीं है, मालिक!"

"फिर खेती कैसे करोगे?"

"इसीलिए तो पंप लगाना चाहता हूँ, सरकार!"

"पंप किसका है?"

"मेरा है, साहब।"

"बिजली का कनेक्शन लिया है या नहीं?"

"नहीं लिया है, साहब।"

"फिर पंप कैसे चलाओगे?"

"इसीलिए तो आया हूँ, सरकार!"

इतनी लंबी पूछताछ के बाद शायद साहब को सही बात समझ में आई। उन्होंने लंबी साँस छोड़ते हुए कहा, "हूँ, तो तुमको कनेक्शन चाहिए।" और अब तक हाथ में पकड़े कागज को पेपरवेट से दबाकर रख दिया।

साहब ने कहा, "बिजली का कनेक्शन कैसे मिलता है, मालूम है?"

भोलाराम ने कहा, "इसीलिए तो दरख्वास्त दी है न, हुजूर।"

साहब ने उसे ऐसी नजरों से घूरा जैसे वह हिंदुस्तान में नहीं रहता हो। फिर कहा, "केवल दरख्वास्त! और क्या देना पड़ता है, नहीं मालूम?"

भोलाराम ने अधिकारी के पीछेवाली दीवार पर टँगे गांधीजी के चित्र की ओर

देखते हुए कहा, "मुझे तो कुछ नहीं मालूम, साहब! क्या लगता है? दरख्वास्त की जानकारी थी, सो आपको दे दी।"

साहब ने फिर एक लंबी हुंकार भरी, "हूँ, दरख्वास्त लगाने का सिस्टम नहीं मालूम और चले आए कनेक्शन लेने। जिस जगह पर पंप लगाना चाहते हो वह जगह किसकी है?"

"मेरी अपनी जगह है, सरकार।"

"उसका नक्शा लाए हो? भू-स्वामी का प्रमाणपत्र है तुम्हारे पास?"

"नहीं लाया हूँ, साहब! मुझे पता नहीं था कि ये सब भी लगते हैं।"

"हूँ, पता नहीं था! साले समझते हैं, सरकारी दफ्तरों में बिना नियम-कायदे के काम हो जाता है। आ जाते हैं मुँह उठाए हुए।" साहब ने बुदबुदाते हुए कहा और फिर उसे जवाब दिया, "ठीक है, नक्शा और प्रमाणपत्र लेकर आओ, फिर देखेंगे।"

वह लौट पड़ा कागजों का जल्द-से-जल्द जुगाड़ करने का दृढ़ संकल्प लेकर।

जमीन का नक्शा तो खैर उसने अपने एक मित्र से बनवा लिया; लेकिन पटवारी से प्रमाणपत्र प्राप्त करने की भाग-दौड़ से यह सिद्ध हो गया कि आदमी को अच्छी सेहत के लिए घूमने-दौड़ने की कोई आवश्यकता नहीं है। बस, ऐसा ही एकाध काम अपने जिम्मे ले लेना चाहिए। सेहत तो पटवारी ही सुधार देगा।

जब भोलाराम को भू-स्वामित्व का प्रमाणपत्र पटवारी से प्राप्त हुआ तब उसे किसी इलेक्शन को जीतने जैसी खुशी महसूस हुई। प्रमाणपत्र और नक्शा लेकर विधायक की-सी चाल से चलकर वह विद्युत् मंडल पहुँचा और कागजों को साहब के हवाले कर दिया। लेकिन साहब ने उसे पहचानने से ही इनकार कर दिया। फिर कई तरह से याद दिलाए जाने पर साहब ने पूछा, "इन कागजों को लेकर क्यों आए हो?"

उसने कहा, "आपने ही तो ये कागजात मँगवाए थे, हुजूर!"

"मैंने क्यों मँगवाए थे?" अधिकारी ने पूछा।

"विद्युत् कनेक्शन देने के लिए, साहब!" भोलाराम ने उन्हें याद दिलाया।

"अच्छा, अच्छा! तो सब कागजात तैयार हो गए?" साहब ने पूछा।

"हाँ, सरकार, सब तैयार हो गए।" उसने उत्साह से कहा।

अधिकारी ने घुड़कते हुए कहा, "तुम्हारे कहने से हम मान लें कि तैयार हो गए? यह सरकारी दफ्तर है। यहाँ का सिस्टम तुम क्या जानोगे! कागज सही तैयार करने का एक तरीका होता है। इसी बात की तो हम सरकार से तनख्वाह लेते हैं।"

"सिस्टम तो आप ही समझें, हुजूर। हम तो केवल हुक्म बजाना जानते हैं। देख लीजिए, कागज आपके सामने पड़े हैं।" भोलाराम ने जवाब दिया।

"हूँ, तो ऊँची बात भी करने लगे!" साहब ने गुर्राते हुए कहा।

उसने तत्परतापूर्वक कहा, "नहीं, सरकार, मैं तो यह कह रहा था कि आपके कहे अनुसार सब कागज तैयार करवाकर ले आया हूँ। उन्हें आप देख लीजिए।"

साहब ने कुछ देर तक अनमने ढंग से कागजों का निरीक्षण किया और फिर पूछा, "खेत भी तुम्हारे हैं, पंप भी तुम्हारा है; लेकिन पानी कहाँ से खींचोगे, भोलाराम?"

"नदी से, साहब।" उसने जवाब दिया।

"नदी किसकी है?" साहब ने पूछा।

भोलाराम हड़बड़ा गया। नदी को किसकी बताए? उसने कहा, "पता नहीं किसकी है, साहब।"

"जब पता नहीं किसकी नदी है तो उसमें से पानी कैसे ले सकते हो? जाओ, पता करो कि नदी किसकी है! उससे लिखवाकर लाओ कि नदी से पानी लेने में उसे कोई आपत्ति नहीं है। तभी कनेक्शन मिल सकेगा।" साहब ने जरा गरम होते हुए कहा।

"बहुत अच्छा, साहब!" कहकर भोलाराम उस छात्र की तरह लौट आया जिसे शिक्षक पढ़ाता नहीं है, लेकिन प्रतिदिन लंबा-चौड़ा होमवर्क सौंप देता है।

वहाँ से लौटने के बाद वह पता लगाने में जुट गया कि नदी पर मालिकाना हक किसका है। पूछताछ में प्रमुख नेताओं, प्रख्यात दादाओं और विस्तारवादी ताकतों तक ने नदी का स्वामी बनने से इनकार कर दिया। भोलाराम चिंतित हो उठा। एकबारगी तो यह विचार भी उसके मन में आया कि पेपर में इश्तहार दे दिया जाए, 'एक नदी लावारिस हालत में मेरे खेत के पास नगरवधू-सी पड़ी हुई है। जिस किसी की हो, पहचान बताकर ले जाए। नहीं तो मैं उसे उठाकर अपने खेत में ले आऊँगा। फिर किसी विवाद की जिम्मेदारी मेरी नहीं होगी।'

लेकिन उसने यह इरादा त्याग दिया, क्योंकि इससे कई सक्षम दावेदारों के खड़े हो जाने की संभावना थी। फिर सही दावेदार की पहचान कर पाना अदालत के लिए भी कठिन कार्य हो जाता। उसकी तो खैर बिसात ही क्या है और संसद् से तो कोई आशा रखना ही व्यर्थ है। वैसे भी आजकल वहाँ बहस कम और बहिष्कार ज्यादा होता है।

आखिर उसने स्वयं ही हर एक से मिलकर पता लगाने का कठिन संकल्प

घोषित किया। नगर के रणबाँकुरों से निराश होकर जंगल के दफ्तर की देहरी पर मत्था टेकने पहुँचा।

भोलाराम ने कहा, ''साहबजी, नदी आपके अंडर में आती है। आप मुझे इस नदी से पानी ले जाने का अनापत्ति प्रमाणपत्र दे दीजिए।''

साहब ने कहा, ''कोई नदी-वदी हमारे अंडर में नहीं है। हमें जंगल काटने से ही फुरसत नहीं है, नदी का हिसाब-किताब लगाने कहाँ जाएँगे।''

भोलाराम बोला, ''साहबजी, जंगल के भीतर से निकले गिट्टी-बोल्डर भी जंगल के दफ्तर के हो जाते हैं। यहाँ तक कि जंगल में रहनेवाले परिवार की महिलाएँ तक जंगल विभाग की प्रॉपर्टी हो जाती हैं···फिर यह नदी भी तो जंगल से निकलकर आती है। मेरे हिसाब से यह आपकी प्रॉपर्टी होगी। हुजूर, जरा पता लगाकर देख तो लीजिए।''

इतना सुनने पर साहब का चेहरा बदलकर जंगली-सा होने लगा। साहब ने गुर्राते हुए कहा, ''हमें सिखाने आया है कि नदी किसकी है! अरे, नदी हमारी होती तो जंगल के पेड़ों की तरह कब की साफ हो गई होती। फिर तो वह केवल रिकॉर्ड में ही दिखाई देती कि यहाँ कोई नदी है। जाओ, खनिज विभाग में पता करो। नदी पहाड़ से निकलकर आती है, इसलिए वह खनिजवालों की प्रॉपर्टी हो सकती है।''

भोलाराम भागा-भागा खनिज विभाग पहुँचा और अपनी अरजी लगाई।

वहाँ के साहब ने कहा, ''क्या हमें मूर्ख समझते हो? सरकारी कुरसी पर बैठे हैं, कोई घास नहीं छील रहे हैं। नदी खनिज विभाग में आती तो अभी तक हम उसकी बूँद-बूँद रॉयल्टी में उठा देते। जाओ, राजस्व विभाग में पता करो। ऐसा भलाई का काम उन्हीं के अंडर में आता है।''

भोलाराम तुरंत तहसीलदार की शरण में गया। उसने अपनी व्यथा-कथा तहसीलदार साहब को सविस्तार सुनाई।

तहसीलदार ने कहा, ''राजस्व विभाग तो ठोस धरातलवाला विभाग है। नदी का हमसे क्या संबंध?''

भोलाराम ने कहा, ''बहती नदी में हाथ धोना भी आपके भाग्य में लिखा है, हुजूर। आप ही तो नदी में साग-सब्जी, फल आदि बोने का ठेका देते हैं। सरकारी टैक्स की वसूली कर रसीद काटे बिना यह सब हो जाता है, इसलिए जरूर यह नदी आपके ही अंडर में आती होगी। मुझे प्रमाणपत्र दिलवा दीजिए, हुजूर, तो मेरा काम बन जाए।''

तहसीलदार ने थोड़ी देर तक मनन किया; फिर अपने मतलब की बात निकालते

हुए पूछा, "जब नदी हमारी है तो क्या हम उसे भी बीस-सूत्रीय समिति में बाँट सकते हैं?"

भोलाराम ने कहा, "क्यों नहीं बाँट सकते, हुजूर! अवश्य बाँट सकते हैं। जब आप चट्टान और पहाड़ तक बाँट रहे हैं तो इस बेचारी नदी ने क्या बिगाड़ा है। कुछ देकर ही जाएगी, कुछ लेगी तो नहीं आपसे।"

लेकिन राजस्व विभाग सीधे से किसी बात पर सहमत हो जाए तो फिर राजस्व वसूली कैसे कर पाएगा?

तहसीलदार ने पटवारी को बुलाया। खसरा और नक्शा देखकर पटवारी ने रिकॉर्ड में बनी लाइन को देखकर वहाँ नदी होने की तसल्ली कर कायदे-कानून की स्थिति को पुख्ता किया।

भोलाराम समझ गया कि तहसीलदार साहब घुटे पीर हैं। सरकारी कार्य-प्रणाली को अच्छी तरह समझते हैं। तभी तो उन्होंने खसरा-नक्शा में नदी की लाइन देखकर तसल्ली कर ली; नहीं तो सरकारी कामों में कई बार होता यह है कि मौके पर जमीन तो रहती है, लेकिन पटवारी के नक्शे में गायब होती है। इससे सरकार परेशानी में पड़ जाती है। यह बात तहसीलदार साहब अच्छी तरह जानते थे। सरकारी नियम का अर्थ होता है कि रिकॉर्ड को दुरुस्त बनाकर रखो। फील्ड में लोगों को भले ही मारा-मारी करने दो।

तहसीलदार साहब की जिम्मेदारी की भावना देखकर भोलाराम के हृदय में सरकारी विभाग के प्रति श्रद्धा उमड़ पड़ी। जब सभी तरह से तहसीलदार साहब को यह तसल्ली हो गई कि नदी उनके ही अंडर में आती है, तब उन्होंने घोषित किया, "नदी तो आ गई हमारे अंडर में...अब ठीक है।"

भोलाराम की इच्छा जोरों से ताली पीटने की हो आई।

तहसीलदार ने फिर कानूनी स्थिति को स्पष्ट समझ लेने के लिए इंक्वायरी करते हुए कहा, "यह नदी सीधी बहकर समुद्र में मिल जाती है या बीच में ही कहीं गुम हो जाती है?"

भोलाराम ने निहायत भोलेपन से जवाब दिया, "हुजूर, आगे जाकर सिंचाई विभागवालों ने उस नदी पर एक बाँध बना दिया है!"

यह सुनते ही तहसीलदार साहब का नियम-मोह हरकत में आ गया। साहब ने कहा, "फिर तो अड़चन आएगी। यदि तुम्हें पंप का कनेक्शन मिलेगा तो आगे बाँध में पानी कम नहीं हो जाएगा? तुम अपने खेतों के लिए पंप से पानी खींच लोगे तो लाखों रुपयों की लागत से बना बाँध बेकार नहीं हो जाएगा?"

भोलाराम ने सफाई दी, ''सरकार, केवल पाँच हॉर्स पावर के पंप से इतने बड़े बाँध को क्या फर्क पड़नेवाला है?''

साहब ने कहा, ''फर्क तो नहीं पड़ेगा, लेकिन यह नियम का सवाल है। हम सरकारी अधिकारी दूर की सोचकर ही काम करते हैं। काम भले ही देर से हो, लेकिन पुख्ता हो। जाओ, पहले सिंचाई विभाग से लिखवाकर लाओ कि पाँच एच.पी. का पंप चलाने से उनके अंडर में बने बाँध को कोई नुकसान नहीं होगा!''

भोलाराम सरकारी नियमों के प्रति नतमस्तक हो उठा। काम देर से हो, इतना देर से हो कि उसकी आवश्यकता ही समाप्त हो जाए, लेकिन पुख्ता होने का विश्वास बना रहे। यही है सरकारी नियम। धन्य है सरकार और धन्य है तुम्हारा नियम!

मरता क्या नहीं करता। भोलाराम भागा-भागा सिंचाई विभाग पहुँचा। ससम्मान उसने अपनी अरजी वहाँ भी लगाई और हाथ बाँधकर दीन मुद्रा में आम भारतीय नागरिक की तरह खड़ा रहा।

साहब ने अरजी पढ़ते ही जोरों से मुँह बिचकाया और कहा, ''नदी से तुम्हें पानी लेने देंगे और बाँध में पानी कम हुआ तो कमांड एरिया के खेतों को पानी कहाँ से देंगे? बताओ?''

इस बार भोलाराम ने झल्लाकर कहा, ''बाँध में पानी बहुत आता है, साहब हर साल वेस्टवीयर से अतिरिक्त पानी बहाकर नाले में छोड़ना पड़ता है। मेरा पाँच एच.पी. का पंप कोई अगस्त्य मुनि तो है नहीं कि नदी का पूरा पानी ही पी जाएगा।''

साहब ने भी झल्लाकर ही जवाब दिया, ''हम यह सब नहीं जानते। हम कोई मंत्री नहीं हैं, सरकारी अफसर हैं। सरकारी अफसर लिखित में कुछ देते हैं तो पूरी जाँच-पड़ताल कर लेते हैं। अभी हम अपने एस.डी.ओ. की मार्फत हेड-वर्क्स के सब-इंजीनियर को खबर भिजवाते हैं। वही इस बात की जाँच करेगा कि बाँध के जल-ग्रहण क्षेत्र से कितने क्यूसेक पानी के आधार पर बाँध को डिजाइन किया गया है और इस तरह लोकल पंप लगाने से बाँध की भरण-क्षमता में कितना फर्क पड़ेगा। तभी हम तुम्हें नो-ऑब्जेक्शन सर्टिफिकेट दे सकेंगे। अब तुम जा सकते हो।''

सरकारी नियमों की लंबी प्रक्रिया से भोलाराम पहले ही टूट चुका था। सिंचाई विभाग के साहब की इस लंबी खाना-पूरी को सुनकर वह भयाक्रांत हो उठा। सहमते-सहमते उसने पूछा, ''इस कार्यवाही में कितना समय लग जाएगा, साहब?''

साहब गुर्राए, ''हम क्या तुम्हारे ही काम के लिए खाली बैठे हैं? सरकारी नौकर हैं। सरकारी बैठकों, मीटिंगों से फुरसत मिलेगी तब सोचेंगे। यह कोई खड़े-खड़े निपटा देनेवाला काम नहीं है। पूरी छानबीन करनी पड़ेगी, पूरा सर्वे करना पड़ेगा। लगातार करने पर कम-से-कम एक माह का समय तो लग ही जाएगा।''

भोलाराम पर लगभग बेहोशी-सी छाने लगी। बिना कुछ कहे-सुने वह वहाँ से लौट आया और महान् भारतीय परंपरा के अनुसार उसने बिना कोई अनुमति प्राप्त् किए पंप फिट कर लिया और ले आया नदी को अपने खेतों तक। लाइनमैन ने विद्युत् कनेक्शन देने में खुशी जाहिर की। भोलाराम ने उसे निपटा दिया था।

भोलाराम का पंप मजे से चल रहा है। फसल अच्छी होती है। उन्नत खेती का निरीक्षण करने कभी तहसीलदार तो कभी अन्य अधिकारी आते रहते हैं। बिजली विभाग के साहब भी दो-चार बार इधर से गुजर चुके हैं। सिंचाई विभाग के साहब का दौरा भी हो चुका है। फसल देखकर कृषिवाले साहब भी खुश हैं। पंप की व्यवस्था देखकर सभी अधिकारी कृषि-प्रधान देश में लोगों को आत्मनिर्भर रहने का महत्त्व समझा रहे हैं। दूसरे कृषकों को भी ऐसे उपाय अपनाने की सलाह दे रहे हैं।

वह नदी अभी भी वैसी ही बह रही है। इन वर्षों में बाँध से कई बार अतिरिक्त पानी नाले में बहाना पड़ा है। एक बार तो बाँध को टूटने से बड़ी मुश्किल से बचाया गया।

उधर भोलाराम जब-जब पाँच हॉर्स पावर के पंप को पानी की मोटी धार फेंकते हुए देखता है तब-तब उसकी सरकारी नियमों के प्रति बनी आस्था और भी दृढ़ होती जाती है।

□

मैं और मेरे मोहल्ले का ओसामा

✍ कस्तूरी दिनेश

चंदा देने का एक बार श्रीगणेश हुआ तो फिर गणेशजी का चंदा देते-देते मैं रिटायरमेंट के करीब पहुँचे सरकारी कर्मचारी की तरह बेहद थक गया था। इस थकान ने मुझे कुछ चिड़चिड़ा भी बना दिया था। मेरे घर की बैठक के सोफे पर पाँच चंदा भिक्षुक ऐसे पसरे थे जैसे मेरे सगे साले हों। उनकी शान और अकड़ काबिले गौर थी। मैंने उन्हें साफ कह दिया था कि मैं एक साधारण सरकारी कर्मचारी हूँ और अब तक नौ लोगों को पचास रुपए प्रति गणपति के हिसाब से साढ़े चार सौ रुपए चंदा दे चुका हूँ। मेरा बजट पाकिस्तान बजट की तरह फेल हो चुका है और अब मैं किसी को कानी कौड़ी भी देने की स्थिति में नहीं हूँ।

मेरी बात सुनते ही दाढ़ी-मूँछ से सुसज्जित गब्बरसिंह नुमा छोकरा आँखें और बाँहें एक साथ चढ़ाता हुआ बोला, ''ऐ पंडित, बहुत देर से तेरी भौं-भौं सुन रहा हूँ। सीधा देता है कि तेरा प्लेन क्रैश करूँ?''

मैं कुछ समझा नहीं। मैंने उत्तेजित होते हुए कहा, ''देखो जी, तुम्हें जो करना होगा, कर लेना। पैसा है ही नहीं तो कहाँ से दूँ तुम्हें मैं?''

दूसरे नंबर का बकरा दढ़ियल मेरी बैठक के फर्श पर पिच्च से थूकता हुआ बोला, ''अरे, नया आया है क्या रे मोहल्ले में? धरम-करम भी नहीं समझता! ओसामा को नहीं जानता तू? ये ओसामा है, ओसामा! चुपचाप पैसा देकर निकल ले, नहीं तो जान जाएगी।'' इस बार मैंने आधे डर और आधे साहस से हिंदुस्तान की तरह घिघियाते हुए कहा, ''अच्छी जबरदस्ती है! पैसा है ही नहीं तो दूँगा क्या और अपने घर से निकलकर जाऊँगा कहाँ?''

तीसरे फ्रेंचकट स्टाइल के दढ़ियल ने मुल्ला उमर की तरह धौंस मारते हुए आखिरी फैसले के अंदाज में कहा, ''ओसामा भाई, अभी चलो। साला अभी बुश

बना हुआ है। कल इस बंदर के घर को हम अमेरिकी ट्रेड सेंटर बना देते हैं, तब इसे पता चलेगा।'' वे मुझे तालिबानों की तरह घूरते हुए चले गए।

मैं काफी डर गया था। मेरी बीवी और इकलौता बच्चा भी बेहद खौफजदा दिखाई दे रहे थे। बीवी तो बच्चे को लेकर मायके जाने की बात करने लगी थी। मैंने यह बात अपने मित्र और पड़ोसी हरीश ठाकुर को बताई। उसने उसाँस भरते हुए कहा, ''यार, क्यों पंगा लेते हो? ये मोहल्ले के बदनाम लोग हैं। आवारा, गुंडे और मवाली। जहाँ साढ़े चार दिया, वहाँ पाँच सौ हो जाने दो। क्या फर्क पड़ता है? इन हरामियों के हथकंडे नहीं जानते तुम। अभी नए-नए मकान खरीदकर आए हो न मोहल्ले में।''

मैंने फुफकारते हुए कहा, ''कानून-वानून है कि नहीं इस देश में?''

हरीश ने कहा, ''तो फिर तुम जानो और तुम्हीं निपटो।''

रात बारह-एक बजे के बीच अचानक खिड़की के शीशों और गमलों के टूटने की लगातार आवाजें उठती रहीं। बिस्तर से उठने को हुआ तो बाहर से पत्थरों की बौछार हुई।

मैंने जोर से चीखकर पत्नी से कहा, ''राधा, मुन्ने को लेकर पलंग के नीचे घुस जाओ।'' मैं खुद तेजी से पलंग के नीचे हो लिया। सुबह पलंग के नीचे से निकला तो घर न्यूयॉर्क का पूरा ट्रेड सेंटर हो रहा था। जगह-जगह काँच, गमलों और रात को फेंके गए ईंट-पत्थरों के मलबे से घर अँटा पड़ा था।

मैं बिना नहाए-धोए पुलिस थाने पहुँच गया। वहाँ मुंशीजी थानेदार की अनुपस्थिति में एक साथी हवलदार के साथ वर्तमान राजनीति की ऐसी-तैसी करते हुए भाषण पेल रहे थे। बीच-बीच में बीड़ी ऐसे सूट रहे थे जैसे सिगरेट पी रहे हों। चेहरे पर पुलिस विभाग का गर्व कसमसा रहा था। मैंने कहा, ''मुंशीजी, मुझे रपट लिखानी है।''

मुंशी बीड़ी के आखिरी कश को पूरी ताकत से अंदर पेट की तरफ खींचते हुए ब्रह्मानंदवाले आत्मतोष से बोले, ''हाँ, बोलो, क्या है?''

मैंने गुस्से से फनफनाते हुए पूरी बात बताई।

वह मेरी तरफ देखकर ऐसा मुसकराया जैसे कोई शिकायती नादान बच्चे पर उसका बाप मुसकराता है। मुंशीजी मेरी रपट लिखने के बाद बोले, ''ठीक है, अभी दो-एक घंटे के बाद पुलिस तफतीश करने को आएगी।''

मैं क्या कहता? चुपचाप घर चला आया। बिना उनके आए घर की साफ-सफाई भी नहीं हो सकती थी। पुलिस करीब तीन बजे दिन में आई। अंदाज बिलकुल भक्त पर कृपालु प्रभु का था। एक सब-इंस्पेक्टर और एक सिपाही। अंदाज बिलकुल राजशाही। आते ही इंस्पेक्टर ने अपनी घनी मूँछों को ताव देते हुए

कहा, "क्या हुआ, क्या परेशानी है आपको?"

मैंने पेंटागन की ऊपरी मंजिल की तरह टूटे-बिखरे अपने घर को दिखाते हुए पूरी कहानी उन्हें फिर से दुहरा दी। उन्होंने पूरे घर का संजीदगी से जायजा लिया, फिर बड़े ही दार्शनिक अंदाज में कहा, "आप भी पढ़े-लिखे समझदार आदमी होकर मोहल्ले के लौंडे-लफाड़ों से पंगा लेते हैं। अरे, माँग रहे थे तो फेंक देना था उनकी तरफ सौ-पचास।"

मैंने रोनी सी सूरत में कहा, "सा'ब, मैं पहले ही साढ़े चार सौ रुपए भुगत चुका हूँ।"

वे बोले, "तो भुगतिए फिर ये हजार-दो हजार का खर्च और। पुलिस भी क्या करेगी। कोई सबूत है आपके पास कि किसने किया? कोई गवाह?"

मैंने कहा, "नहीं तो सा'ब।"

"फिर आपके कहने से ईंट को पकड़ें कि पत्थर को पकड़ें? आप लोग भी ख्वाहमख्वाह रिपोर्ट करके परेशान करते हैं। पुलिस को और कुछ काम नहीं है क्या?" वे दरवाजे पर डंडा फटकारते हुए चले गए।

अचानक मैंने देखा, ओसामा और उसके दोस्त पास ही पुलिया के किनारे खड़े मुझे देखकर अमरीश पुरी की तरह मुसकरा रहे थे। इंस्पेक्टर उधर से अपनी मोटर साइकिल से गुजरा तो उन सबने 'सा'ब' की आवाज के साथ जोरदार सैल्यूट मारा। सा'ब हलके से सिर झुकाते हुए उन्हें देखकर मुसकराए, फिर बोले, "क्यों बेटो, सब ठीक है न?"

उनमें से बकर दढ़ियल ने जोर से कहा, "जी सा'ब, आपकी दुआ है।"

वे शान से दायाँ हाथ उठाए चले गए।

तभी हरीश ठाकुर आया। मैंने दर्दीली कातर आवाज में कहा, "हरीश भाई, ये पचास रुपए उन छोकरों को दे दो।"

हरीश बोला, "ओसामा कह रहा है कि अब तो सौ के नीचे बात ही नहीं बनेगी।"

मैंने पचास रुपए का एक नोट और निकाला और हरीश को दे दिया। लगा, जैसे मैंने आतंकवादियों से अपने कश्मीर का सौदा किया हो। हरीश रुपए लेकर पुलिया की तरफ बढ़ गया।

हम दोनों पति-पत्नी सुबह से भूखे-प्यासे पड़े थे। मुन्ना दूध के लिए बुरी तरह बिलबिला रहा था। पत्नी भयभीत काला चेहरा लिये बच्चे को अनदेखा करके, झाड़ू लेकर मलबा हटाने में जुट गई। मैं इस तमाशे में ऑफिस भी नहीं जा पाया। उस ओसामा का बुश के पास इलाज है, पर मेरे मोहल्ले के इस ओसामा से तो मैं बुश ही बुरी तरह पराजित खड़ा था। □

हम सुखी हैं, हुजूर

✍ काशीपुरी कुंदन

आप बेफिक्र रहिए, दुःखी क्यों हैं? यहाँ तो 'राम राज्य' है। हम बिलकुल सुखी हैं, हुजूर। आप दिल्ली, रायपुर में ठाट से रहते हैं। पाँच सालों में सिर्फ एक बार हमारे गाँव आते हैं, उससे क्या फर्क पड़ता है? आदमी को जब काम हो तभी किसी के घर जाना चाहिए। फिजूल जाने से उसका सम्मान घट जाता है। हाँ, जिसको आदमी खरीद नहीं सकता तो माँगने में कोई हर्ज नहीं। फिर आप हमसे क्या माँगते हैं? सिर्फ 'मत' (वोट)। उसका ऐसे भी हमारे पास क्या उपयोग? वो तो आपके लिए बना है। उसपर आपका पुश्तैनी हक है। आप नहीं भी माँगते तो हम दे देते हैं। हर तरफ विकास हो रहा है; परंतु युग में कुछ लोग गलतियाँ निकालने से नहीं चूके। अब उस दिन का ही किस्सा देखिए। चौपाल में बैठे कुछ लोग कह रहे थे—महँगाई आसमान छू रही है। मैंने उन्हें समझाया, "देखो भैया, अगर चीज अच्छी है तो महँगी रहेगी ही। यह उसका नियम है। बाजार से सड़ी-गली वस्तुएँ गायब हैं, मिलावट अब देखने को नहीं मिलती। कालाबाजारी, मुनाफाखोरी बंद है। अब आप ही बताइए, विशुद्ध ऊँची चीजें ही उपलब्ध हैं तो सस्ती कैसे मिलेंगी?"

अगर महँगाई कम हो जाए तो उस वस्तु की कीमत घट जाएगी। फिर सस्ती चीज हमें अच्छी नहीं लगेगी। इसके साथ ही आजकल लोग बेपरवाह हो गए हैं। कोई किसी की चिंता नहीं करता। महँगाई अगर कम हुई तो फिर मत पूछिए। कम-से-कम इस बहाने आदमी जागरूक तो है।

कुछ किसान कह रहे थे, "सरकार हमारी चीजों को कम दर में खरीदती है

और उसी को हमको ही ऊँची कीमतों पर बेचती है।''

मैंने उन्हें बताया, ''भई, जैसे आदमी की कीमत कुरसी पर बैठने से बढ़ जाती है उसी प्रकार वस्तुओं की कीमत सरकारी होने पर बढ़ जाती है। ऐसा परिवर्तन प्रकृति का नियम है। इससे भगवान् भी प्रसन्न होता है।''

आश्वासनों को आप पूरा नहीं कर सके, इसके लिए दुःखी क्यों होते हैं? आश्वासन तो सिर्फ देने के लिए ही होते हैं। फिर भी आपने बहुत कुछ किया। हमें भरसक उठाने की कोशिश की, कर्जे दिलवाए, जिसे अदा करना हम अपनी शान के खिलाफ समझते हैं।

कुछ लोग जबरदस्ती आरोप लगा रहे थे कि खाक हमारी गरीबी दूर होगी! आधे रुपए तो बैंकवाले मार देते हैं। इन्हें कौन समझाए कि भारतीय संस्कृति में ऐसा व्यवहार आवश्यक है। शिष्टता का हमारा यही संस्कार है। कुछ लोग बोल रहे थे कि वह हमारी गरीबी क्या दूर करेंगे, जिन्हें अपनी गरीबी दूर करने से ही फुरसत नहीं है।

अब आप ही बताइए, हैं न गधे। हम रुपयों-पैसों का क्या करेंगे? फिजूल चिंता में कौन डूबे। हमें तो फुटपाथ ही अच्छा लगता है। फिर हमें बहुत सारी चीजों की बिलकुल जरूरत नहीं है। आपको रही है, इसलिए आपने घोर मेहनत की। हमें कोई दुःख नहीं है।

बेरोजगारी को लेकर भी मिथ्या आरोप लगाए जाते हैं कि आप इसे हटा नहीं सके या अपने रिश्तेदारों की ही सिफारिश करते हैं, घूस लेते हैं। राम-राम, कितनी गंदी बात है। आप तो ऐसा कर ही नहीं सकते। हाँ, अगर कोई जिद पर अड़ गया होगा तो स्वीकार करना ही पड़ेगा। मैं आपको नहीं, बच्चों की मिठाई के लिए दे रहा हूँ, मत ठुकराइए। तो आप क्या कर सकते हैं? हठ के सामने तो बड़े-बड़े बादशाह तक झुक गए हैं। फिर यह तो विनम्र लाभदायक हठ है।

आजकल आपकी दया से शिक्षा का अच्छा प्रसार-प्रचार है, गाँवों में भी कुछ पढ़-लिख गए हैं। उस दिन के गजट (अखबार) पढ़ रहे थे। देश में सूखे की विकराल स्थिति को देखते हुए तत्काल राहत कार्य प्रारंभ किया जाए। वे इसपर निरर्थक बातें करने लगे। राहत कार्य में हमारे अगुवाजी अधिकारी राहत की साँस लेंगे। उनकी अब चाँदी है।

ये लड़के थोड़ा सा पढ़-लिख क्या गए, अपने को तीसमारखाँ समझने लगे। इनका क्या है, हुजूर, कल हल चला लेंगे, मजदूरी कर लेंगे। आपके और साहेबजी के बच्चों को ऊँची शिक्षा की जरूरत पड़ती है। कभी-कभी इनको विदेश पढ़ाई

के लिए भेजना पड़ता है। आप लोगों के और भी कई बड़े खर्चे हैं। आपको सोसाइटी में स्टेटस मेनटेन करना है। इन सबके लिए रुपए चाहिए न। आप कहाँ से पूरा करेंगे? अगर राहत कार्य में थोड़ा सा हिस्सा ले भी लें तो इन पट्ठों का क्या जाता है?

आप कई सरकारी नियमों का पालन नहीं करते तथा कई बातें आप केवल कहते हैं, करते नहीं। उसके लिए लोगबाग दुःखी क्यों होते हैं? जैसे आपके कई वैध बच्चे हैं वैसे ही अवैध भी हैं। आप परिवार नियोजन को नहीं अपनाते तो लोगों को क्यों शिकवा करना चाहिए। नेताओं को इससे मुक्त समझना चाहिए।

आपके कई कारखाने हैं, कई कोठियाँ हैं तो उनकी देख-रेख के लिए भी कोई विश्वासपात्र चाहिए। इसे कौन देखेगा? अब इन्हें कौन समझाए।

यह भी पता चला कि आपके बैंकों में कई खाते खुल गए हैं। मैं तो कहता हूँ, भारत का पैसा भारत में ही है, विदेश में तो नहीं है। आप बेफिक्र रहिए। यहाँ की हर व्यवस्था सुचारु रूप से चल रही है। यहाँ आज भी शेर और बकरी एक घाट पर पानी पीते हैं। आप चहुँमुखी विकास करें। आपका विकास राष्ट्र का विकास है। आप सिर्फ कुरसी की चिंता कीजिए, सरकार! हम ऐसे भी सुखी हैं। जी हाँ, हुजूर।

□

साहित्य के रंगारंग पाठक

✍ केशव शुक्ल

साहित्य लिखा बहुत जा रहा है, पर पढ़ा कितने लोगों द्वारा जा रहा है, यह अपने आप में एक जबरदस्त प्रश्न है। हिंदी, अंग्रेजी, उर्दू एवं अन्य क्षेत्रीय भाषाओं में धड़ल्ले से साहित्य सृजन हो रहा है। इनमें साहित्य की टाँग तोड़नेवाले लोग भी शामिल हैं, जो खिचड़ी साहित्य पकाकर जी-खा रहे हैं। हमारी नजर में साहित्यकारों की भी आबादी बढ़ रही है और बढ़ती हुई आबादी आगे चलकर साहित्य के लिए समस्या बन सकती है। उच्च स्तरीय साहित्यकारों से अपील है कि वे इसकी रोकथाम के लिए परिवार कल्याण की तरह साहित्य कल्याण कार्यक्रम चलाएँ। साहित्य कल्याण कार्यक्रम से साहित्य और साहित्यकार दोनों का कल्याण संभव है। विश्वविद्यालयों की कृपा से सारे देश में साहित्य के डॉक्टरों की संख्या काफी बढ़ी है। हालाँकि डॉक्टर होने के बाद सभी लोग साहित्यकार नहीं हो जाते। साहित्यकार होने के लिए खूब पढ़ना-लिखना पड़ता है। वहीं डॉक्टर होने के लिए पढ़ना-लिखना कतई जरूरी नहीं होता। विश्वविद्यालय का काम उपाधियाँ बाँटना है और वह इफरात मात्रा में बाँटकर मुक्त हो जाता है; पर इसका बोझ साहित्य पर आ जाता है। आज गली-गली में कविता, कहानी, नाटक इत्यादि की रचनाएँ हो रही हैं और इसकी दुकानें भी खुल गई हैं; पर पाठक, श्रोता, दर्शक कितने हैं, इस विषय पर शोध होना जरूरी है। रहन-सहन के मामले में भले ही हमारा स्तर घटिया हो, किंतु सूझ-बूझ के मामले में हम हमेशा दूर की कौड़ी लाते हैं। साहित्य पाठकों के विभिन्न प्रकारों को लेकर शोधपरक आलेख प्रस्तुत हैं। निश्चय ही इससे पी-एच.डी. करनेवाले विद्यार्थी लाभ उठा सकेंगे। वहीं साहित्य कल्याण कार्यक्रम को भी बल मिलेगा।

साहित्य का सबसे बड़ा ग्राहक किराने की दुकानवाला होता है। किराने की दुकान में साहित्य का प्रवेश रद्दी के रूप में होता है, जिसे आगे चलकर पुड़िया बाँधकर दुकानदार अपने ग्राहकों को देता है। ग्राहकों के दुकान पर आने का समय निश्चित नहीं होता, किंतु उसका आना निश्चित होता है। हर वर्ष के बजट से ग्राहकों के लगातार दुकान आने-जाने पर जरूर कुछ-न-कुछ प्रतिबंध लगता है, पर इतना नहीं कि ग्राहक दुकान जाना ही बंद कर दे। दुकानदार खाली समय में रद्दी के भाव आए विभिन्न प्रकार के साहित्य का अध्ययन करता है। ग्राहक की प्रतीक्षा करना कठिन काम होता है। ग्राहक थोक में नहीं आते, अतः दुकानदार को नियमित रूप से दस-बारह घंटे दुकान खुली रखनी पड़ती है। प्रत्येक दुकानदार आज भी यह मानता है कि ग्राहक और मौत का कोई भरोसा नहीं है, न जाने कब आ जाए। ग्राहक आता है, पढ़ा-लिखा दुकानदार उसे पहले रद्दी से अर्जित कहानी, कविता और चुटकुलों से बहलाता है तथा बाद में सामग्री तौलकर उसे चुपचाप काट लेता है। दुकानदार को अपने ग्राहक का स्तर और उसकी रुचि का अच्छा ज्ञान होता है, जिसके अनुरूप ही वह अपनी सामग्री और साहित्य की सप्लाई करता है। रद्दी के भाव आनेवाले साहित्य में समाचारपत्र, पत्रिकाएँ, सत्य कथाएँ, फिल्मी पत्रिकाएँ और ऐसी सामग्रियाँ शामिल होती हैं जिनपर विशेषकर चूहों तथा दीमकों की कृपा हो चुकी हो। दुकानदार साहित्य का अच्छा पाठक एवं ज्ञाता होता है; किंतु चूहों तथा दीमक के कारण उसके ज्ञान में क्रमबद्धता का अभाव होता है।

साहित्य का दूसरा पाठक वाचनालय का कर्मचारी होता है। उसके साहित्य पाठक होने का सबसे बड़ा कारण यह होता है कि उसे मुफ्त में साहित्य अध्ययन का अवसर मिलता है और 'माले मुफ्त दिले बेरहम' की कहावत आज हर कोई अच्छी तरह समझने लगा है। उसके पाठक होने के पीछे दूसरा कारण यह भी है कि उसे अपनी ड्यूटी भुगतनी होती है तथा वाचनालय की किताबों का पूरा-पूरा ध्यान रखना पड़ता है। लाइब्रेरी साइंस में डिप्लोमा होल्डर होने पर शोध छात्रों की मदद की अतिरिक्त जिम्मेदारी भी उसकी होती है। हम अपने छात्र जीवन में महाविद्यालय के वार्षिकोत्सव हेतु कुछ मित्रों के साथ एक नाटक मंचित करना चाहते थे। छात्र अभिनय में कुशल होता है, किंतु नाटकों की सम्यक् जानकारी उसे नहीं होती। नाटक मंचन की समस्या को लेकर जब हम लाइब्रेरियन के पास पहुँचे तो उसने भारतेंदु हरिश्चंद्र से लेकर मोहन राकेश तक के नाटकों की व्याख्या कर दी। इसमें सिर्फ अभिनय भर की कसर रह गई थी। लाइब्रेरियन को साहित्य के साथ ही

हिंदी-अंग्रेजी वर्णमाला का अच्छा ज्ञान होता है, क्योंकि इसी की बदौलत वह वाचनालय की किताबों का पंजीयन करता है। वैसे पंजीयन के मामले में रोजगार दफ्तर का क्लर्क और विश्वविद्यालयों का रजिस्ट्रार भी अपना कोई सानी नहीं रखता। उनका भी अध्ययन तगड़ा होता है; पर साहित्य अध्ययन के मामले में लाइब्रेरियन अग्रणी होता है। अच्छा लाइब्रेरियन अच्छा रजिस्ट्रार हो सकता है, किंतु अच्छा रजिस्ट्रार अच्छा लाइब्रेरियन कदापि नहीं हो सकता। साहित्य का अध्ययन करते-करते लाइब्रेरियन के साहित्यकार हो जाने के चांसेज अधिक रहते हैं।

विद्वानों ने यह भी स्वीकार किया है कि लाइब्रेरियन का विभिन्न उपाधियाँ दिलाने में महान् योगदान होता है। इसी क्रम में साहित्यकार बनाने में भी उसका रोल महत्त्वपूर्ण रहता है। इच्छुक अपनी विधा एवं रुचि लेकर संपर्क करें तो वह भलीभाँति गाइड कर देता है कि उसे कौन सी किताबें पढ़नी चाहिए। खाँटी लाइब्रेरियन तो यह भी बता देता है कि कहाँ से और कैसे साहित्य मारा जा सकता है। वह लेखक और प्रकाशक के मध्य संपर्क स्थापित कराने की भी क्षमता रखता है, क्योंकि प्रकाशक अकसर उसके पास अपनी किताबें बेचने आता-जाता रहता है। इस प्रकार लाइब्रेरियन का जहाँ साहित्य पठन से प्रगाढ़ संबंध होता है वहीं साहित्य सृजन में भी उसकी उल्लेखनीय भूमिका होती है।

तीसरा जबरदस्त पाठक साहित्यकार खुद होता है। वह अपनी रचनाएँ बार-बार पढ़कर भी नहीं अघाता, पर दूसरों का इतिहास वह उनके छेद जानने के लिए पढ़ता है। साहित्य का छेद जानना छिद्रान्वेषियों का परम पुनीत कर्तव्य होता है, क्योंकि इसी के बल पर दूसरों की सामग्री की आलोचना और अपनी सामग्री की श्रेष्ठता प्रतिपादित की जाती है। एक साहित्यकार के लिए दूसरों के साहित्य का अध्ययन करना मजबूरी है, क्योंकि उसे बाजार-भाव जानने के लिए दूसरों के साहित्य का अध्ययन करना पड़ता है, ताकि उसी मोल का साहित्य सृजन वह भी कर सके। अक्लमंद साहित्यकार हवा का रुख देखकर साहित्य का संसार रचता है, मसलन कुछ वर्ष पूर्व रेडियो और फिल्मों के लायक साहित्य लिखा जा रहा था, किंतु आजकल टी.वी. सीरियल के लायक सामग्री लिखी जा रही है। इस हवा के रुख को जो नहीं समझ पाता वह अपनी जगह ही सड़ता रहता है। ऐसे रचनाधर्मी सहानुभूति के पात्र होते हैं। साहित्य के कल्याणार्थ उन्हें समसामयिक साहित्य की जानकारी देना बहुत जरूरी है। आजकल तो भाषण, नारे एवं समाचार विज्ञप्तियाँ भी साहित्य में प्रवेश करने की कोशिश कर रही हैं, क्योंकि इनके भी रचनाकार साहित्यकार ही होते हैं। भाषण और नारे तथा विज्ञप्ति की रचना करनेवाला आगे

चलकर विभिन्न पुरस्कार एवं उपाधियाँ भी प्राप्त कर सकता है और यदि वह किसी राजनीतिक पार्टी के हत्थे चढ़ गया तो समझ लो, उसके पौ बारह हैं।

साहित्य के चौथे अध्येता विभिन्न पत्र-पत्रिकाओं के संपादक होते हैं। साहित्य का अध्ययन करना उनकी मजबूरी है, क्योंकि प्रिय-अप्रिय का फैसला कर उसे छापना होता है। मालिक दरअसल उन्हें इसी बात का वेतन देता है। साहित्य का संपादन करते-करते कई संपादक खुद बड़े साहित्यकार हो गए हैं। उनके पास साहित्य की समस्त विधाओं की सामग्री मुफ्त आती रहती है और दो-चार दिनों में कचरे के ढेर में बदल जाती है। इन्हीं ढेरों में से उन्हें साहित्य ढूँढ़ना पड़ता है। इस संकट से बचने के लिए कई संपादक तो यह तय कर लेते हैं कि हर हालत में अमुक लेखक एवं कवियों की ही सामग्री प्रकाशित करनी है। इस निर्णय से वे अन्य रचनाकारों की सामग्री पढ़ने से बच जाते हैं। अच्छा संपादक प्रेमचंद और निराला ढूँढ़ने के लिए सारा कचरा पढ़ता है, पर ऐसे संपादकों की संख्या कम है। संपादक नामक प्राणी भी साहित्यकार निर्माता होता है। कई बड़े साहित्यकार इसके उदाहरण हैं, जो संपादकों के चरण पकड़कर साहित्य की वैतरणी पार कर गए हैं। साहित्य के कल्याण हेतु साहित्यकार के पास एक संपादक का होना जरूरी है। इसी क्रम में पुस्तक प्रकाशक भी आते हैं। उनके लिए साहित्य अध्ययन करने की बजाय साहित्यकार का नाम पढ़ना भर जरूरी होता है। नाम भी वह यह जानने के लिए पढ़ता है कि लेखक नामधारी है कि नहीं।

साहित्य के पाँचवें पाठक जन-प्रतिनिधि होते हैं। वे भाषण देने के लिए अच्छे शब्द एवं वाक्य चयन के निमित्त साहित्य का अध्ययन करते हैं। साहित्य को वे कितना समझते हैं यह अलग प्रश्न है, किंतु अपने काम के अंशों को चट समझ जाते हैं। साहित्य से उधार लिये गए अंशों का वे भाषणों में बेधड़क दुरुपयोग करते हैं। इससे श्रोता उनके प्रकांड विद्वान् होने की गलतफहमी पाल लेते हैं, जिसका फायदा उन्हें चुनाव में होता है। साहित्य को अच्छा विषय मानकर छात्र-छात्राएँ इसका अध्ययन करते हैं। आगे चलकर साहित्य सृजन की कोशिश भी करते हैं, किंतु दो-चार सखेद के बाद उन्हें साहित्य लाइन के बेकार होने का अंदाजा लग जाता है। हमारे टाइम के खुर्राट छात्र ही सैकड़ों सखेद के बाद भी साहित्य के पीछे पड़े रह जाते हैं। वैसे जन-प्रतिनिधियों को साहित्य का ज्ञान आपसे आप धीरे-धीरे होता चला जाता है। वह ऐसे कि उन्हें उनके साहित्यिक आयोजनों में मुख्य अतिथि बनना पड़ता है, जहाँ विद्वान् वक्ताओं के विचार सुनने को मिलते हैं। इससे उन्हें साहित्य का ज्ञान बिना पढ़े भी हो जाता है। इससे स्पष्ट है, जहाँ जन-प्रतिनिधि

होने के लिए पढ़ा-लिखा होना जरूरी नहीं है वहीं साहित्य मर्मज्ञ होने के लिए भी उनका पढ़ना-लिखना जरूरी नहीं।

साहित्य के आम पाठकों में शासकीय सेवा से मुक्त हुए कर्मचारी, पुलिसवाले शामिल होते हैं। पुलिसवाले ड्यूटी में रहकर भी साहित्यिक आयोजनों में व्यवस्था के नाम पर शामिल होते हैं। वे साहित्य की जरा भी समझ नहीं रखते। ऐसा हम इस आधार पर कह रहे हैं कि हमने कई कवि सम्मेलनों में बड़े ध्यान से पुलिसवालों को व्यवस्था में संलग्न देखा है। मजे की बात यह है कि ज्यादातर कवि उन्हें कोसते हैं, पर वे उसे समझ नहीं पाते। अधिकारीगण साहित्य के अच्छे पाठक तो नहीं, पर अधिकारी जरूर होते हैं और हर वर्ष साहित्य, कला, संस्कृति को लेकर आयोजन कराते ही रहते हैं। उनका भी ध्यान साहित्यकार बराबर रखते हैं और गाहे-बगाहे भ्रष्टाचार को लेकर कुछ-न-कुछ समर्पित करते रहते हैं। अधिकारी भी यह अच्छी तरह जानता है कि एक साहित्यकार एकाध आलेख, दो-चार व्यंग्य कविताओं के अलावा और दे ही क्या सकता है!

मोटे तौर पर साहित्य के पाठक एवं सामान्य तौर पर आकार-प्रकार की एक रूपरेखा हमने धर दी है। शोध छात्र शोध करें तो उन्हें और भी पाठक मिल सकते हैं। साहित्यकार यदि चाहें तो इन तथ्यों से साहित्य के कल्याण का कार्यक्रम बना सकते हैं, अन्यथा साहित्य का कल्याण तो हो ही रहा है। रही साहित्यकारों की बात तो उनका आज भी भगवान् मालिक है।

□

ला, खर्चा निकाल !

✍ गजेंद्र तिवारी

पुलिस थाने में उसे हथकड़ी पहनाई गई। हथकड़ी की रस्म पूरी होते ही थाना मुंशी ने कहा, "ला, खर्चा निकाल!"

जिसे हथकड़ी लगाई गई थी उस भाग्यशाली के पिताश्री ने अपनी आध्यात्मिक श्रद्धाभक्ति का परिचय देते हुए सवा रुपए निकालकर मुंशीजी के डेस्क पर रख दिए। आपने कभी बब्बर शेर को गुस्से में भरकर गरजते देखा है ? नहीं देखा होगा। आप इस वक्त मुंशीजी को देख लीजिए। आपको शेरे-बब्बर का गुस्सा देखने की जरूरत नहीं पड़ेगी।

पुलिस थाने में सत्कार करने की अपनी विशिष्ट परंपरा है। उसी सुनहरी परंपरा के अनुसार जब सवा रुपए दक्षिणा देनेवाले का मान-सम्मान कर दिया गया तब पचास का एक नोट ससम्मान अंटी से बाहर आया और मुंशीजी की कटीली मूँछों में मुसकराहट के गुलाब खिल गए।

राज्य परिवहन की यात्री बस में अभियुक्त और उसके पिताश्री तथा गाँव के दो बुजुर्ग, जिन्हें थाने और अदालत-कचहरी का पुराना अनुभव था और एक जमानतदार तथा दो सिपाही, सब-के-सब आरूढ़ हो गए। बस में बैठते समय सिपाही ने मुजरिम के बाप से कहा, "ला, खर्चा निकाल!"

"अभी थाने में मुंशी को दिया है साहब, खर्चा।" पिताश्री ने कहा।

उसके इस जवाब पर सिपाही के श्रीमुख से क्या-क्या सुभाषित निकले, यह हम नहीं सुन पाए, क्योंकि राज्य परिवहन की बस में बैठने के बाद श्रवण-शक्ति जवाब दे देती है। क्या कहा गया, वह तो नहीं मालूम, लेकिन जो कहा गया उसका

असर तत्काल दिखाई दिया। बीस का एक नोट अंटी से निकला और खाकी वरदी की ऊपरी जेब में प्रविष्ट हो गया।

बस रोज की तरह अदालत के सामने ही रुक गई। सब नीचे उतरे। सिपाही ने समझाइश दी, ''जमानत कराने के लिए वकील रखना पड़ेगा। हमारी पहचान के एक बढ़िया वकील हैं। उनकी पहचान साहब से भी है। वो तुम्हारा काम फौरन करवा देंगे। चलो, चलते हैं उनके पास।''

हमारे कर्तव्यनिष्ठ पुलिसवाले ग्रामीण जनों से कितना सहयोग करते हैं, यह अब तक के घटनाक्रम से साबित हो जाता है। वे सब एक वकील साहब के पास पहुँचे। सिपाही ने कहा, ''साहब, एक चालान है। जमानत करवा दीजिए। अपने आदमी हैं।''

वकील साहब ने अपने मुंशीजी को इशारा किया और वे सब-के-सब पास के होटल में जा पहुँचे। सिपाही ने मुजरिम के पिताश्री की ओर इशारा किया। होटलवाले को कुछ कहने की जरूरत नहीं पड़ी। उसका तो रोज का काम था। नमकीन, मीठा और चाय आदि का दौर बदस्तूर पूरा हुआ। अंटी से पचास का एक नोट और बाहर निकला।

पान की दुकान पर पान और सिगरेट का एक लघु ओलंपिक हुआ। बीस का एक नोट दिन का उजाला देखने में समर्थ हुआ। अंटी क्या थी, कारूँ का खजाना थी।

''चालान पास करा लेते हैं, चलो।'' सिपाही ने अभियुक्त को पब्लिक प्रॉसिक्यूटर के कार्यालय की ओर ले जाते हुए कहा। नीम के बड़े से पेड़ के नीचे अंग्रेजों के जमाने का बना हुआ दफ्तर था। सिपाही ने चालान पेश करने के पहले एड़ियाँ बजाकर सैल्यूट किया। फिर खुद ही शरमा गया। जिसे दागा था सैल्यूट वह तो था ही नहीं दफ्तर में। कुरसी खाली थी।

मोहर्रिर यानी एक सिपाही बैठा था ड्यूटी पर। उसने चालान लिया एक हाथ में और दूसरा हाथ आगे बढ़ा दिया, ''ला, खर्चा निकाल!'' मुजरिम के पिताश्री ने थाने के सहृदय सिपाही की ओर आशा भरी नजरों से देखा।

सिपाही ने कहा, ''चालान पास कराने का नजराना देना पड़ता है। इस ऑफिसवाले साहब तुम्हारा चालान मंजूर कर तुम्हारे खिलाफ मुकदमा दायर करने जा रहे हैं, इसलिए उन्हें खर्चा देना पड़ेगा। पचास दे दो। ज्यादा नहीं लगता यहाँ। बहुत वाजिब रेट में तुम्हारा काम करवा दे रहे हैं।''

उस दफ्तर के सिपाही की फुरती देखने लायक थी पचास का नोट खीसे में

डालने के बाद। आनन-फानन में ही वह चालान पास करवाकर ले आया। पास करवाने का मतलब लोक अभियोजक साहब द्वारा चालान के फॉर्म पर अपनी चिड़िया बिठाना था।

यह संस्कार पूरा होने के बाद वकील और उसके मुंशी की कार्यविधि प्रारंभ हुई। मुंशी ने 'खर्चा ला' और 'निकाल', इन दोनों शब्दों के बदले उँगलियों से संकेत किया। मुजरिम का पिता होना कितनी अहमियत रखता है, यह उस दिन पता चला मंगलूराम को। दूल्हे के पिता जितना ही, या कन्या के पिता जितना ही महत्त्व होता है उसका।

मुंशी द्वारा 'ला, खर्चा निकाल' का इशारा करने पर थाने के सिपाही की ओर देखा मंगलूराम ने। अनुभवी सिपाही ने कहा, ''कागजात बनाने होंगे जमानत के, सौ रुपए दे दो मुंशीजी को। वकील साहब को अभी देने की जरूरत नहीं है। काम करवाने के बाद ही देना उनको।''

अंटी ने फिर सौ के एक नोट को जन्म दिया। वकील साहब के मुंशीजी कई किस्म के फॉर्मों और सरकारी कागजों में उलझ गए। जमानत की अरजी तैयार कर वकील साहब की चिड़िया उसपर बिठाई; फिर अदालत की ओर बढ़ गया।

सिपाही ने चालान पेशकार के पास पेश कर दिया। पेशकार ने हाथ बढ़ाया। उसके बढ़े हुए हाथ से आवाज निकल रही थी, 'ला, खर्चा निकाल!' समझदार सिपाही ने मंगलूराम को इशारा किया। अब तक मंगलूराम इशारों की भाषा में पारंगत हो चुका था। दस-दस के दो नोट उसने बढ़ा दिए, जिन्हें दराज के हवाले कर पेशकार ने कहा, ''जाओ, जमानत की अरजी लेकर आ जाओ।''

इसी समय वकील साहब का मुंशी पहुँच गया। उसने अरजी पेश कर दी। वकील साहब का मेमो पेश कर दिया। पेशकार ने चालान का मुआयना किया सरसरी तौर पर। फिर एक ऑर्डर शीट लगाकर उसपर आवश्यक इंद्राज किए। यह सब होने के बाद उसने चपरासी को आवाज दी, ''भोला, यह ले जाओ साहब के पास!''

साहब चेंबर में थे। चपरासी ने मंगलूराम के बेटे की फाइल उठाई और हाथ बढ़ा दिया, ''ला, खर्चा निकाल!''

मंगलूराम ने नेकदिल सिपाही की ओर देखनेवाली वही क्रिया एक बार फिर दुहराई। इशारों की भाषा समझ दस का नोट उसकी, यानी भोला की हथेली पर रख दिया, जिसका स्पर्श पाते ही भोला की गाड़ी को जैसे टॉप गियर लग गया।

आदेश हो गया। जमानत की अरजी मंजूर हो गई, कागजात पेश हुए, जमानत

तसदीक हो गई और मुजरिम को छोड़ने के लिए कह दिया गया। सिपाही ने हथकड़ी खोल दी। मंगलूराम का बेटा मुक्त हुआ। पेशकार को बख्शीश दी मंगलूराम ने। चपरासी को भी, सिपाही को भी, वकील के मुंशी को भी। दो सिपाही थे जिनमें से एक ही को मंगलूराम ने दिया था।

दूसरेवाले ने कहा, ''कुछ खर्चा-वर्चा नहीं दोगे?''

मंगलूराम को लगा कि पुलिसवाला होने के बाद भी यह सिपाही बेचारा इतना शरीफ है। 'ला, खर्चा निकाल' नहीं बोल रहा है, 'कुछ खर्चा-वर्चा नहीं दोगे'—ऐसा पूछ रहा है। मंगलूराम की अंटी वाटर ऑफ इंडिया के जग की तरह करामाती थी। उस सिपाही को भी उसने दिया। काश, अपनी भारत सरकार की अंटी भी इतनी चमत्कारी होती!

अब वकील साहब की बारी थी। सिपाही ने मंगलूराम से कहा, ''तीन सौ दे दो साहब को।'' वकील साहब भले आदमी थे, उन्होंने अपने मुँह से कुछ नहीं कहा। ऐसे सज्जन बिरले ही होते हैं। मंगलूराम ने तीन सौ रुपए वकील साहब को भेंट किए।

''अच्छा साहब, चलता हूँ।'' सिपाही ने वकील साहब को सलाम करते हुए कहा। उन्होंने सिपाही को एक ओर बुलाया और उसकी हथेली पर सौ का एक नोट रख दिया। सिपाही स्पर्श पहचानता था। उसने बिना देखे ही नोट को जेब के हवाले किया। ''अच्छा साहब, नमस्कार!'' पुलिसवाले शिष्टाचार नहीं जानते, ऐसा बौड़म लोग ही कहते हैं।

''चलो मंगलूराम! चाय वगैरह पीते हैं। थक गए आज तो।'' सिपाही ने होटल की तरफ बढ़ते हुए कहा। होटल मालिक ने उन्हें दुबारा आते देखा तो उसके चेहरे पर कान-से-कान तक मुसकराहट की रेखा खिंच गई। मंगलूराम ने सबकी नजर बचाकर अंटी टटोली, अंटी खाली थी। वह बदहवास सा इधर-उधर टटोलने लगा। कुछ नहीं था अंटी में। सिपाही समझ गया।

''लगता है, किसी ने तुम्हारी पॉकेट मार दी। एक-से-एक पॉकेटमार घूमते रहते हैं यहाँ। पैसे सँभालकर रखने चाहिए।'' सिपाही ने सीख देते हुए कहा।

लेकिन अब कैसे करेंगे? अब तो मोटर का किराया भी नहीं है। कैसे जाएँगे? चिंता की बदलियाँ मंगलूराम के चेहरे पर देखी जा सकती थीं।

सिपाही की नजरें मंगलूराम के हाथों पर पड़ीं। चाँदी के कड़े पहने हुए था मंगलूराम दोनों हाथों में। सिपाही की नजरें मंगलूराम पहचानता था। उसने कड़े उतारे और कहा, ''इनको कहीं गिरवी रख आओ और रुपए ले आओ।''

सिपाही ने वकील के मुंशी को वे कड़े दिए और कहा, ''कहीं रखकर रुपए ले आओ।''

आधे घंटे के बाद चार सौ रुपए लेकर मुंशी आया। उन्होंने भरपेट नाश्ता किया। शाम घिरने लगी थी। सिपाही ने मंगलूराम से कहा, ''यार, अब तो मन हो रहा है, चलें उधर कुछ तर चीज हो जाए!''

सिपाही को पता था, उसकी पसंद का माल कहाँ मिलता है। थोड़ी देर के बाद जब वे आए तो उनकी हालत काबिले-गौर थी। मंगलूराम भी मगन था। वह लगातार एक ही बात दुहराए जा रहा था, ''ला, खर्चा निकाल! ला, खर्चा निकाल!''

सिपाही उसे बार-बार कोंच रहा था कि क्या बक रहा है, लेकिन मंगलूराम अपनी ही धुन में मस्त था।

□

ईमानदारों की तलाश

✍ गिरीश पंकज

मैं ईमानदारों की तलाश में निकला था। एक संस्था ने मुझे यह काम सौंपा था। इसके लिए उन्होंने 'कमीशन' देने का वादा भी किया था। 'एक ईमानदार लाओ—सौ रुपइया पाओ।' मेरा दिल बल्लियों उछल रहा था; क्योंकि मुझे पूरी उम्मीद थी कि एकाध हजार रुपए तक की कमाई तो हो जाएगी। क्या लाखों की आबादीवाले शहर में दस ईमानदार भी नहीं मिलेंगे? जब मुहिम पर निकला तो पता चला कि सारे-के-सारे ईमानदार भूख के शिकार हो रहे थे, इसलिए शहर से पलायन कर चुके हैं। फिर भी मैं रेत से तेल निकालने की कोशिश में जुटा रहा।

एक मोटे-ताजे सज्जन मिले। मैंने पूछा, "क्यों साहब, आप ईमानदार हैं?"

वह चिढ़ गए, "व्यंग्य करते हो मुझपर? तुम्हें कैसे पता चला कि मैं 'सिंचाई' विभाग में हूँ और जबरदस्त भ्रष्ट हूँ?"

मैंने मुसकराते हुए कहा, "श्रीमान, आपके सुनने में कोई भूल हुई है। मेरा तो बड़ा सीधा सा प्रश्न था कि क्या आप ईमानदार हैं?"

सज्जन बोले, "दरअसल आपका प्रश्न ही कुछ ऐसा था कि मैं चिढ़ गया। आज के जमाने में ईमानदार को तलाशना शहर में स्वच्छ पर्यावरण को तलाशने जैसा है। दिल्ली हो या मुंबई, जिसकी आत्मा का ढक्कन खोलो, बेईमान ही नजर आता है। दो-चार-छह ईमानदार कहीं मिल जाएँ तो इस देश का सौभाग्य है, बंधु। मैं तो बेईमानी की मुख्यधारा में बह रहा हूँ और जो सच है, वह साफ-साफ कह रहा हूँ। जाओ भई, अपना कीमती समय नष्ट मत करो।"

मैंने कहा, "सौ रुपइए का सवाल है। ईमानदार मिलेंगे तो ठंडी जेब गरम हो

जाएगी। बेरोजगार हूँ, इसलिए भिड़ा हूँ।'' मेरी रोनी सूरत देखकर बेईमानश्री को मुझ पर तरस आ गया।

उन्होंने जेब से चवन्नी निकाली और हाथ पर धरते हुए कहा, ''ये लो, ऐश करो।''

मैंने चवन्नी में ही संतोष कर लिया और तलाश जारी रखी।

आगे बढ़ा तो एक और महानुभाव मिल गए। अपनी कीमती कार से उतर रहे थे। चेहरे से लाली टपक रही थी। मुझे लगा, इसे ही तेज टपकना कहते हैं। मैंने उन्हें आवाज दी, ''क्यों आदरणीय, आप ईमानदार हैं?''

वह बोले, ''कोई शक! अपुन सौ फीसदी ईमानदार हैं। अपुन का नाम ही है ईमानदार सिंह।''

मैंने हँसते हुए कहा, ''मैं नाम की नहीं, आचरण की बात कर रहा हूँ।''

ईमानदार सिंह बोले, ''अच्छा-अच्छा, तो ईमानदारी का सूक्ष्म निरीक्षण करने निकले हैं आप? कहीं आप उस संस्था के एजेंट तो नहीं, जिसके सारे सदस्य कुख्यात बेईमान हैं, जो इन दिनों ईमानदारों को ढूँढ़कर सम्मानित करने के 'मूड' में है?''

मैंने कहा, ''आप ठीक फरमाते हैं। तो आप ईमानदार हैं?''

वह हँस पड़े—''अरे भाई, बोलने में क्या जाता है? बोले देता हूँ कि मैं ईमानदार हूँ; लेकिन सच तो यह है कि ईमानदारी से अपना छत्तीस का आँकड़ा है। वाइफ है—उसके नखरे हैं, आधे दर्जन बच्चे हैं—कंप्यूटर युग के, तो बंधु, इनको देखना है। प्रतिस्पर्धा का जमाना है। आई.ए.एस. मार्का नौकरी के लिए पढ़ाई और रिश्वत का एडवांस बंदोबस्त करना है। ईमानदार रहूँगा तो ये सब 'महान् कार्य' कैसे संभव होंगे? आदर्शवाद के हलुए और चरित्र के भेलपूरी से पेट नहीं भरता। अरे भई, किताबों की बातें किताबों तक रखो और यथार्थ का मीठा फल चखो। मैं बेईमान हूँ तो हूँ। हाँ, बेईमानी को पूरी ईमानदारी के साथ करता जरूर हूँ। हम लोगों का एक पूरा गैंग है, जिसने शपथ ली है कि सारे गलत-सलत काम पूरी ईमानदारी से करेंगे। इस अर्थ में आप हमें ईमानदार मान सकते हैं।''

मुझे लगा, यह शख्स सचमुच ईमानदार है। अपनी बेईमानी को डंके की चोट पर स्वीकार कर रहा है। ऐसी नस्लें आजकल मिलती कहाँ हैं! मैंने मान लिया कि यह आदमी ईमानदार है। वैसे पिछला शख्स भी ईमानदार ही था। उसने भी ईमानदारी के साथ कहा था कि मैं बेईमान हूँ।

एक लोफरनुमा आदमी मिला। मैंने उसकी ईमानदारी के बारे में पूछा तो कहने लगा, ''मैं दो नंबर के काम को ईमानदारी से करता हूँ। यह गलत काम का

बुनियादी उसूल है कि वह ईमानदारी से किया जाए। इस तरह आजकल हर दूसरा आदमी ईमानदार है।''

मैंने पूछा, ''आप करते क्या हैं?''

वह हँस पड़ा, ''अरे पार्टनर, तुम तो पूछो कि हम क्या-क्या नहीं करते? तस्करी से लेकर बलात्कार तक और राजनीति से लेकर डकैती तक, सबकुछ कर लेते हैं। जब जैसा पुनीत मौका हाथ लग जाए।''

यह शख्स भी काली करतूतों का खुलासा करते हुए अपनी 'ईमानदारी' का प्रमाण दे रहा था। मुझे लगा, ऐसे ईमानदारों की सूची अलग से बनाई जानी चाहिए। मैंने बनाई, लेकिन देखते-ही-देखते संख्या हजारों में पहुँच गई। इन तमाम नामों के हिसाब से पैसा मिलता तो मैं करोड़पति और संस्था फकीरपति हो जाती; लेकिन संस्था को बेईमानी का काम ईमानदारी के साथ करनेवालों की सूची नहीं चाहिए थी। उन्हें चौबीस कैरेट खरे ईमानदारों की जरूरत थी। संस्था ऐसे ईमानदारों की सूची कहीं दर्ज करना चाहती थी, ताकि भावी पीढ़ी ईमानदारी से परिचित हो सके।

ईमानदारों की तलाश में शाम हो गई।

तभी एक और सज्जन टकरा गए। वह ईमानदार निकले, मगर दूसरे टाइप के। कहने लगे, ''मैंने आज तक कोई आर्थिक गड़बड़ी नहीं की है। चाहे तो मेरे विभाग के लोगों से पूछ लें।''

मैं चौंका, ''मतलब, आप हर तरह से ईमानदार हैं?''

वह बोले, ''किसी से कहना मत। मेरी हालत 'दारू पीए और बीयर से परहेज' जैसी हो गई है। मैं पैसों की गड़बड़ी नहीं करता, लेकिन चरित्र की नाव में ढेर सारे छेद हैं। अलग प्रकार का थोड़ा-बहुत शौक है, कुड़ियों को दाना डालने की आदत है।''

मैं सोच में पड़ गया। ईमानदारी केवल आर्थिक मामले तक ही सीमित रहे या उसमें चरित्र की नैतिकता आदि भी शामिल की जाए? मुझे ऐसे अनेक 'ईमानदार' लोग मिले जो एक मोरचे पर तो स्वस्थ थे, लेकिन दूसरे मोरचे पर बेहद सड़े-गले थे।

एक और सज्जन मिले। बड़े धार्मिक। सुबह-शाम मंदिर जाते थे, लेकिन आर्थिक और चारित्रिक भ्रष्टाचार के बिना उन्हें जीवन नीरस लगता था।

''धर्म और भ्रष्टाचार में वे तालमेल कैसे बिठा पाते हैं?''

मेरे इस प्रश्न पर वह बोले, ''ऐसा है, भोले, जो धार्मिक होता है न, उसके सौ खून माफ हो जाते हैं। दिन भर बेईमानी करो, गरीबों का गला काटो, झूठ-पर-झूठ बोलो। अंत में भगवान् को दो-चार रुपइए का 'प्रसाद' चढ़ा दो और हो जाओ

फिर से पाक-साफ व ईमानदार नए सिरे से बेईमानी और अधर्म करने के लिए। अपने देश में ऐसी 'जातियों' की बहुलता है। करोड़ों हैं ऐसी आत्माएँ।''

एक सज्जन कहने लगे, ''सा'ब, हमारा एक साथी जो है, सो बड़ा ही नेक इनसान है। वह दारू नहीं पीता, पान नहीं खाता, मांस नहीं खाता। आजकल ऐसे लोग कहाँ मिलते हैं! बहुत ईमानदार है वह। आप उससे मिल लीजिए।''

मैं गद्गद हो गया। चलो, रात होते-होते एक तो ईमानदार मिला। पक गए रे सौ ठो रुपए। हम उस नेक इनसान के घर पहुँचे। दूर से देखा, वह अश्लील पत्रिका पलट रहे थे। हमें आता देख फौरन हरकत में आ गए। उस पत्रिका को छिपाकर हाथ में एक धार्मिक पत्रिका थाम ली और राम-राम जपने लगे। हम मुसकरा पड़े। वाह, क्या ईमानदारी है! अंदर जाने की इच्छा नहीं हुई।

वापस जाने लगा तो उन्होंने आवाज दी, ''आइए न, बैठिए न, मैं जानता हूँ कि आपको ईमानदारों की तलाश है। आप सही जगह पहुँच गए हैं। ये रखिए पाँच सौ रुपए और जरा ठीक से प्रचारित कीजिए मेरी ईमानदारी को। मैं ईमानदारी का पुरस्कार जीतना चाहता हूँ। खूब बेईमानी कर ली, खूब पैसा कमाया, अब ईमानदार बन चुका हूँ।''

बातचीत चल रही थी, तभी एक सुंदरी ने प्रवेश किया। 'ईमानदारश्री' कुछ शरमा गए। बोले, ''ईमानदारी में मनोरंजन तो चल ही सकता है। अब आप निकलिए। हम लोग एक सांस्कृतिक यात्रा पर निकलेंगे।'' मैंने उनके पाँच सौ रुपए लौटा दिए। यात्रा के दौरान काम आ जाएँगे।

मैं खाली हाथ लौट आया।

सो, उस पूरे दिन और रात भ्रमण करने के बावजूद एक अदद ईमानदार न मिला। इक्का-दुक्का लोग मिले भी, जो कुछ मामलों में ठीक-ठाक थे, लेकिन बहुत सारे मामलों में खाँटी बुरे थे। ईमानदार का मतलब तो सीधे-सीधे चौबीस कैरेट खरा होना चाहिए। यहाँ तो हर तरफ मिलावटी माल है। कल फिर निकलूँगा ईमानदारों की तलाश में। आप भी चलेंगे मेरे साथ?

□

मैंने भैंसे को डंडा क्यों मारा?

✍ चेतन आर्य

सुबह-सुबह क्या देखता हूँ कि पशु चिकित्सालय का भैंसा बाड़ तोड़कर बगीचे में घुस आया है और बड़े प्रेम से पेड़-पौधों को रौंद रहा है; लेकिन खा कुछ नहीं रहा है। बड़ा अजीब सरकारी भैंसा है। क्या सरकारी भैंसे ऐसे ही होते हैं?

कितनी कठिनाई से लगाया है मैंने इन पेड़-पौधों को! घर खर्च में कटौती कर इनकी देखभाल की है। बच्चों तक को कहना पड़ा, 'बाबूजी, हमसे ज्यादा प्यारे आपको पेड़-पौधे लगते हैं न!'

मैं उन्हें कैसे बताता कि मुझे कौन 'प्यारे' हैं। वह कमबख्त मेरी आँखों के सामने मेरे सपनों को चूर-चूर कर रहा था और हम पति-पत्नी मूकदर्शक बने उसकी सारी कलाबाजी देख रहे थे। उसकी कलाबाजियाँ देखकर मेरी मुट्ठियाँ भिंच गईं। नसों में गरम-गरम खून बहने लगा। अचानक पत्नी ने पीछे से मेरे हाथों में एक डंडा थमा दिया। डंडे की सेहत और कद-काठी उम्दा थी। डंडा हाथ में आते ही मैंने देरी करना ठीक न समझा और उससे भिड़ गया। पीठ पर डंडे का पहला वार पड़ते ही वह बिलबिला उठा और तेजी से मेरी ओर लपका। उसकी चुस्ती-फुरती देखकर लग रहा था कि मैं उसे किसी भी हालत में पराजित न कर पाऊँगा। पराजित कर भी कैसे सकता था, आखिर था तो सरकारी भैंसा ही न। मेरी तरह आम आदमी तो था नहीं।

मैं जाने किस सोच में पड़ा था कि पत्नी ने इशारे से बताया कि भैंसे के सींग कमजोर होते हैं, उसी पर डंडे से वार करूँ। सच बात है, वार तो कमजोर पर ही किया जाता है न!

यह तो मानना ही पड़ेगा कि भारतीय पत्नियाँ बड़ी अच्छी सलाहकार होती हैं। लेकिन अहं के मारे हम पतिगण पत्नियों को पाँव की जूती के अलावा कुछ समझते ही नहीं।

मैं भैंसे से जा भिड़ा।

हमारी भिड़ंत असमान थी।

मेरे पास आकर उसने मुझे काफी दूर खदेड़ दिया; लेकिन मैं भी कच्चा खिलाड़ी न था। फुरती से सँभलकर ताबड़तोड़ चार डंडे जमा ही दिए। अब की बार वह काफी दूर जा गिरा; लेकिन मैं अंगद की तरह वहीं जमा रहा। भागकर जाता कहाँ? पीछे पत्नी जो खड़ी थी—चीन की दीवार की तरह।

अचानक क्या देखता हूँ कि वह तेजी से मेरी ओर दौड़ा चला आ रहा है। यदि शीघ्र अपना बचाव न किया तो घरवालों की बाकी की सारी उम्र मेरी हड्डी-पसली को जोड़ने में ही खत्म हो जाएगी। उससे अपना बचाव करने के लिए मैं ज्यों ही सँभला कि पीछे से पत्नी का स्वर सुनाई पड़ा, ''मत चूको चौहान।''

तेजी से वह जैसे ही मेरे करीब आया, आव देखा न ताव, मैंने डंडे का जोरदार वार उसके सींग पर कर दिया। वार इतना तगड़ा था कि वह वहीं चारों खाने चित हो गया। उसके चित होते ही ऐसा लगा जैसे मैंने किसी आदमखोर शेर को मार डाला। मैंने देखा, उसकी साँस इतनी जोर से चल रही थी कि आस-पास की घासें तक काँप रही थीं। फिर यह देखकर मैं काँप उठा कि उसके सींग से खून बह रहा है। केवल खून ही नहीं बह रहा था बल्कि वह सींग ही टूट गया था, जिससे खून बह रहा था।

मेरी वीरता को देखकर पत्नी और बच्चे ताली बजा रहे थे। बच्चे शायद वह सोचकर ताली बजा रहे थे कि जिसके बाप ने कभी एक मेढकी तक को न मारा था आज उसी ने एक सरकारी भैंसे को घायल कर डाला।

डंडा खाकर उधर भैंसा घायल हो गया, इधर घायल होने की मेरी बारी थी। पता नहीं पशु चिकित्सालयवालों को कैसे पता चला कि वे दल-बल सहित चले आए। आते ही सबने मुझे सुलगती आँखों से देखा। कुछ ने राष्ट्रीय राग अलापा—''सरकारी संपत्ति को नुकसान पहुँचाकर ठीक नहीं किया आपने।''

''किंतु भाइयो,'' मैंने सफाई दी, ''मैं एक गरीब और मामूली आदमी हूँ, देखिए न, आपके भैंसे ने कैसे मेरे बगीचे को तहस-नहस कर डाला है। अब मैं अपना घर कैसे चलाऊँगा?''

''वो हम नहीं जानते।'' एक ने रोबीले स्वर में कहा, ''क्या तुम्हें पता नहीं

कि भैंसा सरकारी है ? उसकी जहाँ मरजी होगी, जाएगा। उसके साथ मार-पीट करनेवाले तुम कौन होते हो ?''

उनकी बातों को सुनकर मैंने महसूस किया कि वाकई सरकारी संपत्ति को नुकसान पहुँचानेवाला मैं कौन होता हूँ। इसपर मैंने उन्हें कई तरह से समझाया, अपनी विवशता और लाचारी बताई; लेकिन उनपर मेरी बातों का कोई प्रभाव नहीं पड़ा। मैंने पूरी ताकत लगाकर उनके विवेक की रेत को निचोड़ा, लेकिन तेल नहीं निकला।

आज मुझे पहली बार अपने आपसे घृणा हुई। मैंने अपने आपको धिक्कारा— ऐ तुच्छ इनसान! तेरा जीना भी क्या जीना है। देख, तेरी चार पैसे की भी इज्जत नहीं है। देख, अपनी आँखों से देख, लोग तेरा नुकसान कर तुझे ही आँखें दिखा रहे हैं।

दूसरे दिन सुबह मैं अपने उजड़े हुए बगीचे को फिर से सँवारने की कोशिश कर रहा था कि पुलिस का एक सिपाही आ धमका। उसने बताया कि मेरे खिलाफ सरकारी संपत्ति को नुकसान पहुँचाने की रिपोर्ट है।

एक तो यों ही पुलिस के सिपाहियों को देख कलेजा मुँह को आ जाता है। अपने खिलाफ रिपोर्ट की बात सुनकर मेरे तो हाथ-पाँव ही ढीले पड़ गए। बड़ी देर की चुप्पी के बाद मैंने कहा, ''भइयाजी, इसमें मेरा क्या कसूर है ? पशु चिकित्सालय का भैंसा जबरन मेरे बगीचे में घुस आया और सारे पेड़-पौधों को रौंद डाला। यही नहीं, जब मैंने उसे अपने बगीचे से भगाने की कोशिश की तो उसने पेड़-पौधों की तरह मुझे भी रौंद डालना चाहा। अपनी आत्मरक्षा के लिए ही मैंने डंडा घुमाया। अनजाने में डंडे का वार उसके सींग पर पड़ गया। क्या मुझे अपनी आत्मरक्षा का अधिकार नहीं है ?''

मैंने देखा, वह मेरी बातों को सुन नहीं रहा है, अलबत्ता ललचाई निगाहों से बगीचे में बची-खुची साग-सब्जी को देख रहा है। थोड़ी देर बाद मेरे बयान को कलमबंद कर उसने कहा, ''ठीक है, चलो थाने, टी.आई. साहब से बात कर लेना।''

शाम को मैं थाने जा पहुँचा। देखा, एक दुबला-पतला किंतु घनी मूँछोंवाला आदमी कुरसी पर बैठा है। यही अपने नगर के टी.आई. थे।

''सर, मैं आम आदमी हूँ।'' मैंने कहा, ''आपने बुलाया था मुझे ?''

अपनी छोटी-छोटी आँखों को टेबल पर रखकर गरज पड़े, ''तो तुम हो आम आदमी, जिसने सरकारी संपत्ति को नुकसान पहुँचाया है ?''

मैंने फल से लदी डालियों की तरह गरदन झुकाकर कहा, ''सर, अनजाने में गलती हो गई। क्षमा चाहता हूँ, माई-बाप।''

''हूँ!'' वे चीख पड़े, ''ईडियट, जानते नहीं, सरकारी संपत्ति को नुकसान

पहुँचाना कितना बड़ा जुर्म है ? कितने साल की सजा हो सकती है ?''

''अब आइंदा ऐसी गलती न करूँगा, सरकार। माफी चाहता हूँ।'' मैंने गिड़गिड़ाते हुए क्षमा-याचना की।

पता नहीं क्या हुआ कि वे एकदम से दयावान् हो गए। काश ! सभी टी.आई. ऐसे दयावान् होते। बाद में पता चला कि वे भी मुझ जैसे एक आम आदमी के बेटे हैं, इसलिए मुझे पहचानकर क्षमा कर दिया, वरना कौन मुझ जैसे आदमी पर दया करता है ! किसे फुरसत है कि कोई मेरी औकात को जाने, मेरी शख्सियत को पहचाने !

''ठीक है।'' मेरी ओर घूरकर देखते हुए कहा, ''लेकिन फिर ऐसी गलती न करना।'' उन्होंने किसी पांडेयजी को पुकारा। थोड़ी देर बाद एक काला-कलूटा, चेचक के दाग से भरा हुआ आदमी सामने आ खड़ा हुआ—यही पांडेयजी थे।

पांडेयजी को देखकर मैं काँप उठा—अपने सिवाय इतना डरावना इनसान मैंने कभी नहीं देखा था। एक बार तो यों लगा जैसे यमराज महाराज मुझे नरक ले जाने के लिए आए हैं।

''इनका बयान लेकर छोड़ दो।'' टी.आई. साहब ने पांडेयजी से कहा।

मैं अंदर-ही-अंदर खुश हो रहा था कि जान बची और लाखों पाए। लेकिन पांडेयजी खुश नजर नहीं आ रहे थे। लगा, वे मुझे जल्दी छोड़ने के मूड में भी नहीं हैं। सच बात तो यह है कि उन्होंने अभी पुलिस के सिपाही होने का रंग ही नहीं दिखाया था। पांडेयजी मुझे एक अन्य कमरे में ले गए। फिर धीरे से बोले, ''देखो, आम आदमी, साहब तुमसे बहुत नाराज हैं। ऐसा करो,'' पांडेयजी ने मेरे कान में कहा, ''कुछ दे-दिवा दो। उन्हें मनाकर मामला रफा-दफा कर देता हूँ।''

मरता क्या न करता। थूक का घूँट गले के नीचे उतारकर कहा, ''पांडेयजी, अभी तो मेरे पास सौ रुपए ही हैं। राशन के लिए रखे हैं।''

''यही तो मुसीबत है।'' पांडेयजी बीच में बोल पड़े, ''कुछ समझते तो हो नहीं, आखिर हो न आम आदमी। अरे भैया, सौ की पत्ती से तो साहब के जूते की पॉलिश भी नहीं होती।''

''कितने रुपए में होगी, जनाब ?'' मैंने पूछा।

''दो सौ का इंतजाम जल्दी करो। जाओ।'' उन्होंने मुझे डाँटा।

''लेकिन मेरे पास तो सौ रुपए ही हैं, पांडेयजी।'' मैंने लगभग रुआँसे होकर बताया।

''तो ठीक है।'' पांडेयजी ने कहा, ''जाओ, साहब से मिल लो।''

साहब का नाम सुनते ही मैं काँप उठा। ऐसा लगा—टी.आई. साहब के पास

गया तो जरूर वे मुझे जेल की काली कोठरी का अनुभव कराके रहेंगे।

"ठीक है, पांडेयजी," मैंने हताश होकर कहा, "मुझे घर जाने दीजिए।"

पांडेयजी कुछ बोले नहीं, केवल 'हूँ' कहा। पीछे मुड़कर दो-चार कदम आगे बढ़ा था कि पांडेयजी बोले, "सूर्यास्त के बाद किसी गैर-सरकारी चीज को हाथ नहीं लगाते।"

घर आकर एक-एक कोना छान मारा, जंग लगी पेटियों को उलट डाला, बरतन-भांडों को छान मारा; लेकिन एक रुपया तक न मिला।

धीरे-धीरे सूर्यास्त हो रहा था।

पत्नी और बच्चे आश्चर्यचकित हो देख रहे थे कि आखिर मैं क्या कर रहा हूँ। आस-पड़ोस में ऐसा कोई था भी तो नहीं कि सौ रुपए उधार लेकर पांडेयजी को भेंट चढ़ा देता। लेकिन कोई मुझे उधारी देता भी तो किस आधार पर?

अचानक देखता हूँ कि आले पर बिटिया का गुल्लक रखा है। उसे झपटकर पकड़ लेता हूँ। मुझे ठीक से याद नहीं कि कभी मैंने बिटिया को पाँच-पच्चीस पैसे दिए हों। हो न हो, उसने जेब खर्च में कटौती कर गुल्लक में पैसा जमा करना शुरू किया था।

कभी-कभी गुल्लक हाथ में लेकर कहा करती थी, 'बाबूजी, बड़ी होकर आप पर बोझ नहीं बनूँगी। अपनी शादी गुल्लक के पैसों से करूँगी और ढेर सारा दहेज भी ले जाऊँगी।'

गुल्लक को पटककर वहीं तोड़ डाला, जिससे पच्चीस-पचास के ढेरों सिक्के जमीन पर बिखर गए। जल्दी-जल्दी सारे पैसों को रूमाल में बाँधकर थाने की ओर भागा।

पांडेयजी शायद मेरा ही इंतजार कर रहे थे। देखते ही बोले, "अरे भई, बड़ी देर लगा दी तुमने। साहब बड़े नाराज हो रहे हैं।"

बिना कुछ बोले मैंने उनके सामने रूमाल में बँधा धन रख दिया। पैसे देने के बाद महसूस कर रहा था जैसे मैं अपनी बिटिया के नन्हे-नन्हे सपनों को पांडेयजी को भेंट चढ़ा रहा हूँ। सोच रहा था, जब वह स्कूल से आएगी और आले पर गुल्लक नहीं पाएगी तब क्या होगा? उसके सवालों का जवाब कौन देगा?

चौराहे पर एक मित्र ने बताया कि पशु चिकित्सालयवाले भैंसे के लिए नकली सींग की व्यवस्था कर रहे हैं। मैं सोचने लगा—काश! कोई एक नकली सपना मेरी बिटिया के लिए भी दे जाता।

□

डॉक्टर ऑपरेशन टेबल पर

✍ जब्बार ढाँकवाला

डॉक्टर ऑपरेशन टेबल पर पड़ा हुआ था। लालच की तिल्ली की लप-लप ऑपरेशन थिएटर के बाहर तक सुनाई दे रही थी। सबसे बड़ी अदालत के काला चोंगाधारी सज्जन-पुरुषगण चारों ओर झुके हुए थे। अललटप्पु मार्का अंदाज में उन्होंने डॉक्टर के खुले मुँह को सूँघा तो उसमें नर्स की लिपस्टिक, विदेशी व्हिस्की की गंध के साथ असावधानी की लेवेंडर में लिपटी मरीजों की आहें भी सुनाई दीं। गरीब-परवर काले चोंगाधारियों का खून खौला तो लालच की तिल्ली पर चला दी कैंची। मगर तिल्ली इतनी कड़क निकली कि करीम कसाई की विशेषज्ञ सेवाएँ लेने पर भी नहीं काटी जा सकी। तब गुस्से में आकर बड़ी अदालत ने डॉक्टर को उठाकर नीचे फेंका। डॉक्टर जा गिरा सीधा उपभोक्ता अदालत के कठघरे में और मरीजों ने बजाई तालियाँ, डॉक्टरों ने दी मन-ही-मन गालियाँ। मीडिया मुसकरा रहा है, मरीज खिलखिला रहा है और वकीलों के ठहाके घाव पर नमक-मिर्च के समान नृत्य कर रहे हैं।

डॉक्टर समाज पर आए इस आपातकाल में अब रोगी उपभोक्ता बन गया है। सतरंगी लाल शाम की सैर पर निकले तो उन्होंने जो कुछ देखा, उसे शायद आप भी देखना पसंद करेंगे।

दृश्य : १

कस्बे के एक डॉक्टर का क्लीनिक, पल्स पोलियो का एक पोस्टर, मुसकराते बच्चों के फोटो व एड्स से बचने के लिए सावधान करती सरकारी अपीलों से

घिरी दीवारों के बीच गले में आला और रुद्राक्ष की माला (जो अभी-अभी ही संकटमोचक बाबा से खरीदी गई है) पहने हुए डॉक्टर साहब चेहरे पर दयनीयता के भाव लिये मरीज के पेट को दबा रहे थे। मरीज के चेहरे पर कंज्यूमर होने का अहं झिलमिला रहा था।

कंज्यूमर बोला, "डॉक्टरजी, (डॉक्टर के पीछे 'साहब' लगाने पर कोर्ट ने पाबंदी लगा दी है) यह क्या कसाई जैसा हमारा पेट दबा रहे हो? कहीं हमारे गुरदे में गुदगुदी हो गई तो? अदालत ने गुरदे की कीमत एक लाख रुपए लगाई है।"

डॉक्टर—"सॉरी सर, मैं भूतकाल में विचर रहा था।"

कंज्यूमर—"तो अब भूतकाल की बहार से बाहर निकलकर वर्तमान की तपती धरती पर आइए। अब हम पेशेंट नहीं, जो पेशेंस रखें, इसलिए जल्दी से हमारा बिल बनाइए, ताकि सनद रहे और उपभोक्ता अदालत में काम आए।"

दृश्य : २

वही क्लीनिक, मगर समय पंद्रह मिनट बाद का, सतरंगी लाल फिर से वहाँ से गुजरते हैं, क्योंकि उस डॉक्टर की परमानेंट पेशेंट से उनके प्रेम की प्रक्रिया परम अवस्था प्राप्त करने को थी। अब डॉक्टर बदले हुए अंदाज में है।

रोगी—"डॉक्टर साहब, तीन दिन से बहुत बुखार है, जरा देख लीजिए।"

डॉक्टर—"(मरीज को हाथ लगाए बिना) पहले यह बताइए कि आप वकील हैं?"

रोगी—"नहीं, मैं वकील नहीं हूँ। वन विभाग में हूँ।"

डॉक्टर—"आपके खानदान में कोई वकील या मुंशी तो नहीं हुआ?"

रोगी—"नहीं। डॉक्टर साहब, मेरा बुखार बढ़ता जा रहा है।"

डॉक्टर—"आप कुछ समझते नहीं। चुप रहिए। ये बताइए कि उपभोक्ता अदालत आपके घर से कितनी दूर है?"

रोगी—"डॉक्टर साहब, ये उपभोक्ता अदालत क्या बला है?"

डॉक्टर—"इसी बला से तो डॉक्टर जला है। इसलिए आप जैसे छाछ को भी फूँक-फूँककर पी रहा है।"

उसके बाद डॉक्टर ने मरीज को सूँघा। उसके किसी कोने से भी मुकदमेबाजी की गंध नजर नहीं आई, तो भी बतौर सावधानी के कहा, "सबसे पहले तो आप मेरे दोस्त मलमूतरिया से अपने खून की जाँच करवाइए, फिर डॉ. आरपारिया से एक्सरे और डॉ. नाशाब से पेशाब की जाँच करवाइए; फिर इन रिपोर्टों को लेकर

आइए, तब ही आपके बदन में उगे बुखार के खारों को निकाल सकूँगा।''

दृश्य : ३

शहर की पॉश कॉलोनी में डॉक्टर का फैशनेबल काउंसलिंग रूम, बाहर हृदय रोग विशेषज्ञ की तख्ती, अंदर पेशेंट को लूटने और आतंकित करने के पूरे तामझाम के साथ डॉक्टर विराजमान। बाहर वेटिंग रूम में मरीजों की भीड़। बारी-बारी से सहायक एक-एक पेशेंट को अंदर भेज रहा है। धड़धड़ाता हुआ एक बाबूनुमा आदमी दरवाजा ठेलकर अंदर घुसता है। डॉक्टर सतरंगी लालजी की पत्नी का ई.सी.जी. देख रहे हैं। मरीज को देखकर झल्लाए स्वर में बोले, ''आप देख नहीं रहे हैं ? मैं एक पेशेंट को देख रहा हूँ। बाहर कई लोग प्रतीक्षा कर रहे हैं। आप बारी आने पर आइए।''

दृश्य : ४

मरीज—''डॉक्टर साहब, शायद आपने मुझे पहचाना नहीं। आप आए थे न उपभोक्ता अदालत में मेरे पास तारीख बढ़वाने के लिए। अरे, वही अरुणा गुप्तावाले मुकदमे में, जब बाईपास सर्जरी के दौरान आपका एक इंस्ट्रूमेंट अंदर ही रह गया था और वो आपसे दो लाख रुपए का हरजाना माँग रहा है।''

डॉक्टर—''अरे श्रीवास्तव बाबूजी! सॉरी सर, मैं माफी चाहता हूँ। आपको पहचान नहीं पाया। दरअसल, मैं अपना चश्मा घर भूल आया हूँ।'' सतरंगी लाल की पत्नी का ई.सी.जी. एक ओर फेंकते हुए खड़े होकर हाथ मिलाते हुए डॉक्टर उपभोक्ता अदालत के बड़े बाबू के दर्दे दिल की गहराइयों में डुबकियाँ लगाने लगे। सतरंगी लाल सपत्नीक अपना सा मुँह लिये बाहर आ गए।

दृश्य : ५

शहर के एक नामी नर्सिंग होम के सामने एक मारुति कार के पास सिगरेट पीता हुआ एक काला कोटधारी और वहाँ से अपने धक्कामारू स्कूटर से गुजरते हुए सतरंगी लाल। काले कोटधारी को फटी हुई आँखों से देखते हुए स्कूटर रोककर सतरंगी लाल ने कहा, ''अरे वकील साहब! आप यहाँ क्या कर रहे हैं ? और यह मारुति कार किसकी है ?''

वकील साहब—''अपनी ऐसी तकदीर कहाँ ? मगर जब से डॉक्टर फँसा है उपभोक्ता अदालत के जाल में तब से खेल रहा हूँ मैं पैसा, कौड़ी, माल में।'' इसी

दौरान नर्सिंग होम से एक लाश लेकर रोते-कलपते, खाए-पिए किस्म के कुछ इनसान बाहर आए। डॉक्टर ने देखा तो पीछे लपक लिया और रुदाली के अंदाज में बुक्का फाड़कर रोता हुआ हर रिश्तेदार से गलबहियाँ करने लगा। सतरंगी लाल ने देखा कि सिसकियों में सामयिक ब्रेक देते हुए वकील स्वर्गवासी के बेटे के कान में उपभोक्ता अदालत में जाने का और डॉक्टर पर दस लाख रुपए के मुआवजे का मुकदमा ठोकने का मंत्र भी फूँकते जा रहे थे और लड़का भी बाप की मौत के गम को नजरअंदाज कर जिस गंभीरता से वकील की दलीलें गले में उतार रहा था उससे उन्हें वकील की समृद्धि के गुप्त ज्ञान का पता चल गया और वे 'ओम जय सुप्रीम कोर्ट देवा' का जाप करते हुए आगे बढ़ गए।

दृश्य : ६

ऑफीसर्स क्लब में तीन पत्ती खेलते हुए कुछ सरकारी डॉक्टर। सरकारी अधिकारी होने के नाते सतरंगी लाल हाजिर।

(एक डॉक्टर ठहाका लगाते हुए) यार, कुछ भी कहो, सुप्रीम कोर्ट ने इन प्राइवेटियों के पंख कतर दिए। अपने नर्सिंग होम के गद्दों की मुलायमियत, नर्सों की मासूमियत और ऑपरेटर्स की मॉडर्नियत की चर्चा करते थकते नहीं थे और हमें 'फोकटिया डॉक्टर' कहकर पुकारते थे। अब उपभोक्ता अदालतों के सामने खड़े चना जोर गरम खा रहे हैं और हनुमान चालीसा का जाप कर रहे हैं। सब डॉक्टरों के ठहाकों की मिली-जुली आवाजें।

डॉक्टर—"मगर सुप्रीम कोर्ट भी समझदार है, हम लोगों को बख्श दिया, वरना खाया-पिया कुछ नहीं और गिलास फोड़ा बारह आना की तरह तनख्वाह मुआवजा देने में ही निकल जाती और सरकार को हमें उपभोक्ता भत्ता देना पड़ता अलग से।" (सब डॉक्टर हँसते हैं।)

सतरंगी लाल—"कुछ दिन और हँस लो, दोस्तो, अब सुप्रीम कोर्ट का तीसरा नेत्र सरकारी अस्पताल में टाइम पास-नर्सबाई, करनेवाले डॉक्टर साहबों की प्राइवेट प्रैक्टिस पर है। घर की प्राइवेट प्रैक्टिस से अच्छा इलाज करनेवाला अब अच्छा मुआवजा देने के लिए भी तैयार रहो। (सब डॉक्टर भयभीत से दिखते हैं।)

दृश्य : ७

नर्सिंग होम के नामी सर्जन मनोचिकित्सक के पास बैठे हैं। सतरंगी लाल यहाँ भी मौजूद हैं।

सर्जन—"यार वर्मा, मेरी याददाश्त बहुत कमजोर होती जा रही है। कल एक मरीज के पेट में नर्स का रूमाल छूट गया।"

मनोचिकित्सक—"यह तो तुम्हारी मेडिकल कॉलेज के दिनों की आदत है। अपनी गर्लफ्रेंड मनीषा का नाम भूलकर 'मरीना' कहते रहे, जिससे नाराज होकर उसने स्वेटर कंपनी के मालिक से शादी कर ली। यह बात तो सबको मालूम है।"

सर्जन—"यार, अभी तक तो मेरा भुलक्कड़पन हँसी-मजाक का विषय था और मैं अपने भुलक्कड़पन के किस्से-चुटकुले लिखनेवालों को सुनाकर उनसे रॉयल्टी भी वसूल कर लेता था; मगर सुप्रीम कोर्ट के बंबू के बाद से ऑपरेशन पूरा कर लेने के बाद आधा घंटा तक कैंची, दस्ताने, चश्मा आदि का भौतिक सत्यापन करता रहता हूँ।"

सतरंगी लाल पागलों जैसी मुद्रा में गाने लगते हैं—

"मुआवजा है मुआ मुआ, कंज्यूमर है कुआ-कुआ,
ड़ॉक्टर है डरा-डरा, मरीज है अधमरा-अधमरा।"

उसी समय सर्जन अपनी कैंची निकालकर अपने अंदर की उगी लापरवाही को गाजर घास की तरह काटते-काटते गाने लगता है—

"तूने कैसा भेष बदला, रोगी से बन गया कंज्यूमर,
और अब आया है डॉक्टर, खुद ऑपरेशन टेबल पर।"

□

मैं नहिं माखन खायौ

✍ जी.एस. रामपल्लीवार

'मैया, मैं नहिं माखन खायौ', याद आया आपको? ऐसा कब, क्यों और किसने किससे कहा था? मैं बताता हूँ। द्वापर युग में कृष्ण कन्हैया ने अपनी चोरी छिपाने के लिए यशोदा मैया से ऐसा कहा था। अब तो आपको और भी बहुत सी बातें याद आ गई होंगी।

कृष्ण कन्हैया की शिकायत करने विपक्ष की सारी गोपियाँ चीखती-चिल्लाती भवन के गर्भगृह तक पहुँच गईं और एक स्वर में कहने लगीं, 'माई, कन्हैया को बयान देने के लिए सदन में बुलाइए। उसने अपने अधिकारों का अतिक्रमण करते हुए अनधिकृत रूप से हमारे घरों में घुसकर माखन की चोरी की है। वह चोर है।'

कूट परीक्षण (क्रॉस एक्जामिनेशन) किए जाने पर भी कन्हैया अपने बयान पर अडिग रहे। टस-से-मस नहीं हुए। यही कहते रहे, 'मैया, मैं नहिं माखन खायौ'। उनकी पार्टी के सारे ग्वाल-बाल उन्हीं की हाँ-में-हाँ मिलाते रहे। उन्हें उन सभी का समर्थन प्राप्त था। सभी को उन्होंने पटाकर रखा था।

कृष्ण कन्हैया जब बड़े हुए तो माखनचोर से चितचोर बन गए। वही विपक्ष, जो कभी उन्हें चोर साबित करने के लिए जाँच आयोग की माँग किया करता था, उनकी प्रशंसा के पूल बाँधने लगा। उनके गुण गाते न अघाता। यह 'अंदर की बात' है। जिसने समझ ली, आज भी माखन चुरा रहा है, मलाई खा रहा है।

कन्हैया के जमाने में बेचारे ग्वाल-बाल कंबल पर बैठकर आचार-संहिता का पालन करते थे। संतोष कर लिया करते थे। आज कन्हैया को अपने समर्थकों के लिए 'कुरसी' की व्यवस्था करनी पड़ती है। कुरसियाँ देते समय सामनेवाले के

साइज और उसके भार का भी ध्यान रखना पड़ता है।

चोरी करना तो मानवाधिकार है। यह एक कला है जो मनुष्यमात्र को जन्मत: वरदान के रूप में मिली है। इस बात के प्रमाण पुराण कथाओं और इतिहास में मिलेंगे। 'रामायण' और 'महाभारत' में भी चोरी के प्रसंग मिलेंगे। रावण ने सीता की चोरी की, अर्जुन ने सुभद्रा-हरण किया, पृथ्वीराज संयोगिता को उठा ले गए।

समुद्र-मंथन की कथा सभी जानते हैं। देवताओं ने अपने लिए अमृत रख लिया और असुरों को विष थमा दिया। असंतुष्टों ने चतुराई से अमृत कलश ही चुरा लिया। युद्ध की नौबत आ गई।

किसी वस्तु की लालसा हो और वह सहज सुलभ न हो तो कोई क्या करे? चोरी और क्या! न जाने तथाकथित ईमानदार लोग इसपर इतना बावेला क्यों मचाए रहते हैं।

चोरी की शिक्षा किसी पाठशाला या प्रशिक्षण केंद्र में नहीं दी जाती। शुभारंभ सूई की चोरी से कीजिए, धीरे-धीरे तोप की चोरी कर डालेंगे। कोई कुछ कहे तो सीनाजोरी कीजिए। उलटे सवाल कीजिए। पूछिए—क्या इस दुनिया में ऐसा एक भी व्यक्ति है जिसने कभी किसी प्रकार की चोरी न की हो।

अब यह बात और है कि किसने कहाँ और क्या चुराया! अब मुझे ही ले लीजिए। बचपन से ही भयंकर महत्त्वाकांक्षी रहा हूँ। पाँचवीं कक्षा में पढ़ता था। बीड़ी पीने की एंबीशन पूरी नहीं हो रही थी। पिताजी इस काम के लिए पैसे देने से रहे। उनकी जेब से पैसे चुराता तो पकड़ा जाता, क्योंकि वे बड़े ऑडिटर टाइप के इनसान थे। आखिर उपाय सूझ ही गया। उनके बीड़ी के कट्टे से एक-एक बीड़ी चुराकर पीने लगा। पिताजी बेहिसाब बीड़ी पीते थे, इसलिए मुझे पकड़ नहीं पाए। भगवान् तो मेरी सुनते ही नहीं थे। अत: इस तरह मैंने अपनी एंबीशन पूरी की। फिर तो मैंने भगवान् के सामने कभी हाथ नहीं फैलाए।

अब तो मेरी लाइब्रेरी में ढेर सारी किताबें पाइएगा। घर में कई छाते, टॉर्च और धूप के चश्मे मिलेंगे।

चोरी करें तो सीनाजोरी जरूर करें, वरना लोग धर दबोचेंगे। याद रहे, चोरी और सीनाजोरी का चोली-दामन का साथ है।

दुर्भावनावश कभी किसी की बुरी नजर आपको लग जाए और आप पुलिस रिमांड या न्यायिक हिरासत में पहुँच जाएँ तो आप 'मैं नहिं माखन खायौं' की रट लगाए रखें। सोते-जागते, उठते-बैठते आप इसी मंत्र का जाप कीजिए। न हो तो समान विचारवालों की एक पार्टी बना डालिए। कहते रहिए—'हम निर्दोष हैं। हमें

व्यर्थ में फँसाया जा रहा है।'

व्यापार में, व्यवसाय में, वन में, विद्युत् में, कनक में, कबाड़ में, कला में, कविता में, चंदन में, चारे में—कहाँ नहीं हो रही चोरी।

स्थान, काल और पात्रों के परिप्रेक्ष्य में इस उपक्रम का नाम बदलकर कहीं घोटाला, कहीं तस्करी, कहीं हेरा-फेरी, कहीं गोलमाल या लीपापोती रख दिया जाता है।

चोरी करना इतना आसान नहीं है। बड़ी चतुराई का काम है। यों तो इसमें छोटे-बड़े, गोरे-काले, स्त्री-पुरुष, पढ़े-लिखे और अनपढ़ सभी लगे हुए हैं; पर पकड़े जाने पर भी बाइज्जत बरी हो जाने की महारत बिरलों को ही हासिल है।

हीरों की तस्करी, चरस, अफीम, हेरोइन और ब्राउन शुगर की बात अब पुरानी हो चुकी। अब तो सीधे-सीधे ग्लोबल लैंडस्केप पर उतरने की होड़ लगी हुई है। ट्रकों, बसों, हेलीकॉप्टरों और हवाई जहाजों की चोरी का क्रेज चल पड़ा है।

जिन्हें कुछ नया कर गुजरने की तमन्ना होती है, वे भूकंप, चक्रवात, बाढ़, रेल दुर्घटना या अन्य किसी दैवी विपत्तिवाले मौके पर पहुँचकर वहाँ किए जानेवाले राहत और निर्माण कार्यों में कुछ ज्यादा ही दिलचस्पी लेने लगते हैं।

समाचारपत्रों में आएदिन सड़कों की चोरी, कुओं की चोरी, जलाशयों की चोरी के समाचार छपते रहते हैं। ऐसी चोरियाँ बेचारा एक अकेला चोर नहीं कर पाता, इसलिए वह ऐसी चोरियाँ अपने मौसेरे भाइयों की मदद से करता है।

अरे हाँ, बातों-ही-बातों में भूल न जाऊँ। अभी तक मतपत्रों और मतपेटियों की चोरी का तो जिक्र ही नहीं हुआ। देखते ही गोली मार देने के आदेशों के बावजूद विशेष रूप से इसी काम के लिए प्रशिक्षित चोर तमाम सुरक्षा प्रबंधों और नाकेबंदी के चलते मतपेटियाँ और मतपत्रों के बंडल ले भागते हैं। सबकुछ डंके की चोट पर होता है—ऐलानिया, दिन-दहाड़े।

और तो और, जीते-जागते मतदाता तक चुरा लिये जाते हैं।

कुछ बुद्धिजीवियों का मानना है कि चोरी करना बुरी बात है। मुझे तो ऐसे लोगों की सोच पर तरस आता है। लगता है जैसे इनकी समझ पर पत्थर पड़ गए हों। इन्हें इतना भी नहीं मालूम कि सबका मालिक एक है। उसी ने एक अदने से मच्छर को अपना पेट भरने के लिए इनसान का खून चुराने की इजाजत दी है और उसी मालिक ने डॉक्टरों को हट्टे-कट्टे लोगों के शरीरों से गुरदे चुराने के तौर तरीके सिखाए हैं।

ऊपरवाले ठाकुरजी की बात चल रही है। देवालयों से लोग उनकी आँखें

और मुकुट तक चुरा ले जाते हैं। वे कुछ नहीं कहते।

चोरियों के इस चक्कर में मेरी अपनी बात कहीं अधूरी ही न रह जाए। मैं इसी क्षेत्र में, मतलब इसी विद्या में पारंगत होना चाहता था, पर पिताजी और माताजी की मिलीभगत के कारण मैं कूपमंडूक ही बना रहा।

चाहता था, अपने सदन में संसद् तक छलाँग लगाऊँ और वहाँ कुछ करतब दिखाऊँ; पर मेरी माताजी ने पिताजी की कसम खिलाकर मेरा भविष्य ही बिगाड़ दिया। न घर का रहा, न घाट का। कुंठा के आगोश में दो बार परीक्षा में नकल मारने की कोशिश की। चोरी पकड़ी गई। भैयालाल की बाड़ी में अमरूद चुराने गया, मार खाई।

संयोग देखिए, जिन गुरुजी ने मुझे नकल करते पकड़ लिया था उनका नाम भी भैयालाल था। अमरूद की बाड़ीवाला भैयालाल तो अनपढ़ था। वह क्या जाने किशन-कन्हैया का चरित्र। भैयालाल गुरुजी तो पढ़े-लिखे थे। उन्हें तो कृष्ण लीला का ज्ञान होना चाहिए था। वे भी अनभिज्ञ निकले। मैंने दोनों भैयालालों से क्रमशः परीक्षा केंद्र में और अमरूद की बाड़ी में बार-बार कहा, 'भैया, मैं नहिं माखन खायौ!' पर उनपर कोई असर नहीं हुआ। मति जो भ्रष्ट हो गई थी (उनकी)।

इसलिए कहते हैं—पढ़ना-लिखना जरूरी है और इन दोनों से भी ज्यादा जरूरी है गुनना।

कितनी सरकारें आईं और गईं, लेकिन पाठ्य पुस्तकों में 'मैया, मैं नहिं माखन खायौं' वाला पाठ बरकरार है। क्यों? सभी सरकारें इस बात पर एकमत हैं कि जुर्म करने के बाद 'मैं नहिं माखन खायौं' की रट लगाए बिना कोई अपने आपको निर्दोष साबित नहीं कर पाएगा।

अंतरराष्ट्रीय ख्यातिप्राप्त तस्करों और घपलाबाजों की गणना तो अति विशिष्ट व्यक्तियों में होती है। उनकी चिंता में तमाम सरकारी अमला दुबला हुआ जाता है। उनके आदर-आतिथ्य, उनकी सेवा-शुश्रूषा और उनके सम्मान में कोई कमी नहीं आने दी जाती। उन्हें एक छींक भी आ जाए तो उनके स्वास्थ्य परीक्षण के लिए दर्जनों डॉक्टर दौड़ पड़ते हैं। उन्हें अत्यधिक सुरक्षा के बीच एक स्थान से दूसरे स्थान तक लाया-ले जाया जाता है।

देवी-देवताओं के दर्शन करने मंदिरों में कभी न जानेवाला समुदाय भी इन महात्माओं की एक झलक पाने के लिए पुलिस के डंडे खाकर हड्डियाँ तक तुड़वाने दौड़ पड़ता है।

चौर्य कर्म अर्थात् चोरी। चोरी को हतोत्साहित करने के लिए कुछ विघ्नसंतोषी

कहते हैं कि चोरी वह कृत्य है जो विपन्नावस्था में विवश होकर किया जाता है। यह तर्क कुछ जमता नहीं।

तिजोरी की डुप्लीकेट चाबी बनवाकर माल निकाल लेना, चलती ट्रेन से किसी मुसाफिर का सूटकेस लेकर चंपत हो जाना, राह चलती महिला के गले से चेन खींच लेना या पार्किंग स्थल से किसी की नई-नवेली कार को भगा ले जाना आदि कृत्यों को ही चोरी करना कहा जाता है। यह मात्र भ्रांति है।

ऐसा होता तो ऋषि-मुनि, संत-महात्मा, नेता-अभिनेता, समाज सेवक, धर्म प्रचारक एवं अन्य कई नामवर इस कार्य में (चौर्य कर्म में) तल्लीन क्यों रहते? मैं मानता हूँ कि इन सज्जनों ने कभी किसी की जेब नहीं काटी, कभी किसी की कार नहीं चुराई; लेकिन बात समझने की कोशिश तो कीजिए। मैं समझाता हूँ—

द्रोणाचार्य ने एकलव्य का अँगूठा माँग लिया। कर्ण अपने कवच-कुंडल गँवा बैठे। क्यों?

छल-कपट, पाखंड, असत्य वचन, धोखाधड़ी, वशीकरण, कायापलट आदि कृत्य भी तो चोरी के ही रूप हैं।

अश्वत्थामा की मृत्यु के पीछे क्या रहस्य था? दुर्योधन और भीम के युद्ध में भीम क्योंकर विजयी हुए?

प्रेमियों का चोरी-चोरी मिलना, किराएदारों का अपने मकान मालिक से और कर्जदारों का साहूकार से नजरें चुराना भी तो चोरी ही है।

और कितने उदाहरण दूँ? और कैसे समझाऊँ कि चोरी सर्वत्र व्याप्त है? जिधर देखिए उधर चोरी, ऊपर से सीनाजोरी।

ग्वाला दूध में पानी डालता है। जी नहीं, पानी में दूध डालता है। पेट्रोल पंपवाला पेट्रोल में मिट्टी का तेल मिलाता है, हलवाई रबड़ी में ब्लटिंग पेपर मिलाता है। इसी तरह मिर्च के पाउडर में ईंट का चूरा, काली मिर्च में पपीते के बीज और गरम मसाले में···खैर, जाने दीजिए।

यदि चोरी पवित्र विचारों की देन न होती तो यह सब संभव कैसे होता? कौन करता ऐसे काम? क्यों समाज के प्रतिष्ठित लोग भी इनमें जुटे होते?

खुलेआम की जानेवाली चोरियों की चर्चा तो हो गई। कुछ चोरियाँ चोरी-चोरी भी की जाती हैं। ऐसी चोरियाँ करने में महिलाएँ अधिक सिद्धहस्त होती हैं, जैसे उनकी अपनी उम्र की चोरी, विग यानी नकली बाल लगाकर असली बालों की चोरी, पाँच हफ्तों में चेहरे पर निखार लानेवाला फॉर्मूला आजमाकर अपनी झुर्रियों की चोरी वगैरह वगैरह।

कुछ चोरियाँ अपने आपसे की जाती हैं। अपनी असलियत की चोरी। ऐसी चोरियाँ करते समय महिलाएँ किटी पार्टी के दौरान अपने किचन के तमाम मिर्च-मसाले और नमक झोंक देती हैं अन्य मम्मियों की आँखों में।

मिसेज शर्मा अपने हस्बैंड की सैलरी को दुगुना बताकर असलियत की चोरी करेंगी, सुश्री शकुंतला देशपांडे अपने घटिया फर्नीचर को बर्मा टीक बताकर तथ्यों की चोरी करेंगी, डॉ. मिसेज करुणाकरन अपने एंटीक कलेक्शन को, जो मात्र दो साल पूर्व कबाड़ी से खरीदा गया था, दो हजार वर्ष पुराना बताकर असलियत की चोरी करेंगी।

किसी स्नेह सम्मेलन में महिलाएँ मुख्य विषय से हटकर अपने बोनसाइ कलेक्शन के बारे में, अपने डाबरमैन या लेब्रॉडोर के बारे में—और तो और, अपने 'रामू काका' के बारे में इतना कुछ और ऐसा कुछ कह डालती हैं कि 'स्नेह सम्मेलन' का 'स्नेह' भाप बनकर उड़ जाता है।

एक तरह की चोरी और भी है। ऐसी चोरी करते समय अपना डुप्लीकेट बनकर, चेहरे पर चेहरा लगाकर एक्टिंग करनी पड़ती है। हँसने को जी चाहता हो तो रोना पड़ता है, क्रोकोडाइल टीयर्स बहाने पड़ते हैं। किसी की निंदा करने का मूड हो तो आप उसकी तारीफ किए जाते हैं।

डुप्लीकेट का मतलब ही होता है ओरिजिनल की चोरी। सबके बस की बात नहीं है। जब नौसिखिए चोरी करने लगते हैं तो उनकी चोरी पचती नहीं है, चाहे वे 'मैं नहिं माखन खायौ' का जाप एक सौ आठ बार ही क्यों न कर डालें।

कई बार तो पुराने पहलवान भी चोरी नहीं पचा पाते। यदि पाचन शक्ति की कमी हो रही है तो यह एक गंभीर बात है। इस संबंध में सर्वदलीय बैठक बुलवाकर विश्लेषण करना होगा कि हम कहाँ चूक गए। पाचन शक्ति क्यों कम हो रही है।

मैं तो उस दिन के इंतजार में हूँ जिस दिन कोई ओषधि-निर्माता 'चोरी हजम चूर्ण' की ईजाद करे और हम बड़े गर्व एवं आत्मविश्वास के साथ कह सकें—

'मैया, मैं नहिं माखन खायौ...'

□

एक पाँव पर खड़े यात्री का योग-चिंतन

✍ त्रिभुवन पांडेय

बस के भीतर एक पाँव पर खड़ा मैं योग के महत्त्व पर विचार कर रहा था। मेरा दूसरा पाँव लोहे की पेटी, सामान की बोरी, प्लास्टिक की टोकरी के बीच कहीं था। मैं निश्चित रूप से नहीं कह सकता कि मेरा यह पाँव मुड़ा हुआ था या सुन्न पड़ गया था या अधर में झूल रहा था। आप सोच रहे होंगे, अवसर उपयुक्त जान मैं योगासन की मुद्रा में खड़ा 'योग' के भविष्य पर विचार कर रहा था; पर दरअसल ऐसी बात नहीं है। मैं जिस बस में यात्रा कर रहा था उसमें सिर्फ इतनी जगह बाकी थी कि मैं किसी तरह एक पाँव पर खड़ा रह सकूँ। यह जगह भी कंडक्टर की मेहरबानी से उपलब्ध हुई, वरना यदि वह चाहता तो मुझे ऊपर लगेज पर फेंक देता। वह स्थितप्रज्ञ व्यक्ति था, जो जड़ और चेतन के मध्य कोई विभेद नहीं मानता। यात्री की सीट पर लगेज हो या लगेज रखने की जगह पर यात्री हो, इससे उसे कोई अंतर नहीं पड़ता। वह जिस कुशलता के साथ अपने शरीर को सिकोड़ता, तोड़ता, मरोड़ता पचहत्तर यात्रियों से भरी इस बस में एक सिरे से दूसरे सिरे तक आ-जा रहा था वह बड़े-से-बड़े नट, योग-साधक और जादूगर से भी संभव नहीं था। यात्रियों के विरोध करने पर वह मुसकराकर जवाब देता, ''अभी तो पच्चीस यात्री उसमें और मजे से यात्रा कर सकते हैं। वो तो आप लोगों की तकदीर अच्छी है कि कम-से-कम आराम से खड़े होने की जगह मिल गई है। कहें तो इन पचहत्तर यात्रियों के बीच पच्चीस यात्री और फिट कर दूँ। वैसे मेरा रिकॉर्ड तो एक सौ पच्चीस यात्रियों का है।''

बच्चे रोते रहे। महिलाएँ साँस लेने के लिए तरसती रहीं। लोग हिलने-डुलने

के लिए मौके की तलाश में दम साधे खड़े रहे। वृद्ध असहाय छत की ओर निहारते प्रार्थना में डूबे रहे; लेकिन कंडक्टर पर इन सब स्थितियों का कोई प्रभाव नहीं पड़ा। वह भीड़ में ही पैसा वसूलता, टिकट काटता, यात्रियों को धक्के लगाता बस में घूमता रहा। लोग उसे उसी तरह बरदाश्त करते रहे जैसे घर में किसी परेशान करनेवाले बच्चे को बरदाश्त कर लेते हैं।

जब कोई यात्री घंटे भर से एक पाँव पर खड़ा हो तब योग के महत्त्व पर चिंतन न करे तो और क्या करे। अभी तक साहित्य में संयोग और वियोग से पाला पड़ा था। धार-धार आँसू रोता छायावादी कवि हो या नायिका की मुग्धा, खंडिता, नवोढ़ा और अभिसारिका जैसी छवि से सम्मोहित रीतिकाल का कोई कवि हो—साहित्य में योग के दो ही प्रकार सुविख्यात हैं। वैसे कवियों का यह दुर्भाग्य है कि उन्हें संयोग के बदले वियोग का ही ज्यादा सामना करना पड़ा। एक छायावादी कवि ने कविता और कवि के संबंधों को लेकर मेनिफेस्टो ही लिख दिया है—'वियोगी होगा पहला कवि आह से उपजा होगा गान, निकलकर आँखों से चुपचाप बही होगी कविता अनजान।' यदि इस बस में बैठे यात्रियों की स्थिति को कोई कवि देखता तो इससे भी ज्यादा मार्मिक और करुण उद्‌गार प्रकट करता। हमारे प्राचीन मनीषी योग से बेहद प्रभावित थे। वे 'योगः कर्मसु कौशलम्' का नारा देकर कर्म को योग के द्वारा स्थायी रूप से नस्तीबद्ध कर गए। केवल कर्म नहीं, कुशलतापूर्वक किया गया कर्म ही योग है। कोई निष्ठापूर्वक श्रम करे तो यह केवल कर्म है; लेकिन यदि कोई व्यक्ति अत्यंत कुशलतापूर्वक बैंक से तीन अरब रुपए गायब कर दे और लोगों को उसके अंश मात्र का भी पता नहीं चले तो यह कौशलपूर्वक किया गया कर्म कहा जाएगा। इन अर्थों में आज जितने साधक और कर्मठ व्यक्ति भारतवर्ष में मिलते हैं उतना इसके पूर्व एक साथ कभी नहीं पाए गए।

तभी घंटी बजी। बस एक झटके के साथ रुकी। लोगों का सिर एक-दूसरे से टक्कर खाते-खाते बचा। तीन यात्री उतरे, दस चढ़े। कंडक्टर ने उन्हें दरवाजे के भीतर उसी तरह ढकेलकर चढ़ाया जैसे लोग बोरे में सामान भरते हैं। भीतर पल भर के लिए विरोध, दुःख, आर्तनाद और धिक्कार के शब्द प्रतिध्वनित हुए; मगर इस निष्क्रिय प्रतिरोध का व्यवस्था पर कोई असर नहीं हुआ। यात्रियों की विवश भीड़ में नवागंतुकों के विलीन होते ही फिर घंटी बजी, मगर बस नहीं चली। लोगों ने देखा, ड्राइवर पान की दुकान के सामने खड़ा कंघी से अपने बालों को फिनिशिंग टच दे रहा था। बाद में पान का बीड़ा मुँह में दबा वह बस की चालक सीट पर

उसी तरह आसीन हुआ जैसे कभी महान् योद्धा लड़ाई में जाने के लिए अश्व पर सवार हुआ करते थे। पहले पाँव के बोझ को दूसरे पाँव पर स्थानांतरित करते हुए मैं पुनः 'योग' की ओर लौटा। अभी तक मैं उस योग-साधना को मजाक समझता था, लेकिन बस में एक पाँव पर खड़े और दूसरे सुन्न पाँव को सँभाले मैं योग की महानता का कायल हुआ जा रहा था। हमारे यहाँ के भूतपूर्व योगी बहुत समझदार थे। वे भारतीय जनगण का भविष्य जानते थे। उन्हें पता था कि भारतवर्ष में ऐसी परिस्थितियाँ जरूर आएँगी जब प्रत्येक नागरिक को योग की शरण में अनिवार्य रूप से जाना पड़ेगा। विभिन्न योगासनों और प्राणायामों की उसे पग-पग पर जरूरत पड़ेगी। जैसे अभी बस के भीतर मैं जिस मुद्रा में खड़ा था उसे 'ताड़ासन' कहते हैं। इस आसन के अंतर्गत ताड़ की तरह सीधे हाथों को ऊपर की ओर उठाए खड़ा होना पड़ता है। योग की किताब में कहा गया है कि ऐसे लोग, जो दफ्तरों में देर तक बैठकर काम करते हैं उनके लिए यह अच्छा योगासन है। इससे रक्त-परिभ्रमण ठीक होता है। भले ही 'ताड़ासन' का उद्देश्य कुछ भी रहा हो, लेकिन अभी बस में एक पाँव पर खड़े रहने के लिए यह सबसे उपयुक्त योगासन चल रहा था।

किस परिस्थिति में किस योगासन का उपयोग किया जाना चाहिए, यह निम्नलिखित उदाहरणों से स्पष्ट हो जाएगा। यदि आप किसी दफ्तर में जाएँ तो निरापद यही होगा कि साहब के सामने सूर्य नमस्कार की मुद्रा में खड़े हो जाएँ। दोनों पैर आपस में सटे हुए, शरीर सीधा और हाथ वक्ष के सामने नमस्कार की मुद्रा में रहे। इस आसन पर आप घंटों आराम से खड़े रह सकते हैं। आजकल किसी भी दफ्तर में साहब के पास जल्दी किसी को देखने या सुनने का समय नहीं रहता है। ऐसी स्थिति में यदि आप सूर्य नमस्कार जानते हैं तो आपको कोई असुविधा नहीं होगी। जब कभी साहब दृष्टिपात करेंगे तो आपको नमस्कार की मुद्रा में खड़ा देखकर प्रसन्न हो जाएँगे। वैसे भी भारतीय दर्शन का कथन है कि उगते सूर्य को नमस्कार करना कभी मत भूलो। लोग तो आजकल संध्या बल्ब जलने पर उसी को नमस्कार कर लेते हैं।

यदि आप अचानक कॉलोनी या मोहल्ले के किसी सुनसान रास्ते में चोरों या लुटेरों से घिर जाएँ तो इस स्थिति में 'शवासन' का उपयोग करें। एकदम मुरदे की तरह निष्पंद और निष्प्राण धरती पर लेट जाएँ और तब तक लेटे रहें जब तक आपके सामने उपस्थित संकट टल न जाए। यदि शवासन का आपको अच्छा अभ्यास है तो चोर और लुटेरे आपको मृत समझकर तुरंत भाग जाएँगे। बाद में आप धीरे-धीरे अपनी चेतना वापस लौटाइए और अपने घर चले जाइए। इस

योगासन के प्रयोग के लिए जरूरी है कि इसका रहस्य आपके सिवाय दूसरा कोई न जानता हो।

यदि आप किसी दुर्गंध करती हुई नाली या मिल के सड़ाँध अवशेष या फैक्टरी के विषाक्त धुएँ से घिर जाएँ तो 'प्राणायाम' का उपयोग करें। श्वास अवरुद्ध कर फेफड़े में वापस ले जाएँ। नासिका मार्ग को अवरुद्ध कर लें और तब तक ऐसा करें जब तक दुर्गंध प्रभावित क्षेत्र से बाहर न निकल जाए। यदि किसी दफ्तर में आपका काम न हो रहा हो तो 'वज्रासन' का उपयोग करें। वज्र की तरह आसन लगाकर तब तक जमे रहें जब तक आपका काम संपन्न न हो जाए। नेताओं के सामने 'पार्श्व भू-नमनासन' का उपयोग करें। इस विनम्र मुद्रा में आपको देखकर उनकी आत्मा प्रसन्न हो जाएगी। यदि विभाग का माल ज्यादा-से-ज्यादा हजम करना चाहते हों तो मौलि, धौति और वस्ति का प्रयोग करें। इससे उदरस्थ चीजें आसानी से हजम हो जाती हैं। क्यू में लंबे समय तक खड़े रहने के लिए 'शीर्ष बद्धहस्त विवृत प्रिकासन' का उपयोग करें। इससे शरीर में रक्त का प्रवाह अवरुद्ध नहीं होने पाएगा। क्यू में खड़े हुए बीच-बीच में इस योगासन का उपयोग करते रहें। दोनों हाथ सिर के पिछले भाग में ले जाएँ और हथेली को कसकर पकड़ लें, फिर अपने ही स्थान पर खड़े हुए शरीर को आधे दाएँ और बाएँ घुमाएँ। इस योगासन के सहारे आप घंटों आराम से क्यू में खड़े हो सकते हैं। शरीर के शून्य पड़ने की स्थिति में भी इससे लाभ मिलेगा। यदि घर-गृहस्थी की गाड़ी महँगाई के कारण लड़खड़ा रही हो तो 'मुक्तासन' का उपयोग करें। इससे आर्थिक कारण से घटने-बढ़नेवाले तनाव को नियंत्रित करने में सुविधा होगी।

तभी बस के भीतर भूचाल-सा हुआ। खाली डिब्बा, पेटी सब नीचे गिरने लगे। जो खड़े थे वे एक ही झटके में नीचे बैठ गए। जो बैठे थे वे डरकर खड़े हो गए। पूछने पर पता चला—ड्राइवर गति अवरोधक देखकर अचानक बस रोकना चाहता था, लेकिन बस रुकी नहीं। गति अवरोधक को किसी ओलंपिक चैंपियन की तरह एक ही छलाँग में पार कर गई। इस घटना के तुरंत बाद फिर सीटी बजी। बस रुकी। फिर तीन यात्री उतरे और दस चढ़े। कंडक्टर ने मुझे थोड़ा और सरकने के लिए कहा। मैं योगियों की तरह विनम्र भाव से सुख-दुःख—सबको समान भाव से ग्रहण कर रहा था। बस में हिलना-डुलना तक संभव नहीं था, लेकिन मैं वीतरागी बना इस संपूर्ण दृश्य को तटस्थ भाव से देख रहा था। एक तरह से मैं उस दृश्य का अभिन्न अंग बन चुका था। लेकिन कंडक्टर जब मुझसे सूई की नोंक के बराबर जमीन भी छीनने लगा और मुझे वहाँ से बेदखल करने की कोशिश करने

लगा तब मेरा मौन टूटा। मेरे भीतर सोया नागरिक-बोध जागा। अन्याय का प्रतिकार करनेवाले बड़े-बड़े महारथियों का मैंने मन-ही-मन स्मरण किया। उस व्यक्ति का नाम मन-ही-मन दोहराया, जिसने एक पाँव पर खड़े रहने का पुराना विश्व कीर्तिमान स्थापित किया। छिहत्तर घंटे एक पाँव पर खड़े रहनेवाले इस प्रेरणा-पुरुष को मैंने मन-ही-मन प्रणाम किया। जरूर वह भी ऐसी ही किसी बस का नियमित यात्री रहा होगा। बस में सफर करते-करते इतना अभ्यास हो गया होगा कि एक साथ छिहत्तर घंटे एक पाँव पर खड़े रहने की क्षमता आ गई।

मैंने भी अवसर अनुकूल जानकर अपना आक्रोश उसी तरह प्रकट किया जैसे सीता स्वयंवर के ऐतिहासिक अवसर पर लक्ष्मण ने परशुराम के समक्ष त्रेतायुग में प्रकट किया था; लेकिन मेरे आक्रोश का उसपर कोई असर नहीं हुआ। वह सिद्ध-हस्त महायोगी पुरुष की तरह मुसकराते हुए बोला, "आप पढ़े-लिखे होकर भी ऐसी बात कह रहे हैं? आश्चर्य होता है। देश की कठिनाई आपसे छिपी नहीं है। बसें कम हैं और यात्री ज्यादा हैं। सबको कोई-न-कोई जरूरी काम है। सबको जल्दी अपने गंतव्य तक पहुँचना है। थोड़ी देर की तकलीफ से यदि आदमी अपने ठिकाने तक पहुँच जाता है तो इसमें किसी को नाराज होना चाहिए या प्रसन्न? आप तो अपने आपको भाग्यशाली समझें कि छत्तीसगढ़ में हैं, जहाँ यात्रियों के परित्राण के लिए किसी भी प्रकार की बस सड़कों पर चलाई जा सकती हैं, दिल्ली की तरह सी.एन.जी. का लफड़ा नहीं है। वरना यहाँ तो सारा सड़क यातायात अपने देश की अर्थव्यवस्था की भाँति स्थिर और निस्पंद हो जाता।"

मुझे पहली बार ज्ञान हुआ कि हमारे यहाँ का बस कंडक्टर भी कितना विचारवान् होता है और देश-काल के हालात को कितनी गंभीरता से जानता है!

उसने मुझे 'पढ़ा-लिखा' कहकर उस व्यूह में घेर लिया था जहाँ मैं एक बार फिर निहत्था हो गया था। वह मुझे उसी मन:स्थिति में छोड़ द्वार की ओर बढ़ गया जहाँ दस और यात्री बस में प्रविष्ट होने की प्रतीक्षा में खड़े थे। उसने किसी जादूगर की तरह सबको फिर कहीं-न-कहीं बस में विलीन कर दिया। मुझे उसे देखकर 'योग: कर्मसु कौशलम्' की फिर याद आ गई। कौशलपूर्वक किया गया कर्म ही योग है। लगा कि उस कथन को उसके कुरते पर अंकित किया जाना चाहिए।

□

एक गधे से वार्त्तालाप

✍ पी.के. श्रीवास्तव

एक बार मैं शाम के समय एक सार्वजनिक उद्यान की बेंच पर बैठा उस उद्यान की सुंदर छटा को देख रहा था कि अचानक मेरे कानों में आवाज आई, ''हैलो, हाऊ आर यू?''

मैंने आस-पास नजर दौड़ाई, किंतु कहीं कोई इनसान नजर नहीं आया। अत: मैं अपने चिंतन में व्यस्त हो गया। अचानक फिर मेरे कानों में आवाज आई, ''हे इनसान! जिस आवाज को आपने अभी सुना, वह मेरी आवाज है और मैं एक गधा हूँ, जो आपकी बेंच के पीछे खड़ा हुआ हूँ।''

मुझे सहसा स्मरण हो आया कृश्न चंदर का वह अफसाना, जिसमें उन्होंने पं. जवाहरलाल नेहरू से एक गधे का इंटरव्यू पेश किया था। गधे की उस आत्मकथा को मैं पढ़ चुका था, इसलिए एक घंटी-सी मेरे मस्तिष्क में बजी।

मैंने पीछे की ओर देखा तो पाया कि वास्तव में एक गधा वहाँ खड़ा है। मैंने गधे से कहा, ''हे गर्दभराज! क्या आप वाकई मुझसे बातें करना चाहते हैं?''

''जी हाँ, मैं दरअसल आपको अपना इंटरव्यू देना चाहता हूँ तथा यह भी चाहता हूँ कि आप इस इंटरव्यू की बातें अखबारों में छपवाकर जनसाधारण तक पहुँचाएँ।'' गधे ने कहा।

''लेकिन क्यों?'' मैंने पूछा।

''क्योंकि यह बहुत जरूरी है। आज दुनिया इतनी विचित्र एवं बदरंग हो गई है कि अब वक्त आ गया है कि इनसान एवं गधे एक साथ बैठकर इस दुनिया को तबाह होने से बचाने के तरीकों के बारे में सोचें।'' गधे ने कहा।

''तो ठीक है, गधेजी! मैं कल एक टेपरिकॉर्डर और अपनी डायरी के साथ इसी समय यहाँ आऊँगा एवं आप भी आ जाइएगा, ताकि इत्मीनान से बातें हो सकें।'' मैंने कहा।

''ओ.के. फाइन।'' कहकर गधे ने अपनी सहमति जताई।

दूसरे दिन जब मैं वहाँ पहुँचा तो मैंने देखा कि गधा महाराज वहाँ पहले से खड़े हुए मेरा इंतजार कर रहे हैं। बेंच पर बैठकर मैंने अपना टेपरिकॉर्डर चालू किया और इंटरव्यू की शुरुआत कुछ इस प्रकार हुई—

''श्रीमान गधेजी, सबसे पहले तो आप यह बताइए कि आप यह इनसानों जैसी बातें कैसे कर रहे हैं?'' मैंने पूछा।

''क्यों? इसमें आश्चर्य की क्या बात है? जब एक इनसान गधों जैसी बातें कर सकता है तो भला एक गधा इनसानों जैसी बातें क्यों नहीं कर सकता?'' गधे के इस उत्तर ने मुझे निरुत्तर कर दिया।

फिर भी मैंने पूछा, ''ऐसा आप कैसे कह सकते हैं?''

''कल जब आप अपने मित्र के साथ इसी बाग में टहल रहे थे तो मैंने सुना कि आप अपने मित्र से कह रहे थे कि तुम यह क्या गधों जैसी बातें कर रहे हो। बताइए, आपने ऐसा कहा था या नहीं?'' गधे ने प्रश्न किया।

''हाँ।'' मुझे मजबूरन सच्चाई स्वीकार करनी पड़ी।

''अच्छा गधे महाराज, अब आप अपने एवं अपने गर्दभ समाज के बारे में कुछ बताइए?'' मैंने प्रश्न उठाया।

''हम गधे बहुत ही सीधी-सादी प्रकृति के पशु हैं और हमें इस बात पर गर्व भी है, किंतु आजकल संपूर्ण गधा समाज एक भयंकर महामारी की चपेट में धीरे-धीरे आता जा रहा है।'' गधे ने चिंतातुर होकर कहा।

''वह कैसे?'' मैंने बड़ी उत्सुकता से पूछा।

''ज्यों-ज्यों इनसान जानवर बनता जा रहा है और गधों जैसी हरकतें करने लगा है त्यों-त्यों हम गधों में भी इनसानियत के विषाणु बड़ी तेजी से फैलते जा रहे हैं।'' गधे ने कहा।

''किंतु इसमें डरने की क्या बात है? इनसानियत तो एक ऐसी नियामत है जो बहुत ही दुर्लभ है। ऐसी चीज पाकर तो गधों को खुश होना चाहिए।'' मैंने अपना तर्क सामनें रखा।

''इसी बात का तो रोना है। यदि यह सच्ची इनसानियत होती तो कोई चिंता की बात नहीं थी; किंतु आज का इनसान तो वास्तव में एक ऐसा हैवान है जो

इनसान के वेश में घूमकर हैवानियत का ऐसा खेल दिखाता है कि उसे देखकर शायद हैवान भी शरमा जाए।'' गधे ने बुरा सा मुँह बनाते हुए कहा।

''ठीक है, गधेजी! आपकी बातों में काफी दम है। अब आप कृपया 'गधा पचीसी' का अर्थ समझाइए।''

''गधा पचीसी इनसानी चरित्र का वह पहलू है जो उसकी युवावस्था से जुड़ा हुआ है। युवावस्था में जब कोई लड़का एवं लड़की एक-दूसरे को देखते हैं तो बकौल प्रथम दृष्टि में ही एक-दूसरे को अपना दिल दे बैठते हैं, बिना यह जाने कि दूसरे पक्ष की जाति क्या है, धर्म क्या है, उसके घर की आर्थिक हालत कैसी है, आमदनी का जरिया क्या है, कितना शिक्षित है, स्वभाव कैसा है, जन्मकुंडली मिलती है या नहीं आदि, आदि। इस अंधे प्यार को ही आप लोग 'गधा पचीसी' कहते हैं; क्योंकि जहाँ इनसान पहली नजर में ही किसी दूसरे साथी को अपना दिल दे देता है, वहीं दूसरी ओर कोई भी गधा किसी गधी को अपना दिल देने के पहले कम-से-कम पच्चीस बार सोचता है और इस दौरान वह इस दिल देने की विधा के संपूर्ण पहलुओं पर खुले मन से विचार करता है एवं उसके बाद ही किसी नतीजे पर पहुँचता है।'' गधे ने गर्व से सीना फुलाते हुए समझाया।

''कितने आश्चर्य की बात है कि आप गधों में भी इतनी अक्ल होती है!'' मैंने कहा।

''क्यों? जब इनसानों में गधापन हो सकता है तो गधों में अक्ल होने पर आपको इतना आश्चर्य क्यों हो रहा है?'' गधे ने जवाबी तुरुप फेंका।

''बात यह है कि गधापन कुछ इनसानों में ही पाया जाता है, सब में नहीं।'' मैंने प्रतिवाद करते हुए कहा।

''बिलकुल गलत बात कह रहे हैं आप। मैं गधा जरूर हूँ, किंतु इनसानों के इर्द-गिर्द घूमते हुए इनसानी फितरत से अच्छी तरह वाकिफ हूँ। मुझे मालूम है कि हर इनसान के अंदर एक गधा छुपा होता है और इसीलिए प्राय: हर शादीशुदा आदमी अपनी शादी के चंद वर्षों बाद ही यह अनुभव करने लगता है कि वह कितना बड़ा गधा था, जो उसने शादी की। ऐसे ही गधेपन का बोध स्त्रियों को भी तब होता है जब पतिदेव से उनकी अनबन शुरू हो जाती है।'' गधे ने कहा।

''देखो गधे भाई, तुम इस तरह की बेसिर-पैर की बातें न करो तो अच्छा होगा।'' मैंने चेतावनी के लहजे में कहा।

''अच्छा तो सच-सच बताइए, क्या आपको स्वयं ऐसा नहीं लगता कि शादी करके आपने गधेपन का कार्य किया?'' गधे ने पूरी संजीदगी के साथ पूछा।

इसके उत्तर में मैं 'हें, हें, हें' कहता हुआ हँसने लगा।

"आपके इस हँसने से मुझे अपने प्रश्न का उत्तर मिल गया। ऐसे संवेदनशील मुद्दों पर एक शादीशुदा आदमी दाँत निपोरने एवं हें, हें, हें करने के सिवाय और कर भी क्या सकता है!" गधे ने व्यंग्यपूर्वक कहा।

"खैर, गधेजी, अब आप अपने गधा समाज के बारे में कुछ और बातें बताने का कष्ट करें।" मैंने किसी शोध छात्र की भंगिमा से पूछा।

"हम सब गधे शांतिपूर्ण सहअस्तित्व में विश्वास करते हैं। हमारे समाज में न तो सांप्रदायिक दंगे होते हैं, न ही अन्य किसी तरह के झगड़े-फसाद। हम न गोधरा में रामभक्तों की ट्रेन जलाते हैं और न उसके प्रतिरोध की आग को उकसाते हैं। हम गधों का समाज अल्पसंख्यक और बहुसंख्यक में बँटा नहीं होता, इसलिए हममें फसाद नहीं होते। राजनीतिज्ञ हमें हकाल नहीं सकते। इसलिए हम गधे अपनी अस्मिता छोड़कर वोट बैंक नहीं बनते। हम सच्चाई एवं ईमानदारी के रास्ते पर चलते हैं और शायद इसीलिए आप इनसानों में से यदि कोई इन बातों पर विश्वास करता है और अमल भी करता है तो उसे तत्काल आप सभी लोग 'गधा' समझने लगते हैं।" गधे ने कहा।

"गधों में और कौन-कौन से गुण होते हैं?" मैंने उसके तर्कों से प्रभावित होते हुए पूछा।

"गधा सीधी-सपाट बयानी में विश्वास रखता है। वह छल-प्रपंच से कोसों दूर रहता है। वह किसी की पीठ में खंजर नहीं भोंकता है। वह किसी की आस्तीन में साँप बनकर भी नहीं घुसता है। साथ ही वह उस पत्तल में छेद भी नहीं करता है जिसमें वह खाता है। मुँह से राम-राम कहते हुए भी वह बगल में छुरी नहीं रखता।" गधे ने कहा।

"इस तरह की बातों से आप आखिर कहना क्या चाहते हैं?" मैंने पूछा।

"मैं सिर्फ इतना ही कहना चाहता हूँ कि जो अच्छाइयाँ हम गधों में हैं, वे इस आधुनिक समाज के अधिकांश इनसानों में भी नहीं हैं। यही हममें एवं आप इनसानों में बुनियादी अंतर है। यदि संयोगवश से अच्छाइयाँ किसी इनसान में हों और वह सच्चाई तथा ईमानदारी के रास्ते पर चलता हो तो दूसरों की बात तो दूर, स्वयं उसके परिवार के सदस्य भी उसे 'गधा' कहकर उसकी खिल्ली उड़ाने से बाज नहीं आएँगे।" गधे ने आवेश में आकर कहा।

"गधों के बीच भी क्या राजनीतिक बातें होती हैं? गधा समाज में भी क्या कोई प्रजातंत्रीय शासन प्रणाली है?" मैंने पूछा।

''जी हाँ; किंतु हम गधे भी चुनाव में किसी गधे को अपना प्रतिनिधि चुनने के पहले इस बात की पूरी जाँच-पड़ताल कर लेते हैं कि इस गधे में संपूर्ण गधापन है या नहीं, जबकि आप इनसान अपने जन प्रतिनिधि को आँखें मूँदकर चुन लेते हैं, बिना इस बात की परवाह किए कि उसमें इनसानियत नाम की चीज है भी या नहीं। हम निखालिस गधा चुनते हैं। आप मनुष्य, गधे, सूअर और भेड़िए की वर्णसंकर संतति को।''

''गधे एवं इनसान में और क्या अंतर हैं ?'' मैंने पूछा।

''आज तक किसी गधे ने न तो किसी किस्म का घोटाला किया है, न ही हवाला के कारोबार में उलझा। गधा भ्रष्टाचारी भी नहीं होता। इसीलिए एक सदाचारी इनसान को भी आप लोग गधा समझते हैं। गधा दलबदलू भी नहीं होता। वह अपने मालिक के प्रति पूर्णत: वफादार एवं निष्ठावान् होता है। गधा दगाबाज एवं एहसान फरामोश भी नहीं होता, जबकि ये दोनों बातें आज के जमाने के अधिकांश इनसानों में कूट-कूटकर भरी हैं।'' गधे ने मुझे समझाते हुए कहा।

''अच्छा, गधेजी, अब इस इंटरव्यू को यहीं समाप्त करते हुए अंत में मैं आपसे सिर्फ यह जानना चाहूँगा कि क्या आप आज के युग के इनसान के लिए कोई संदेश देना पसंद करेंगे ?'' मैंने कहा।

''जी हाँ, मैं आज के इनसान से केवल यह कहना चाहूँगा कि वे हम गधों से थोड़ा गधापन उधार लेकर तथा उसमें सच्ची इनसानियत को मिलाकर तदनुसार आचरण करें तो इक्कीसवीं सदी काफी सुखद होगी, वरना सिवाय तबाही और बरबादी के इक्कीसवीं सदी में कुछ भी नहीं होगा।'' गधे ने विश्वास भरी शांति के साथ कहा।

□

बाज आए हम तीमारदारी से

✍ **प्रदीप मेहता**

'तीमारदारी' शब्द भी कमाल का होता है, जिसकी याद आते ही बीमार होने का मन करने लगता है। तीमारदारी होती ही इसलिए है भैया, कि हम अस्वस्थ रहें और पड़ोसियों को तीमारदारी करने का एक मौका अवश्य दें। पड़ोसी बीमार हो और हम तीमारदारी न कर हाथ-पर-हाथ धरे बैठे रहें। लानत है हमारे पड़ोसी-धर्म पर!

न तो मैं कभी बीमार पड़ा और न ही कभी बीमार को देखने या तीमारदारी करने अस्पताल ही गया। तो क्या मैं धतूरे के बीज खाकर तीमारदारी पर व्यंग्य लिखूँगा? पहले तो मन बना लिया कि संपादक महोदय को पत्र लिखकर खेद व्यक्त कर दूँ कि मैं तीमारदारी विषय पर व्यंग्य लिखने में असमर्थ हूँ। कृपया अन्यथा न लें। चूँकि रचना सार्थक वही होती है, जो भोगे हुए यथार्थ के करीब होती है। मुझे लगता है कि मैं यथार्थ की नदी का दूसरा किनारा हूँ, जहाँ मैं और तीमारदारी कभी भी आपस में नहीं मिल सकते। फिर सोचा, बुद्धिमान वही होता है, जो अपने से नहीं, दूसरों से सीखकर अपने जीवन को सार्थक बनाता है। तो निर्णय लिया, क्यों न भेंटवार्त्ता आयोजित कर तीमारदारी पर प्रकाश डालूँ?

तब मैंने अपने बॉस से पूछा, ''सर, आपका शासकीय रिकॉर्ड बता रहा है कि आप अधिकतर बीमार रहते हैं और जब देखो तब अस्पताल के बेड से चिपके एवं श्वेत वेशभूषावाली मुसकराती युवा नर्सों से घिरे रहते हैं। क्या आपसे कोई आपके स्वास्थ्य के विषय में पूछने नहीं आता?'' मैंने 'डोंट डिस्टर्ब' के बोर्ड की ओर इशारा करते हुए पूछा।

वे रहस्यमय तरीके से मुसकराए और गंभीरता से बोले, ''ऐसा है, यह अधिकारी

बेवकूफ होता है जो बीमार होकर अस्पताल का बेड न पकड़ता हो। जो अफसर जितना बीमार पड़ता है उतनी ही उसकी गोपनीय व निजी रिपोर्ट की फाइल का स्वास्थ्य बढ़ता है। प्रमोशन के चांसेज बढ़ जाते हैं। उच्चाधिकारी स्वास्थ्य-लाभ का फैक्स कर उनका हौसला बुलंद करते हैं।''

सच है, शासकीय कार्यालय में कार्य का बोझ इतना बढ़ गया है कि बिना बीमार हुए वर्कलोड को लेकर प्रश्नचिह्न लग जाते हैं। वे पुनः बोले, ''हमारी यूनियन बेवकूफों का संगठन तो है नहीं, जो मेडिकल बिल की राशि हर वर्ष बढ़वा देती है। और फिर मेडिकल क्लेम करना तो हम लोगों का मौलिक अधिकार है। भले हम बीमार पड़ें या न पड़ें। बस मेडिकल सर्टिफिकेट और दवाओं के बिल का प्रमाण हमारे बीमार होने के लिए काफी है। अगर हम लोग बीमार न पड़ें तो अधीनस्थ कर्मचारियों के बीच अच्छे संबंध कैसे बनेंगे?''

मुझे लग रहा था कि बॉस ठीक कह रहे हैं। कार्यालय में कर्मचारी के साथ मधुर संबंध बनाने के लिए अधिकारी का बीमार पड़ना पहली आवश्यकता है। जो अधिकारी यह रहस्य नहीं समझता है, वह सफल अधिकारी नहीं बन सकता। वह यह जानते हैं कि कर्मचारी अपने बूढ़े पिता का हाल पूछने तो जाएँगे नहीं, क्योंकि उनकी कॉन्फिडेंशियल रिपोर्ट तो अधिकारी लिखता है। अब बिना सेवा के तो मेवा नहीं मिलती न, इसलिए जैसे ही अधिकारी के बीमार पड़ने का समाचार कार्यालय में सुनाई पड़ता है, पूरा वातावरण सेवामय हो जाता है। सारा स्टाफ शासकीय कार्य छोड़कर फलों का जूस, बिस्कुट, ब्रेड, सूखे मेवे और रंगीन पुष्पों का गुच्छा लिये प्राइवेट वार्ड पर दस्तक देकर स्वास्थ्य-लाभ की कामना जरूर करेंगे, 'सर, आप शीघ्र स्वस्थ हो जाइए। आपके बिना दफ्तर खाली-खाली लगता है।' 'सर, जब तक आप अस्पताल में हैं, हमें तीमारदारी का मौका देते रहिएगा।'

मातहत कर्मचारियों को तीमारदारी का अवसर मिलता है तथा अधिकारी को सुकून। अफसर अपनी पत्नी से कहता है, ''कितने भले हैं ये लोग! शासकीय कार्य छोड़कर स्वामीभक्ति का प्रदर्शन कर रहे हैं। सच है, जिस शस्य-श्यामला भूमि पर ऐसे स्वामीभक्त हों, वह समाज कैसे पीछे रह सकता है? शासकीय जीप व कर्मचारी वृंद होते ही इसलिए हैं कि वे अफसर के आस-पास मँडरा सकें। क्या मैं गलत बोल रहा हूँ?''

हाँ में हाँ मिलाते हुए अफसर की पत्नी ने मुसकराते हुए कहा, ''आप ठीक कहते हैं जी। अफसर बीमार पड़ा हो, अस्पताल के बिस्तर पर पीड़ा से कराह रहा हो और लोग दफ्तर में कार्य करें! यह अच्छी बात है क्या?'' पत्नी ने मौसमी का

जूस बढ़ाते हुए कहा।

अफसर दंपती के विचार सुनकर मैं गद्गद हो गया। धन्य हैं वे लोग, जो स्वस्थ होकर भी राष्ट्र को बीमार बना रहे हैं। और महान् हैं वे, जो तीमारदारी के नाम पर अपने दफ्तर का काम छोड़कर सेवा-शुश्रूषा में लगे हुए हैं। मक्खनबाजी का जीता-जागता नमूना देखना हो तो अस्पताल में देखें।

लेडी टाइपिस्ट मोना पतली आवाज में कहती है, ''सर, इतना अधिक कार्य आप क्यों करते हैं? जान पर खेलकर काम करनेवाला इनसान तो हमने पहली बार देखा। इसके पहले आपकी जगह सक्सेना साहब थे सर, वे कभी बीमार ही नहीं पड़ते थे। सक्सेना साहब न मदिरा का सेवन करते, न मुरगा-मटन खाते, न सिगरेट पीते। भला यह भी कोई जीने का ढंग हुआ!''

हम लोग अकसर उनसे कहते, ''साहब, आप बीमार क्यों नहीं पड़ते?'' जब छोटे बाबू ने पूछा तो सक्सेना साहब आदर्श बघारते हुए बोले, ''बच्चो, कर्म ही पूजा है। बीमार तो वे लोग पड़ते हैं जो कामचोर होते हैं।''

''आप सचमुच अच्छे हैं सर, बवत बे बवत बीमार पड़ते रहते हैं और तीमारदारी का अवसर देते रहते हैं।'' लेडी टाइपिस्ट ने चमचागिरी के स्वर में कहा।

''एक बात कहूँ सर, आप डॉ. तिवारी से ट्रीटमेंट क्यों नहीं करवाते? ऐसी दवाएँ लिखते हैं सर, जो असर ही नहीं करतीं, बिल भी अच्छा बन जाता है और आप लंबे समय तक बीमारी की हालत में पड़े रह सकते हैं।'' बड़े बाबू ने परामर्श देते हुए कहा।

''हाँ, सर, बड़े बाबू ठीक कह रहे हैं।'' छोटे अधिकारी रामदयाल सेब काटते हुए बोले, ''सर, मेरी मानिए, एलोपैथी ट्रीटमेंट मत करवाइए। इसमें साइड इफेक्ट के चांसेज ज्यादा रहते हैं। यदि पेटदर्द ठीक हो जाएगा तो फेफड़े खराब, फेफड़ों का इलाज करवाओ तो सिरदर्द शुरू हो जाएगा। कुल मिलाकर आदमी जीवन भर बीमार ही रहता है।''

स्टोर कीपर राधेलाल ने कहा, ''सर, मेरी तो होम्योपैथी पर पूरी आस्था है। न इंजेक्शन की चुभन और न ही महँगाई की तरह कड़वी दवाई का सेवन। बस छोटी-छोटी साबूदाना टाइप दो-चार गोलियाँ व पाउडर पानी के साथ फाँक लिया और फुरसत। न लगे हींग, न लगे फिटकिरी और रंग चोखा। हाँ, इसमें समय जरा अधिक लगता है सर, मगर बीमारी जड़ से साफ हो जाती है।''

माचिस की तीली से अपने पीले दाँत खुरचते हुए छोटे साहब रामदयाल बोले, ''राधेलाल, आखिर तुम रहे न स्टोर कीपर के स्टोर कीपर, कभी तो अक्ल

की बात किया करो। साहब की तासीर मैं जानता हूँ, बीस साल से दफ्तर में झख नहीं मारी। कौन कितने पानी में है, सब जानता हूँ और फिर बड़े साहब लोग बाबू टाइप लोगों की सलाह पर थोड़े चलते हैं। इनको भी पता है कि कब, कहाँ, किसकी व कैसे सलाह लेनी है।''

खजांची पंजवानी ने अंगूर की तश्तरी आगे बढ़ाते हुए कहा, ''सर, रामदयाल नादान है, इसकी बातों पर ध्यान मत दीजिए। आज का युग व्यायाम, प्राकृतिक चिकित्सा, प्राणायाम, योग, रेकी आदि का है। योग कीजिए, स्वस्थ रहिए। इस पद्धति से आपकी गरिमा भी बनी रहेगी और समाज में आप चर्चित भी हो जाएँगे कि आपको अपनी संस्कृति पर कितना गर्व है।''

लेखपाल शाबिर क्यों चूकता, वह भी कहने लगा, ''मेरी बात पर भी गौर कीजिए जनाब, शहद व नींबू के रस का सेवन प्रतिदिन करें। सुबह-शाम जैतून के तेल की मालिश करवाइए, वाष्प-स्नान कीजिए और उत्तम स्वास्थ्य बनाइए। चुंबकीय चिकित्सा, एक्यूप्रेशर पद्धति भी असरदार है सर। पुराने जमाने में लोग इसी प्राकृतिक पद्धति के माध्यम ये दीर्घ जीवन जीते थे।''

शाबिर के वचन सुनकर बड़े साहब मुसकरा उठे और बोले, ''तुम ठीक कहते हो, शाबिर। प्रकृति से बढ़कर दुनिया में कोई दूसरा उत्तम उपचार नहीं है। सोचता हूँ, कुछ दिन पहाड़ों पर चला जाऊँ। थोड़ी-बहुत देशसेवा की होती तो मेरा विदेश में इलाज हो जाता। खैर, अपना-अपना भाग्य।'' वे मायूस हो गए और थकी निगाहों से अस्पताल की सूनी छत ताकने लगे।

मायूस आदमी पूरे वातावरण को उबाऊ बना देता है। मैंने भी अपने कंधों को ढीला कर लिया, पलकें झुका लीं। अपनी हथेलियों पर एक नजर डाली तो उभरी हुई स्वास्थ्य रेखा मेरा मुँह चिढ़ा रही थी। मैं अपने भाग्य पर रो रहा था। कितना मनहूस व्यक्ति हूँ मैं! सारा घर, सारे दफ्तर, पूरा शहर, समूचा राष्ट्र, पूरा-का-पूरा संसार आज बीमार है। लोग तीमारदारी के कमंडलु में सेवा-भावना का गंगाजल लिये दौड़ रहे हैं और एक मैं कमबख्त स्वस्थ रहकर मुसकरा रहा हूँ। सोचता हूँ, अच्छा ही हुआ कि मैं बीमार न पड़ा। नहीं तो पड़ोसी, रिश्तेदार तो क्या, समूची सेवाभावी संस्थाएँ ही सुबह-सुबह मेरे घर पर दस्तक देकर मेरी गहरी नींद में खलल डालने पहुँच जातीं। आखिर सेवा संस्थाओं को भी तो अपने सेवा-कार्य की प्रगति रिपोर्ट विदेश भेजनी पड़ती है। यदि हम बीमार न पड़ें तो बिना तीमारदारी के सेवा संस्थाएँ बीमार नहीं पड़ जाएँगी? अच्छा ही हुआ, न मैं बीमार पड़ा और न ही किसी को तीमारदारी करने का अवसर दिया। □

दुर्योधन फेल क्यों होता है ?

✍ **प्रभाकर चौबे**

दुर्योधन फेल हो गया। पिछले साल भी फेल हो गया था। महाभारत काल से वह फेल होता आ रहा है। अगले साल फिर परीक्षा में बैठेगा। फिर फेल होगा। वह फेल होने के लिए परीक्षा दे रहा है। दुर्योधन सोचता है कि वह फेल क्यों हुआ? महाभारत काल में द्रोणाचार्य जैसे गुरु के पास पढ़ता था। उस समय भी फेल हो गया। आज के गुरु स्वयं को द्रोणाचार्य कहते हैं, लेकिन दुर्योधन फेल हो रहा है। द्रोणाचार्य के पास पढ़नेवाले छात्र डिस्टिंग्शन मार्क क्यों नहीं ला रहे हैं? क्या खास-खास छात्र ही पास होते हैं? परीक्षा को लेकर दुर्योधन बड़ी चिंता में रहता है। जैसे प्रश्न पूछे जाते हैं, उसके अनुरूप वह उत्तर देता है, लेकिन फेल हो जाता है। शत-प्रतिशत सही उत्तर देता है, फिर भी फेल हो जाता है।

दुर्योधन को आज तक समझ में नहीं आया कि उसने उत्तर देने में क्या गलती की। प्रश्न पूछा जाता है। वह उत्तर देता है। जैसा प्रश्न वैसा उत्तर।

परीक्षा में प्रश्न था—सामने क्या देख रहे हो? और जो कुछ दुर्योधन को दिखाई दे रहा था, उसने बता दिया कि गुरुजी, पूरा पेड़ दिखाई दे रहा है। पेड़ की डालियाँ, पत्तियाँ, फल—सब दिखाई दे रहे हैं। उत्तर सुनते ही द्रोणाचार्य ने दुर्योधन को फेल कर दिया। फिर गुरु द्रोणाचार्य ने यही सवाल अर्जुन से पूछा। अर्जुन ने उत्तर दिया—चिड़िया की आँख ही दिखाई दे रही है। और अर्जुन प्रथम श्रेणी में पास हो गया। दुर्योधन सोचता है कि गुरुजी जो उत्तर चाहते हैं वही लिखो, तभी पास हो सकते हो। अगर दुर्योधन ने भी कहा होता कि केवल चिड़िया की आँख दिखाई दे रही है, तो वह भी पास हो जाता। दुर्योधन को क्या पता था कि द्रोणाचार्य

यही उत्तर चाहते हैं। जो दिखा, उसने वह बता दिया और वह फेल हो गया। महाभारत काल से सही विकल्प चुनकर लिखने का सवाल पूछा जाता रहा है। आज सही विकल्प चुनकर लिखने के ही प्रश्न पूछे जाते हैं। इसे ऑब्जेक्टिव प्रश्न कहा जा रहा है। ऑब्जेक्टिव प्रश्न में ऐसा भी प्रश्न पूछा जा सकता है कि निम्न में तुम्हारे पिता का नाम है—१. रामलाल २. श्यामलाल ३. मोहनलाल ४. रतनलाल। सही विकल्प को चुनकर अपनी उत्तर पुस्तिका के प्रथम पृष्ठ पर लिखिए। पिता के नाम का विकल्प चुनने में छात्र कन्फ्यूज हो जाएगा। बाजूवाले छात्र से पूछेगा कि यार, इनमें मेरा बाप कौन है ?

दुर्योधन बहुत परेशान है। बार-बार फेल होता है। परीक्षा में कई सालों से एक प्रश्न पूछा जा रहा है कि भारत की गरीबी के कारण लिखिए। दुर्योधन ने लिखा—'साहब, नेता और व्यापारी, लूट रहे हैं बारी-बारी।' और उसे फेल कर दिया गया। दुर्योधन ने री-टोटलिंग के लिए आवेदन किया, रीवेल्युएशन की माँग की। परीक्षक ने कहा, 'बेटा दुर्योधन, तुमने लिखा सच है, लेकिन उत्तर सही नहीं है। उत्तर वही सही है जो कुंजी में लिखा है। कुंजी में दिया गया उत्तर लिखो तो पास हो जाओगे। अपने उत्तर मत लिखो। जो दिख रहा है वह मत लिखो। परीक्षक जो उत्तर चाहता है वह लिखो। ग्रंथों से परे हटकर कोई उत्तर किसी गुरु को पसंद नहीं आता।'

दुर्योधन ने सोचा कि इस साल उसे निबंध में अच्छे अंक मिलेंगे। प्रश्न था—'भारत का राष्ट्रीय खेल'। उसने लिखा—'अपने देश में कई तरह के खेल खेले जाते हैं, लेकिन हॉकी राष्ट्रीय खेल है। हमने हॉकी की दुर्दशा कर दी है, इसलिए हॉकी राष्ट्रीय है। जिसे हम राष्ट्रीय बनाते हैं उसे केवल पुस्तकों के पन्ने रँगने के लायक रहने देते हैं। उसे गौरव गान के लिए रखा जाता है, जैसे राष्ट्रीय चरित्र, राष्ट्रीय एकता, राष्ट्रीय शिक्षा, उसी तरह राष्ट्रीय खेल हॉकी। जिसे सुधारने का प्रयास करने की बात की जाए उसे राष्ट्रीय दर्जा दिया जाता है।' और दुर्योधन को पचास में से पाँच अंक मिले। निबंध में वह फेल हो गया। यह व्यवस्था सत्य के उद्घाटन से डरती है। फीस देते जाओ। वे जो चाहते हैं वही लिखो। नहीं लिखते तो एक चांस और दिया, पूरक परीक्षा में कोशिश कर देखो।

ऐसा प्रश्न होता है कि सही विकल्प चुनो। दुर्योधन ने लिखा—'आज विकल्प कहाँ है ? मास्टरी से लेकर पटवारी तक के लिए प्रयास करनेवाले बेरोजगार घूम रहे हैं। एम.ए., एम.एस-सी., एम.कॉम., पी-एच.डी. तक घूम रहे हैं। विकल्प हैं कहाँ ? जो मिले उसमें घुसो। पी-एच.डी. क्लर्की कर रहे हैं। एक ही विकल्प है कि

पढ़ो, लिखो और बेरोजगार बनो।' दुर्योधन ने ऐसा उत्तर लिखा और वह फेल हो गया।

दुर्योधन ने सोच लिया है कि परीक्षक जैसा उत्तर चाहते हैं वैसा ही लिखो, तभी पास हो सकते हो। हिंदी के प्रश्नपत्र में एक प्रश्न पूछा गया कि भक्तिकाल का श्रेष्ठ कवि आपकी नजर में कौन है ? और दुर्योधन ने लिखा—कबीरा। उसे सौ में तीस अंक मिले। लेकिन किसी ने लिख दिया—'सूर सूर तुलसी शशि उडगन केशवदास, अब के कवि खद्योत सम जहँ तहँ करत प्रकाश।'

उसे सौ में से नब्बे अंक मिले। गुरु ने कहा कि इसने सारे कवियों को पसंद किया है। सबको इसने खुश कर लिया है। दुर्योधन को मालूम होना चाहिए कि हर परीक्षा में पास होने का यही गुरु मंत्र है कि परीक्षक को खुश कर दो। बोर्ड परीक्षा हो, विश्वविद्यालय की परीक्षा हो या जीवन की परीक्षा। साहब जैसा चाहे उसी के अनुसार फाइल तैयार करो तो तरक्की होती है। नेता जैसा चाहे उसी के अनुसार भीड़ इकट्ठी करो तो चुनाव में टिकट मिलता है। बस, गुरु की मरजी का उत्तर लिखो। अगर उसकी मरजी का उत्तर नहीं दिया तो गुरु आदेश देंगे 'स्टेंडअप ऑन द बेंच।' और तुम जीवन भर स्टैंडअप ऑन द बेंच रहोगे। कई लोग खादी पहनकर राष्ट्रीय झंडे का गीत गाते हुए जीवन बिताए दे रहे हैं और कुछ लोग संसद् में पहुँचकर राष्ट्रभक्ति पर उपदेश दे रहे हैं। ऐसे लोग अपना उत्तर नहीं देते। हाईकमान के पसंदवाला उत्तर लिखते हैं।

घोड़ा किसी का, लगाम किसी और के हाथों, एड़ लगानेवाले तीसरे और घुड़सवार से बढ़िया घुड़सवारी की उम्मीद की जा रही है। दुर्योधन फेल हो जाता है। जो देख रहे हो वह मत कहो। जो सोचते हो वह मत लिखो। उनका देखा और उनका सोचा लिखो। तभी ए गुड ब्वाय, अदरवाइज फेल।

□

कांजी-हाउस

✍ बिमलचंद्र गुप्ता

मोहनपुर के कांजी-हाउस में कैद सभी जानवरों के मन में आज बड़ी संशय भरी उत्सुकता है। बकरियाँ सहमी-सहमी मिमिया रही हैं। गधे आदत से मजबूर मुँह उठाए रेंक रहे हैं। गायें तो गौमाता ठहरीं, चुपचाप एक-दूसरे को देख रही हैं। हाँ, कुछ मरियल घोड़े जरूर ताव में हैं। कांजी-हाउस के सभी जानवर आश्चर्यचकित से एक-दूसरे से यही जानने की फिराक में हैं कि आखिरकार कांजी-हाउस के इतिहास में यह अद्भुत घटना कैसे घटने जा रही है! क्या यह यदि है, संभव है तो कैसे और क्यों? कहीं कांजी-हाउस के कायदे-कानून में कोई परिवर्तन तो नहीं हो गया? इस परिवर्तन के कारण पहले से यहाँ बँधे जानवरों पर क्या फर्क पड़ेगा? इस तरह के जाने कितने ही प्रश्न सभी जानवरों को सताए जा रहे थे। प्राकृतिक नियम है—जो बँधे हुए हैं उन्हें प्रश्न सताते हैं और खुले प्राणी प्रश्नों को सताते हैं। कुछ दिनों से कांजी-हाउस की सफाई बड़ी मुस्तैदी से की जा रही है। गोबर, लीद और बकरियों की मेनारी-सब हटाई जा रही हैं। बालटी-बालटी भर फिनाइल मिश्रित पानी से फर्श को धोया जा रहा है, ताकि बदबू नहीं आए।

आज सवेरे-सवेरे यह सब चल ही रहा था कि एक मिमियाती बकरी को नए आगंतुक के तौर पर कांजी-हाउस में लाया गया। वह बकरी मरियल-सी मिमियाहट में फरियाद कर रही थी—उसने किसी के खेत की फसल नहीं खाई थी, केवल खेत की मेंड़ पर उगी घास को ही चर रही थी। मगर उस बेचारी बकरी की बात कौन सुने? खेत की फसल खाई हो या मेंड़ पर उगी घास, कुछ-न-कुछ खाया तो अवश्य था उस बकरी ने। जब पेट में भूख लगती है तो कुछ-न-कुछ खाना ही

पड़ता है और यह कुछ-न-कुछ खा लेना ही बकरियों के लिए अपराध होता है। अब कांजी-हाउस तो जाना ही पड़ेगा। वहाँ बंद होकर तब तक रहना भी पड़ेगा जब तक कोई छुड़वाने न आए।

नई बकरी को बहुत मिमियाती देख पहले से बँधी बकरियों ने मिमियाती हुई डाँट लगाई—"बस भी कर फरियादी चिल्ल-पों! बकरी है, अपनी औकात में रह। बेगुनाही का सबूत न दे। मेंड़ पर घास चर रही थी, यह क्या कम अपराध है तुम्हारे लिए? तुम्हारा चरना ही अपराध है। तू क्या समझती है, हम सारी बकरियाँ, जो यहाँ कांजी-हाउस में बँधी हैं, चोरी-डाका के अपराध में बंद हैं? हम सभी का अपराध पेट भरने के लिए कुछ चरने का ही है।"

नई आई बकरी चुप होकर सबको आश्चर्य से देखने लगी।

तभी एक गधा रेंका। वह बकरियों की बहस से खीझ सा रहा था, "तू क्या समझती है, हम गधे कहीं बम फोड़कर आए हैं, या किसी का खून करते पकड़े गए हैं? हम अपनी प्यास बुझाने केवल दूसरे धोबी के घाट पर उतर आए और पानी पीने लगे। बस, पकड़कर कांजी-हाउस में कैद कर दिया गया।" गधे की यह व्यथा सुन सभी बकरियों ने चुप्पी साध ली।

बगल में बँधा एक मरियल सा घोड़ा हिनहिनाया—"न किए गए अपराधों का विश्लेषण तुम लोग बंद करो, यह सब करने से कांजी-हाउस का ठेकेदार तुम लोगों को छोड़ेगा नहीं, यह बात अपनी खोपड़ी में बिठा लो।" फिर नई आई बकरी की तरफ मुँह करके बोला, "बकरी रानी, तू तो यह बता, अभी-अभी बाहर की दुनिया से आई है, बाहर कुछ अजूबा तो नहीं घट रहा है? हम लोग देख रहे हैं कि इस कांजी-हाउस की साफ-सफाई कुछ दिनों से बड़ी मुस्तैदी से की जा रही है, बगल में जो एक बड़ा घर है उसे ऊँचा किया जा रहा है, उसे अच्छी तरह सजाया भी जा रहा है। क्या सरकार ने कांजी-हाउस के कायदे-कानून में कोई परिवर्तन कर दिया है?"

नई आई बकरी दो छोटे-छोटे सींगों के बीच दबे अपने भेजे पर जोर देकर कुछ सोचने लगी। सोच की मुद्रा से उबरकर मिमियाई—"भैया, (अपने मुल्क की कमजोर मादाएँ घोड़े से भी ताकतवर नरों को प्रायः 'भैया' शब्द से नवाजती हैं, ताकि वह 'नरोचित' व्यवहार से सुरक्षित रहे) देखा-सुना बहुत कुछ तो नहीं है, पर खेत-खलिहानों और बस्ती-टोलों में थोड़ी-बहुत फुसफुसाहट अवश्य थी कि इलाके के मस्त हाथी पर खेत-का-खेत, बस्ती-की-बस्ती उजाड़ने और रौंदने का आरोप है। उस हाथी की इन करतूतों के चश्मदीद गवाह भी हैं, पर डर के मारे

कुछ बोल नहीं पा रहे। हमारी बकरी बहनें भी उनकी करतूतों को देख चुकी हैं। कुछ गदहों और घोड़ों को भी इसकी जानकारी है। पर कौन मुसीबत मोल ले अपना मुँह खोलकर। हाँ, दूसरे जंगल के कुछ हाथियों ने जरूर बीड़ा उठाया है कि इस मस्त हाथी को किसी भी प्रकार से पकड़वाया जाए, ताकि वह कांजी-हाउस की हवा खा सके।''

नई बकरी की बात जो मरियल घोड़ा ध्यान से सुन रहा था, उसकी लीद निकल गई। उस मस्त हाथी से उसका एक बार पाला पड़ चुका था। एक लहलहाते खेत को रौंदते देख उस घोड़े ने केवल सलाह देने की गलती की थी। चरित्र विरुद्ध सलाह से वह मस्त हाथी इतना उन्मत्त हुआ कि अपनी सूँड़ में लपेट-लपेटकर इतनी पटखनी दे मारी कि पंद्रह दिनों तक लीद करता रहा था। थोड़ी साँस लेकर वह घोड़ा बोला, ''तो तू क्या सोचती है, उस मस्त हाथी का अपराध साबित हो जाएगा और उसे हमारी तरह सजा मिल पाएगी?''

''कैसे कहूँ, भैया।'' नई बकरी मिमियाई।

शाम होने को आई। कांजी-हाउस के ठेकेदार का एक नौकर आया। सभी जानवरों को सूखी घास और भूसी डाल गया, साथ ही ढेर सारी हिदायतें फरमा गया—''आपस में लड़ना नहीं, रात में लीद-गोबर कम करना, कांजी-हाउस के सारे कायदे-कानून का पालन करना।...''

आज पूरे कांजी-हाउस और उसके आस-पास बेचैनी तथा कौतूहल भरा माहौल है। बगल के घर को पूरी तरह सजा दिया गया है। पहरेदार भी मुस्तैद हैं।

अचानक गाजे-बाजे और जयघोष के नारों की आवाज नजदीक आती महसूस होने लगी। कांजी-हाउस में बँधे सभी जानवरों के कान ऑटोमैटिक यंत्र की तरह दिशा बदल-बदलकर आवाजों को पहचानने की कोशिश करने लगे। शोर निकट आता गया। कांजी-हाउस के सभी जानवर एकटक उसी ओर देखने लगे जिस ओर से शोर आ रहा था। सभी की आँखों में भय-मिश्रित कौतूहल था।

अचानक मरियल घोड़ा मरी आवाज में हिनहिनाया, ''वह तो उसी मस्त हाथी का जुलूस है।''

नई आई बकरी ने भी उचककर जुलूस को देखा। ''हाँ, लगता तो मस्त हाथी ही है, भैया!''

कांजी-हाउस में बँधे सभी जानवर गंभीर हो जुलूस को आते देखने लगे।

मस्त हाथी जुलूस के बीच में फूल-मालाओं से लदा हुआ, माथे पर रोली का बड़ा तिलक लगा हुआ, बीच-बीच में वह अपनी सूँड़ उठाकर साथ चल रहे सभी

साथी जानवरों के जयघोष का मानो उत्तर देता हुआ गर्व से कांजी-हाउस की तरफ बढ़ रहा था। जुलूस के साथ चल रहे सभी हाथी, घोड़े और बैल तुमुल नाद करते, नृत्य करते हुए इस जुलूस को विजय पर्व का रूप दे रहे थे।

मस्त हाथी का जुलूस कांजी-हाउस के पास नए बने ऊँचे घर के पास रुका। कांजी-हाउस का ठेकेदार-पहरेदार और नौकर सब दौड़ पड़े। ठेकेदार ने आरती उतारी, फूलमाला चढ़ाई और उसके ठहरने के लिए क्या-क्या व्यवस्थाएँ की गई हैं, सबकी जानकारी दी।

अपनी व्यवस्था की जानकारी सुन मस्त हाथी मुसकराया और सूँड़ को इस अंदाज से उठाया मानो आशीर्वाद दे रहा हो।

फिर शुरू हुआ भाषणबाजी का दौर। सबने मिलकर मस्त हाथी के गुणों का गुणगान किया। उसने जंगल में कैसे जंगलराज की स्थापना की, उसका वर्णन किया और फिर उन विरोधी जानवरों को घनघोर लानत भेजी जिन्होंने षड्यंत्र रचकर उनके नेता (मस्त हाथी) को फँसाया है। मस्त हाथी पर लगे सारे आरोपों को खारिज करते हुए एक चमचे हाथी ने कहा, "जानवर भाइयो और बहनो, यह हमारी नस्ल के जानवरों के खिलाफ षड्यंत्र का परिणाम है कि आज हमारे नेता को कांजी-हाउस लाया गया है, जबकि इतिहास गवाह है कि हाथियों के लिए कोई कांजी-हाउस नहीं होता। है कोई गौ माई का बछड़ा, जो यह सिद्ध करे कि हमारे नेता मस्त हाथी ने किसी के खेत को रौंदा हो, किसी का बाग उजाड़ा हो, दूसरों के हक को मारा हो! जो इनके अपराध को सिद्ध कर दे उसे मैं नंदनवन की सैर कराऊँगा। मैं जानता हूँ, कोई भी हमारे नेता के अपराध को सिद्ध नहीं कर सकता। इतिहास इस बात का भी साक्षी है कि हाथियों का अपराध कभी सिद्ध नहीं होता। जैसे लोकतंत्र में किसी सफेद हाथी का अपराध प्रमाणित नहीं होता वैसे ही हमारे जंगल में काले हाथी का।"

चमचा हाथी को चुप कराते हुए मस्त हाथी बोल पड़ा, "आप लोग चिंता न करें, हम कांजी-हाउस को कांजी-हाउस नहीं मानते, यह तो हमारी ससुराल है। हम यहीं से आप लोगों का मार्गदर्शन करेंगे। हमारी हथिनी आप लोगों को अनुशासन देंगी, कांजी-हाउस का ठेकेदार सतत आपके संपर्क में रहेगा। ससुरा कभी गड़बड़ करे तो टेंटुआ चीप दीजिएगा।"

कांजी-हाउस के ठेकेदार के साथ-साथ उनके नौकर-चाकरों की भी पैंट गीली हो गई।

"...आप लोग। अब अपने अपने इलाके में जाइए। हम थोड़ा आराम करने

के मूड में हैं और भूख भी लगी है।'' मस्त हाथी ने सूँड़ उठाकर सभी को जाने का इशारा किया।

उधर कांजी-हाउस का ठेकेदार मस्त हाथी से विनती कर रहा था, ''हुजूर! चलिए अपने कमरे में। ताजा केले के पचास पेड़ काटकर डाल दिए गए हैं। गंगाजल को छानकर पीने के पानी का पुख्ता इंतजाम है। और आप जो कहेंगे, सब तुरत-फुरत में हाजिर करूँगा। बस आप कृपा-दृष्टि बनाए रखें।''

मस्त हाथी ने तथास्तु की मुद्रा में कान हिलाया और कांजी-हाउस के बगल में बने नए घर में प्रवेश कर गया। साथ आए सभी जानवर गगनभेदी नारे लगाते जंगल की ओर लौटने लगे—जीतेगा जी जीतेगा, मस्त हाथी जीतेगा! जो हमसे टकराएगा, मिट्टी में मिल जाएगा!

कांजी-हाउस के सभी रेगुलर जानवरों पर मौन की चादर बिछ गई। सभी चुप और आशंकित!

एक बुजुर्ग सी गाय, जो संभवतः उस कांजी-हाउस की सबसे पुरानी सजायाफ्ता कैदी थी और जिसके मालिक ने कभी उसे कांजी-हाउस से छुड़ा ले जाने की जरूरत नहीं समझी, अपने आप बुदबुदाने लगी—''यह कोई शुभ लक्षण नहीं है। हाथी को भी कभी कांजी-हाउस में डाला जा सकता है? हाथी का अत्याचार, अन्याय और उद्दंडता कभी दंडित हुई है? वह खेत-खलिहान रौंदे या बस्ती उजाड़े, सब न्यायोचित होता है। वह अपराधी हो ही नहीं सकता। अपराधी तो केवल छोटे जानवर, छोटे जुर्मों के लिए बंदी जीव होते हैं। हाथी का कांजी-हाउस आना अशुभसूचक है। इसका सीधा सा अर्थ हुआ—इस हाथी से और बलवान हाथी जंगल में पैदा हो गया है। भला उन सबों के अपराध को कौन रोक पाएगा?''

तभी बगल के नए बने घर में, जहाँ मस्त हाथी को रखा गया है, हलचल होती है, शोरगुल होता है, मस्त हाथी के चिंघाड़कर हँसने की आवाज आती है मानो वहाँ कोई जश्न मनाया जा रहा हो। होने को तो वह घर भी कांजी-हाउस है, पर वहाँ उल्लास और उत्सव है और इधर के प्राणी निरीह हैं। यहाँ मरघट-सी शांति और सन्नाटा है। मोहनपुर के कांजी-हाउस का कानून बदल गया है। पहली बार एक हाथी बंद हुआ है यथाशीघ्र बाइज्जत छूट जाने के लिए।

□

साहित्य का मायालोक

✍ **महावीर अग्रवाल**

अपने को बड़ा समझनेवालों की जाति ही अलग होती है। चाहे वह गगनचुंबी महलों में रहनेवाला करोड़पति हो या ठर्रे की बोतल पीकर नाली में पड़ा रहनेवाला मजदूर या रिक्शेवाला हो। चिकित्सा विज्ञान का विकास तमाम बीमारियाँ समाप्त कर सकता है, लेकिन साहित्य सम्मेलन और पुरस्कार का बुखार इक्कीसवीं सदी में पूरी संक्रामकता के साथ फैलेगा। यह तय है। हाई टेंप्रेचरवाले रोगी की तरह साहित्य के विशेषज्ञों की, पुरस्कार के कर्णधारों की बड़बड़ाहट सपने में भी जारी रहती है। यह बुखार जितना तेज रहता है, सम्मान, अभिनंदन और जय-जयकार के नारे हवा में उतनी ही तेजी से घुलते हैं। लेखक, संपादक, आलोचक और प्रकाशक में पुरस्कार की राजनीति का जो मसीहा बनेगा उसके चक्कर शेष तीनों लगाएँगे चकरघिन्नी की तरह।

चमकती हुई पुस्तक जब तक न छपे, लेखक दो कौड़ी का होता है। कितना ही बड़ा तोपचंद हो, शेखी कितनी भी बघारे, अपनी पुस्तक के बिना वह खुद को बौना महसूस करता है। कलम घिस-घिसकर अँगुलियाँ थक जाती हैं, जिंदगी आधी से अधिक बीत जाती है, छोटे-मोटे पुरस्कार मिल जाते हैं, मुख्य अतिथि बनाकर ससम्मान बुलाए जाते हैं। बडे-बड़े संघों के अध्यक्ष और महासचिव हो जाते हैं, अपना कद बड़ा महसूस करते हैं, अच्छा लिखते हैं, अच्छा बोलते हैं, फिर भी प्रकाशक घास नहीं डालता। बुढ़ौती में समझ आता है—अच्छा लिख लेना ही सबकुछ नहीं है। पुस्तक छपवाने की कला कुछ और होती है। साहित्य के मौन साधक मुखर होकर प्रलाप करते हैं, "साहित्य की दुनिया में और अधिक लूट-खसोट है। भ्रष्टाचारी

गुटों के कंपटीशन का युग है। सब अपने संबंधों को इनकैश करते हैं।" इक्कीसवीं सदी में बिना पुस्तक के साहित्यकार भटकते फिरते हैं और कोई रोटी नहीं डालता। प्रकाशक से पांडुलिपि की स्वीकृति का प्रश्न बेचैन करता है।

प्रकाशक दुर्लभ और रेयर प्राणी है। प्रकाशक के सामने बड़े-बड़े तोपचंद हें-हें करते हैं। बाग-बाग हुई जाती हैं महिलाएँ। प्रकाशक की मित्रता पाकर गौरव से भर-भर जाती हैं। प्रकाशक के चारों ओर हर चेहरे पर पुलक होती है। दूर बैठे कुछ आलोचक और खूसट साहित्यकार जरूर मन-ही-मन गरियाते हैं प्रकाशक को। पर पास आते ही दुआ-सलाम शुरू हो जाती है। अपने धनुष पर व्यंग्य बाण खींचनेवाले व्यंग्यकार भी व्यंग्य की भाषा भूल पोल्सन की नई भाषा लिखते हैं। यही कारण है कि लेखक जितने अधिक होते हैं प्रकाशक उतने ही प्रफुल्लित होते हैं। जब तक लेखक जीवित रहेंगे तब तक प्रकाशक राज करेंगे। इक्कीसवीं सदी में ऐसा ही समय आएगा। लेखक पैसे दे-देकर पुस्तकें छपवाएँगे, आरजू-मिन्नत करके समीक्षा लिखवाएँगे, पैसे दे-देकर अपने सम्मान में गोष्ठी का आयोजन करवाएँगे। छपास की भूख सबसे बड़ी भूख होगी। डिनर और व्हिस्की के पैग पिला-पिलाकर संस्मरण लिखवाए जाएँगे—और अंततोगत्वा इन सारे कारनामों को अविस्मरणीय बनाने के लिए प्रकाशक के द्वार ही खटखटाए जाएँगे।

दृश्य बदलता है।

गुरूकंटाल ने कहा, "साहित्य को घर की मुरगी मत समझिए। साधना कीजिए, सेवा कीजिए, सेवा के नाना रूपों को समझिए, तब साहित्यकार बनने की कोशिश कीजिए। पुरस्कार जीतिए। नाम भी मिलेगा और पैसे भी मिलेंगे।"

चेली ने जिज्ञासा और कौतूहल से पूछा, "सेवा के कौन-कौन से रूप हैं, सर?"

गुरूकंटाल—"प्रश्न अच्छे कर लेती हो। धीरे-धीरे सब समझ जाओगी। अभी जाओ, साँझ ढले कविता की कॉपी लेकर आना।"

चेली—"घरवाले नाराज होते हैं, सर! साँझ ढले···"

गुरूकंटाल—"तो ठीक है, कल दोपहर में अकेली आ जाना। दोपहर को ही समझा देंगे। कविता का जन्म कैसे होता है और फिर वह धीरे-धीरे कैसे जवान होती है।"

चेली—"देखिए सर! मैंने कितनी कविताएँ लिखी हैं।"

गुरूकंटाल—"क्या सहमी-सकुचाई सी रहती हो! आओ पास बैठो। उन्मुक्त होकर जीना सीखो। कविता को सँवारना सीखो। कई हथकंडे अपनाने पड़ते हैं।

संपादकों से संपर्क बनाकर रखो तो पत्रिकाओं में जमकर चर्चा होती है।"

चेला कोई नया-नवेला कवि होता है तो बोतल लेकर आता है। उससे कहते हैं—लेखकों के बीच धाक जमानी हो तो संगठन से जुड़ो, उसपर कब्जा करो, पुरस्कार समिति के चेयरमैन बनो। धन्ना सेठों और करोड़पतियों का एक शॉल से स्वागत करो और लाख टके का पुरस्कार उनसे ले लो। अभिनंदन करो और मान-सम्मान लो।

दृश्य बदलता है।

लेखक चिंतित है कि आलोचक ने कविता की शोभा बिगाड़ दी। समर्थ और ख्यातिनाम आलोचक के सामने अच्छे-अच्छे बत्तीसी दिखाते खड़े रहते हैं। आलोचक जब मुँह खोलता है तो कभी फूल झरते हैं और कभी शब्दों के अग्निबाण बेधते चले जाते हैं। घुटा आलोचक नीरक्षीरविवेक से इस तरह अभिव्यक्ति देता है कि भाव की कसौटी पर वस्तु तत्त्व ठहर नहीं पाता और वस्तु की कसौटी पर भाव ठहर नहीं पाता। घुटा आलोचक मोहक, भ्रामक और गोलमाल बात करता है। विचारधारा के स्तर पर ये वज्र की तरह कठोर हो जाते हैं। चूहे जिस तरह कुतरते हैं पुस्तकों को, वे कविता के एक-एक शब्द को, एक-एक भाव को कुतरते हैं। लाभ की सुरंग दिखे तो पिलपिला जाते हैं सड़े टमाटर जैसे। और रंग इनका पानी की तरह हो जाता है। फिर तो विरुदावली गाई जाती है और अनुभव कविता की एक-एक पंक्ति में बोलता है—'वल्लाह, क्या बात है!'

दृश्य बदलता है।

एक शेर की दो पंक्तियाँ समायोजित होती हैं—

लेखक—"जो कुछ कहो कबूल है, तकरार क्या करूँ।"

आलोचक—"शर्मिंदा अब तुम्हें सरे बाजार क्या करूँ।"

संपादक पूरी फुलवारी उजाड़ देता है। फूल कम, काँटे अधिक बिछाता है। यही कारण है कि संपादक प्रवर नए-नए लोगों के बीच महामहिम की उपाधि पा जाता है। बड़े-से-बड़े लेखक की रचना गँगवाता है। रचना कितनी ही मजबूत कद-काठी की क्यों न हो, संपादक की छिद्रान्वेषी प्रवृत्ति उसमें कमी ढूँढ़ ही लेती है। कभी कहता है—रचना का शिल्प तो प्रौढ़ता लिये हुए है, परंतु वस्तु-पक्ष थोड़ा कमजोर है। कभी कहता है—विचारधारा रचना पर हावी हो गई है। इतने बड़े कलमकारों को साहित्य-सृजन करते हुए नारेबाजी से बचना चाहिए। और संपादक अपनी कैंची से रचना की ऐसी-तैसी कर डालता है। अपर्णा देशपांडे ने सही लिखा

है—'रचना पूँछकटी हो या मूँछकटी, कहलाती तो रचनाकार की ही है। कैंची को क्या फर्क पड़ता है? रचना रेशम की हो और कैंची उसमें लगे टाट के पैबंद काट दे तो छवि निखर जाती है; लेकिन रचना टाट-सी हो और रेशम के पैबंद कट जाएँ तब क्या हो?''

साहित्य सम्मेलन हो या पुरस्कार वितरण का उत्सवी माहौल, संपादक को रचनाकार झुक-झुककर सलाम करते हैं। कई तो इक्कीसवीं सदी में भी पैर छूते हैं। युवा शागिर्द रचना का यथार्थ छोड़कर बरामदे के कठोर धरातल पर हाथ बाँधे खड़े रहते हैं। ऐसे शुभ अवसरों पर संपादक की हँसी में बड़प्पन का बोध होता है। संपादक की ऐसी धाक कभी-कभी आलोचक को खटक जाती है। माइक पर आलोचक का प्यार इस तरह सामने आता है—''संपादक गुट बनाकर चलते हैं। समीक्षाएँ प्रायोजित करवाते हैं। बेसिर-पैर की बातें जब वे करते हैं तो ऐसे हथकंडों से साहित्य का स्तर गिरता है। संपादक की भी विश्वसनीयता में कमी आती है और प्रतिष्ठा भी कम होती है। मेरे संपादक मित्र को ये बातें सहजतापूर्वक ग्रहण करनी चाहिए।''

दृश्य बदलता है।

आलोचक की आलोचना जैसे ही थमी, संपादक मुसकराते हुए माइक सँभालते हैं, ''मित्रो! आलोचक वही सफल होता है जो पहले पढ़े, फिर समझे, बाद में गुने और फिर थोड़े में अपनी बात कहे। उसे चुप्पा, चौकन्ना और घाघ होना चाहिए। स्वभाव, अदा, तेवर और नाज-नखरे छोकरियों के हों (अर्थात् हर जगह, हर विषय पर हमेशा और लगातार बोलने की आदत) तो आलोचना बकवास हो जाती है। संकेत में दो पंक्तियाँ अपने नौसिखिए आलोचक महोदय को अर्पित करता हूँ—

चिंतन हमारा विष में सन चुका है दोस्तो,
एक चाकू की तरह वो तन चुका है दोस्तो!''

□

विश्वविद्यालय की एक मीटिंग का आँखों-देखा हाल

✍ रमेशचंद्र महरोत्रा

(**उपस्थित सदस्य**—अध्यक्ष, अनुकूल सदस्य, सहयोगी सदस्य, प्रतिकूल सदस्य और मौन सदस्य)

अध्यक्ष : मीटिंग शुरू करने का सही समय क्या है?

अनुकूल सदस्य : जी हाँ, अध्यक्ष महोदय! बिलकुल ठीक है।

अध्यक्ष : अरे, क्या बिलकुल ठीक है? मैंने तो कुछ नहीं कहा अभी।

अनुकूल सदस्य : वही, वही, जो आप कहने वाले हैं। आप जो भी कहेंगे, हम उससे पूरी तरह से सहमत हैं।

सहयोगी सदस्य : तो सर! अब मीटिंग शुरू कर दीजिए।

अध्यक्ष : हाँ, सबसे पहले मैं विषय-सूची से बाहर के कुछ प्रस्ताव सामने ला रहा हूँ।

प्रतिकूल सदस्य : लेकिन महोदय, पहले प्रमुख विषय-सूची पर बहस होनी चाहिए, जो हमारे पास पिछले माह भेजी गई थी।

अनुकूल सदस्य : क्यों होनी चाहिए? आप अध्यक्ष की बात नहीं सुन रहे हैं। हम उनकी बेइज्जती नहीं सह सकते।

सहयोगी सदस्य : हम सहमत हैं, अध्यक्ष महोदय, आपकी ओर से रखे जानेवाले सारे प्रस्ताव हम लोग पास करते हैं, हमारा बहुमत है।

प्रतिकूल सदस्य : लेकिन सज्जनो! यह तो बताइए कि प्रस्ताव क्या है?

अध्यक्ष : देखिए, समय कम है, मैं आपको ज्यादा बोलने की अनुमति नहीं दे सकता। आप काफी बोल चुके। अब आगे बढ़ें। मैं पूरक विषय-सूची पर आता हूँ, जिसे आपको अभी-अभी दिया गया है।

प्रतिकूल सदस्य : लेकिन साहब, इसके पहले प्रमुख विषय-सूची पर चर्चा क्यों नहीं की जानी चाहिए?

अध्यक्ष : अरे भाई! आप तो नाराज हो जाते हैं। उसे अगली बैठक के लिए स्थगित कर देते हैं, जिससे आप उसपर और ज्यादा तैयारी करके आ सकते हैं।

अनुकूल सदस्य : वाह, देखा कुछ? मीटिंग ऐसे कंडक्ट की जाती है। हमारे अध्यक्ष महोदय कच्ची गोलियाँ नहीं खेले हैं।

सहयोगी सदस्य : बिलकुल सही है। तो अब पूरक विषय-सूची पर चर्चा कर ली जाए। इसमें कुछ माँगें छात्रों की हैं, कुछ कर्मचारियों की हैं और कुछ अध्यापकों की हैं।

अनुकूल सदस्य : अध्यक्ष महोदय! यों तो मैं भी अध्यापक हूँ, पर विषय-सूची में अध्यापकों की सब माँगें बेकार हैं, क्योंकि उनकी यूनियन में कोई दम नहीं है।

अध्यक्ष : ठीक है, जब अध्यापकों का आप जैसा वरिष्ठ प्रतिनिधि यह कह रहा है तो बात जरूर सही होगी। लेकिन कर्मचारियों को हमें पूरा-पूरा लाभ देना है, क्योंकि वे जैसे भी हैं, उन्हें नाखुश नहीं करना है। और छात्रों की माँगें तो हम इसी वक्त मान लेते हैं, वरना वे हमारी खटिया खड़ी कर देंगे। (यह सुनकर मौन सदस्य भी मुंडियाँ हिलाने लगे।)

सहयोगी सदस्य : वाह! इसे कहते हैं निर्णय। अध्यक्षता करना तो कोई हमारे अध्यक्ष महोदय से सीखे। पैदाइशी अध्यक्ष हैं। बेहद वर्तमानदर्शी। ये जानते हैं सही अर्थों में कि किसकी नस कहाँ दबती है।

प्रतिकूल सदस्य : लेकिन महोदय, इनमें कुछ माँगें नाजायज हैं।

अध्यक्ष : नहीं भाई! आपको मालूम होना चाहिए कि लोकतंत्र में सबको समान दृष्टि से देखा जाता है; उसमें नाजायज और जायज में कोई अंतर नहीं किया जाता।

अनुकूल सदस्य : हम सहमत हैं। एजेंडा पूरा हो गया। पर एक मुद्दा है कि

कैंपस में खड़े एक स्कूटर का शीशा चोरी हो गया है।

अध्यक्ष : इसके लिए ऐसा करते हैं—इसकी इन्क्वायरी के लिए तीन वरिष्ठ सदस्यों की एक समिति बना देते हैं। बस, आज की मीटिंग खत्म। देखिए, कोई बात आप लोगों की ओर से समाचारपत्रों तक नहीं जानी चाहिए। मीटिंग के बारे में जो कुछ सही-गलत छपवाना है, वह हम छपवाएँगे। पॉलिटिक्स हर एक के वश की चीज नहीं है। धन्यवाद।

सहयोगी सदस्य : लेकिन महोदय! एक समस्या और है। हमारे यहाँ की एक प्राइवेट छात्रा के अंक गोपनीय विभाग से गोपनीय ढंग से मालूम करने हैं।

अध्यक्ष : सही बात है। ऐसी बातें गोपनीय ही रहनी चाहिए। आपकी इस गंभीर समस्या का हल हम अभी निकाल देते हैं गोपनीय विभाग को फोन करके।

अनुकूल सदस्य : एक बात और है, सर! पिछली मीटिंग में जो निर्णय लिया गया था कि नकल करने और इनविजिलेटर को पीटनेवाले छात्रों को फेल कर दिया जाए, उसे बदलकर छात्रों को पास कर देना जरूरी है, क्योंकि उनमें हमारे विधायक श्री हुकुमचंद नंगू का बेटा भी फँस गया है।

अध्यक्ष : अरे, वह लड़का तो बड़ा होनहार है। मुझे हमेशा अंकल कहकर बात करता है। गलती इनसान से ही होती है। हमें भी अपनी गलती सुधारने में बिलकुल संकोच नहीं करना चाहिए। जिस परीक्षक ने उसे फेल किया है, उसे अगले साल परीक्षा-कार्य मत दीजिए।

प्रतिकूल सदस्य : महाप्रभु! अंत में कृपा करके मुझे यह बता दीजिए कि आप यहाँ से अपना मुँह कब काला करेंगे?

अध्यक्ष : अभी कोई आसार नहीं हैं, क्योंकि सरकार का कहना है कि आज का युग मुझ जैसे लोगों का ही है। मुझे यहाँ से तभी निकाला जाएगा, जब इस पद के लिए मुझसे भी ज्यादा चालू आदमी सरकार को मिल जाएगा। और यह आप जानते ही हैं कि यह बहुत कठिन है।

□

चिड़िया के बैठने तक

✍ रमेश नैयर

वसुदेव दाऊ सत्तर को पार कर चुके हैं। लंबे पतझड़ के बाद पिछले एक दशक से जीवन का वसंत भोग रहे हैं। वसंत 'बड़ी देर कर दी मेहरबाँ आते-आते' के अंदाज में आया था। उसका आगमन लाल बत्तीवाली गाड़ी में बैठकर हुआ था। लाल बत्तीवाली कार उनके द्वार पर उस समय आकर लगी थी जब चुनावों की घोषणा हो चुकी थी। विधानसभा के चुनावों की तिथियाँ तय हो गई थीं। हाईकमान की कृपा-दृष्टि इस बार क्षेत्र के भुजबली बल्लू महाराज पर हुई थी। मुख्यमंत्री दिगंबर सिंह स्वयं बल्लू महाराज को साथ लेकर आए थे।

वसुदेव दाऊ पिछले तीन दशकों से संघर्ष की राजनीति करते आ रहे थे। विरोध की राजनीति में सतत संघर्ष के अलावा और होता भी क्या है? संघर्ष के दिन फकत पतझड़ के दिन होते हैं। आशावादी कहते हैं, पतझड़ चल रहा है तो हिम्मत न हारो, वसंत भी आएगा; लेकिन दाऊजी के तीन दशक पतझड़ में ही गुजर गए। जो पुश्तैनी संपत्ति थी वह पत्तों की तरह झड़ती रहती थी। किसी उम्मीद की कोई कोंपल फूटती ही नहीं थी। चुनाव की बयार चलती तो वंश वृक्ष से पत्ते तेजी से झड़ने लगते। वे तमाम पत्ते दाऊजी के पैरों से लिपटकर मनुहार करते—अब तो इस राह से तौबा करो। यह शाश्वत पतझड़ का मार्ग है। मुड़ जाओ उस रास्ते की ओर जहाँ बहारें फूल बिछाती हैं। यह सत्ता का रास्ता है।

दाऊजी पाँवों से लिपटे पत्तों की मनुहार को अनसुना करते रहते। पर अचानक एक नया पेंच पड़ गया। भुजबली के लठैतों ने उनके बगीचे पर कब्जा कर लिया। पंद्रह एकड़ के बगीचे में बड़े मनोयोग से उन्होंने आम लगवाए थे। पहली बार

आम के पेड़ फले थे। मौसम भी इस बार दयालु था। सारे पेड़ आमों से लदे हुए थे। पहले कच्चे और फिर पके फलों से अच्छी आमदनी हो जाने की संभावना थी। शहर की मंडी से बड़े व्यापारी चक्कर लगा रहे थे और इस मौसम के लिए आमों का ठेका दे देने के लिए अच्छा-खासा ऑफर दे रहे थे। एडवांस लिये घूम रहे थे। दाऊजी सबसे अच्छे ऑफर पर विचार कर रहे थे कि तड़के बगीचे के माली लहूलुहान हालत में हाँफते-काँपते उनके घर पहुँचे। बताया कि भुजबली के बीस-बाईस लठैतों ने मार-पीटकर उन्हें भगा दिया और अब बगीचे पर काबिज हैं।

दाऊजी के हाथों के तोते उड़ गए और उड़कर आम के पेड़ों पर पहुँच गए। उनके पैरों तले से जमीन खिसक गई। जमीन का पता लगाने के लिए वह पटवारी के पास दौड़े। पटवारी के रिकॉर्ड में बड़ा भारी भूस्खलन हो चुका था। दाऊजी के बगीचे की भूमि इस भूस्खलन में गायब हो चुकी थी और जिस रकबे का बगीचा लहलहा रहा था, वह भुजबली बल्लू महाराज के स्वामित्व में थी। दाऊजी को पहली बार पता चला कि पटवारी कितना पराक्रमी होता है। जो भाग्यरेखाएँ प्रभु, प्रारब्ध और पुरुषार्थ तीनों मिलकर बनाते हैं, पटवारी का कलम उसे एक झटके में बदल सकता है। पटवारी का छोटा भाई आजकल भुजबली बल्लू महाराज का आम मुखतार था। सारा चमत्कार उसी के प्रयासों से हुआ था।

वसुदेव दाऊ राजस्व विभाग में फरियाद लेकर पहुँचे। सारे मामले की जाँच के लिए आवेदन तैयार किया। हलके के भूमि-रिकॉर्ड और नक्शे की नकल माँगी तो पता चला—सारा विभाग जंतर-मंतर से भी अधिक पेचीदा है। जिनसे मुद्‌दत से अच्छी पहचान थी उनकी आत्मीयता छूमंतर हो चुकी थी। उनके आवेदन पर पहली चिड़िया रेवेन्यू इंस्पेक्टर की बैठनी थी। लेकिन चिड़िया थी कि बैठने का नाम ही नहीं ले रही थी। हर सरकारी दफ्तर में चिड़िया के बैठने का एक खास अंदाज होता है। चिड़िया का मन मोहने के लिए तरह-तरह का दाना डालना पड़ता है।

विपक्ष की राजनीति करनेवाले दाऊजी उम्र भर शेर की तरह दहाड़ते आए थे। चिड़ियों को दाना चुगाने का हुनर उन्होंने सीखा नहीं था। दाना डालने के लिए माध्यम तलाशा। माध्यम अनुभवी था। दाऊजी को समझाया—धन का प्रबंध कर दीजिए और दाना डालने का जिम्मा उसे सौंप दीजिए। दाऊजी के छोटे भाई डॉक्टर थे। प्रैक्टिस अच्छी चलती थी। असरदार लोगों से उनके खासे संपर्क भी थे। उम्मीद की एक किरण चमकी। कलेक्टर और रेवेन्यू सेक्रेटरी तक संपर्क-सूत्र मिल गए। परंतु पटवारी से नायब तहसीलदार तक की फाइल यात्रा तो पूरी होनी ही थी। यह यात्रा बड़ी दुर्गम थी। फाइल पर कई चिड़ियाँ बैठनी थीं। प्रत्येक

चिड़िया की पसंद का दाना अलग रंग और अलग वजन का था। मध्यम दाना डालता तो चिड़िया गरदन घुमा लेती। गरदन घुमाने का संकेत यही होता कि दानों में दम नहीं है। कुछ और दमदार दाना डालिए, तभी चिड़िया बैठेगी।

राजस्व विभाग के जंतर-मंतर में भटकते दाऊजी का अपना राजस्व खाली होता जा रहा था। हताशा छाने लगी थी। अवसाद की धुन बजती रहती थी। प्रशासन के प्रपंचतंत्र के सामने वह अपने आपको असहाय और निरुपाय पा रहे थे। कई बार ऐसा भी होता है कि दाना डाला जाता, चिड़िया उसे चुग भी लेती, पर फाइल पर बैठने का नाम न लेती। जी में आता, हाथ खड़े करके घर में बैठ जाएँ। जो होगा सो देखा जाएगा। लेकिन फिर खयाल आता, इतना बड़ा बगीचा यों ही किसी जबर के हाथों में कैसे चला जाने दें!

अंतर्द्वंद्व के इसी दौर में एक पुराने राजनीतिक साथी मिल गए। उन्होंने समझाया, ''हिम्मत न हारिए। फल की चिंता किए बगैर अपने काम में जुटे रहिए। मुझे कल दिल्ली जाना है। वहाँ दो-तीन सप्ताह रहना पड़ेगा। ऊपर से कोई पुख्ता पैगाम मुख्यमंत्री तक भिजवाने की जुगत लगाता हूँ। तब तक आप चिड़ियों को साधते रहिए। चिड़िया बैठे, न बैठे, दाना चुगाते रहिए।''

डॉक्टर भ्राता ने हिम्मत दिलाने के साथ ही धन का प्रबंध भी किया। कलेक्टर और रेवेन्यू सेक्रेटरी से भी विभाग को हिदायतें भिजवाईं। फाइल कुछ सार्थक संवादों के साथ सरकने लगी; परंतु फाइल के सरकने और उधर बगीचे में आमों के टूटने और बिकने की रफ्तार में बड़ा अंतर था। सारे आम बिक गए और फाइल अभी कलेक्टर के कार्यालय तक न पहुँच पाई थी। छोटी चिड़ियाँ बैठाई जा चुकी थीं। बड़ी चिड़िया के बैठने का मुहूर्त अभी निकला नहीं था।

शुभ मुहूर्त की प्रबल प्रतीक्षा थी कि सहसा एक अपशकुन हो गया। पुलिस की एक टीम डॉक्टर भाई की गिरफ्तारी के लिए चमक गई। एक महिला मरीज ने रपट लिखवा दी थी कि डॉक्टर ने रोगी कक्ष में परीक्षण के दौरान उसकी इज्जत पर हाथ डाल दिया। एक तो महिला और उसपर दलित वर्ग की। उसकी रपट अपने आप में दस्ती वारंट की ताकत रखती थी। बड़ी दौड़-धूप और खासे बड़े चढ़ावे के बाद डॉक्टर की जमानत हो पाई। समाचारपत्रों में मसालेदार वृत्तांत छपा। दलित महिला से किए गए 'अनाचार' से आहत समुदाय को भुजबली का मुक्त समर्थन मिल गया। दाऊ परिवार को आभास हो गया कि सत्ता में बैठा भुजबली किस प्रकार मौका मिलने पर सहस्रबाहु हो जाता है।

घटनाक्रम के इस अप्रत्याशित मोड़ ने कलेक्टर और रेवेन्यू सेक्रेटरी के समर्थन

को भी कुंद कर दिया। वातावरण को गरम बनाए रखने के लिए अखबारों में विज्ञप्तियाँ छपने लगीं, छोटे-मोटे प्रदर्शन होने लगे। घटना का सत्य शोर के नक्कारखाने में दबकर रह गया। दाऊ परिवार ने देखा, कैसे चौथे खंभे में भी दीमक दाखिल हो गया है। राजनीति के बटुए से निकला दीमक चारों खंभों को चाट रहा है।

वसुदेव दाऊ ने कभी 'पंचतंत्र' की कथाएँ पढ़ी थीं। अब वे इक्कीसवीं सदी के प्रपंचतंत्र की धारावाहिक कथाएँ पढ़ रहे थे। इस प्रपंचतंत्र का सूत्र वाक्य यही है कि सबसे जबर वह है जिसके पास राजसत्ता है। यह सत्ताधारी ही समर्थ है। जो समर्थ होता है उसके सामने लोकतंत्र के चारों स्तंभ नतमस्तक होते जाते हैं। गोस्वामी तुलसीदास भविष्यद्रष्टा थे। बहुत पहले ही लिख गए थे—'समरथ को नहिं दोस गुसांई।'

प्रपंचतंत्र में फँसे हुए वसुदेव दाऊ को लगता, उनके कारण डॉक्टर भाई पर भी मुसीबतों का पहाड़ टूट पड़ा। लगता, उनका जीवन निरर्थक है। जिन लोगों के हक के लिए, जिनके साथ हो रहे अन्याय का प्रतिकार करने के लिए और अत्याचार करनेवालों के खुले विरोध के लिए उम्र भर जूझते रहे, वह सब निरर्थक हो गया। जिस देश और समाज में मूल्य मर चुके हों और संवेदनाएँ सुन्न पड़ गई हों, वहाँ जीना निरर्थक है।

नैराश्य का अँधेरा बढ़ रहा था। कहीं कोई किरण दिख नहीं रही थी। ऊपर से सार्थक पैगाम भिजवाने दिल्ली गए मित्र का भी कोई अता-पता नहीं था। उनपर से उम्मीद अभी टूटी नहीं थी, क्योंकि मूल्यों की राजनीति के लंबे संघर्ष में उनका साथ रहा था। परीक्षित् मित्र थे। कहते हैं, उम्मीद पर दुनिया कायम है। अचानक एक दिन एक लिफाफे में रोशनी का पैगाम लिये वह मित्र दिल्ली से लौट आए। पैगाम था कि मुख्यमंत्री ठाकुर दिगंबर सिंह को हाईकमान का निर्देश पहुँचा है कि वसुदेव दाऊ को मनाया जाए कि वे इस बार चुनाव न लड़ें और पार्टी के उम्मीदवार बल्लू महाराज का समर्थन करें। इसके एवज में दाऊ को वित्त निगम की अध्यक्षता दी जाएगी। जिस बगीचे पर भुजबली बल्लू महाराज के लठैत काबिज हैं, वह उन्हें वापस मिल जाएगी। डॉक्टर भाई का केस भी निपटा दिया जाएगा।

हाईकमान के निर्देशानुसार दिगंबर सिंह लाल बत्तीवाली कार में भुजबली को लेकर उनके घर पधारे। दोनों के हाथ मिलवाने आए थे। वसुदेव दाऊ अन्याय से हाथ मिलाना नहीं चाहते थे। अंतिम साँस तक उससे लड़ना चाहते थे। मुख्यमंत्री ने अकेले में ले जाकर समझाया, "समय को समझिए, दाऊजी। वक्त के तकाजे को पढ़िए। राजनीति का मर्म ही यही है कि दिल मिले न मिले, हाथ मिलाते रहिए।"

उस आत्मीय एकांत मुलाकात में मुख्यमंत्री ने अपनी दूरगामी रणनीति का संकेत देते हुए एक वाक्य यह भी जोड़ा, ''भुजबली से तो केवल हाथ मिलाइए और मुझसे अपना दिल। शेष सबकुछ मुझपर छोड़ दीजिए। हमारा-आपका साथ पक्का, भुजबली से अस्थायी और केवल दिखावे का।''

वसुदेव दाऊ ने देखा, आम के बगीचे से उड़कर सारे तोते उनके दोनों हाथों में आ गए हैं। बाकी के उनके कंधों पर और घर की मुँड़ेर पर आकर बैठ गए हैं। जो धरती पैरों तले से खिसकी थी, वह लाल गलीचा ओढ़े हुए फिर उनके चरणों तले बिछी हुई है। राजस्व और पुलिस विभाग की तमाम चिड़ियाँ फाइलों पर बैठी हुई चहचहा रही हैं।

चुनाव भी आ पहुँचे। अब दाऊजी भी लाल बत्तीवाली कार के स्वामी थे। मुख्यमंत्री और उनके दिल की धड़कनें दूरगामी रणनीति पर जुगलबंदी कर रही थीं। चुनावी परिणाम घोषित हुए तो भुजबली बल्लू महाराज चारों खाने चित पड़े नजर आए। दूरगामी रणनीति के तहत मुख्यमंत्री की कृपा से खड़ा हुआ बागी उम्मीदवार भारी बहुमत से विजयी घोषित हुआ था। वसुदेव दाऊ का तीन दशकों का संघर्ष दूरगामी रणनीति के तहत बागी उम्मीदवार के चुनाव चिह्न पर ठप्पा मार आया था। दाऊजी अपनी कामनाओं के फूल बागी उम्मीदवार के गले में पड़ी मालाओं में महकते हुए देख रहे थे। वसंत उनके दरो-दीवार पर विराज गया था।

चुनाव-परिणाम की घोषणा का दिन वसुदेव दाऊ के लिए और अधिक विस्मयकारी था। उन्होंने देखा, भुजबली उनके द्वार पर खड़े हैं—किसी याचक की मुद्रा में। भुजबली की आँखों में दैन्य पसरा हुआ था। दाऊजी भीतर लिवा लाए। लड़खड़ाते से भुजबली भीतर आए। टूटे हुए पेड़ की तरह कुरसी पर पड़ गए। भुजबली कुछ कह नहीं पा रहे थे; परंतु चेहरे की इबारत कह रही थी, 'क्षमा कर दो। मैं शरणागत हूँ। अब आपका ही आसरा है।'

वसुदेव दाऊ ने भुजबली को देखा, चेहरे की इबारत को पढ़ा। उर्दू की दो पुरानी पंक्तियाँ उन्हें याद आ गईं—

वो परिंदा जिसे परवाज से फुरसत न रही,
आज तन्हा है तो आ बैठा है दीवार पर।

□

किफायती एक्सटेंशन

रवि श्रीवास्तव

मित्र मंडली ने मिलकर ज्यादा जोर दिया तो धानेश्वर गान गए थे। दो-चार दिन तो उन्हें यही तय करने में लग गए कि कमरा दस बाई बारह का निकाला जाए या दस बाई पंद्रह का। आखिर तय हुआ कि कमरे को कमरे जैसा रहना चाहिए। दस बाई पंद्रह ठीक रहेगा।

दरअसल मध्यम वर्गीय परिवार सोचता बहुत है, करता कम है। अधिकांश समय सोच-विचार में गुजारकर उसे परमानंद की प्राप्ति होती है। अभी वह इस मानसिकता से मुक्त नहीं हो पाया है। यह मानसिकता उसे परमानंद और शोकांतिका के झूले पर बिठाए रखती है। बढ़ती महँगाई, बढ़ता हुआ खर्च दस बार सोचने के लिए विवश करता है। धानेश्वर अपनी प्लानिंग के अनुसार कम-से-कम खर्च में कमरा बना लेना चाहता था। नौकरी के पूरे पाँच साल अभी सरकारी आवास में बिताने थे। इन्हीं पाँच सालों में दो लड़कियों की शादी करनी थी। दोनों पढ़ाकू थीं, इसलिए भी उन्हें अच्छी शिक्षा दिलानी थी। दो लड़कों को महँगी शिक्षा दिलवाकर बेरोजगारों की फौज में शामिल होने लायक बनाना था। बच्चों के भविष्य को ध्यान में रखकर कमरे का एक्सटेंशन करना था। एक सुरक्षित भविष्य कमरे के भीतर से मुसकरा रहा था।

कम-से-कम कीमत की खिड़की और किफायती दरवाजा पंद्रह सौ रुपए के पार जाकर हाथ लगे। लोहे के दरवाजे को लेकर मित्रों के बीच बहस चली। मूल्य की अधिकता और उसके टिकाऊपन पर सवालिया निशान लगा। इरादा खारिज हो गया। शर्मा और लोखंडे ने कहा—एक खिड़की और होनी चाहिए। दिवाकर ने इसे

फिजूलखर्ची बताया। वे दोनों अपनी बात पर अड़े रहे। क्रासवेंटिलेशन की दलील दी गई। लिहाजा एक खिड़की का जुगाड़ करना पड़ा। घर के कबाड़ से लकड़ियाँ तलाश कर चौखट बना। मिस्त्री को सख्त हिदायत दी गई कि कम-से-कम सीमेंट का इस्तेमाल करे। प्रति बोरी के भाव को लेकर अच्छी बहस हुई। मित्रों ने कहा—बढ़ी हुई कीमत सरकार और सीमेंट मालिकों की साँठ-गाँठ का नतीजा है। आम आदमी मुसीबत में है। वह एक कमरे के एक्सटेंशन को लेकर चिंतित है। कमरा बेचारा बिना पलस्तर खड़ा रहेगा। बजट में पलस्तरवाली इमारतों को ज्यादा खतरा है। उधर शेयर बाजार के भाव लुढ़कते हैं, इधर इमारतें हिलने लगती हैं।

कमरे की दीवारों को अब छत चाहिए थी। वह कोई मिर्जा गालिब तो था नहीं कि चाहत रखता, 'वे दरो-दीवार का इक घर बनाना चाहिए।' वैसे धानेश्वर ने तय कर लिया था कि वह छत के नाम पर पुरानी एसबेस्टस सीट डालेगा। दिवाकर ने इसका प्रतिवाद किया। उसका तर्क था कि शहर में अब बंदरों का उत्पात बढ़ गया है। बच्चे उन्हें देखकर पत्थर चलाते हैं। क्रिकेट के संभावनाशील खिलाड़ियों की संख्या इधर कुछ तेजी से बढ़ी है। आँगन में आम का एक अदद पेड़ भी है। इन सब खतरों को ध्यान में रखते हुए टीन की चादरें ठीक रहेंगी। लोखंडे का कहना था कि चादरें महँगी हैं। सर्दियों में सर्द और गरमियों में गरम रहती हैं। कमरे का शो भी बिगाड़ती हैं। शर्मा ने लोखंडे का समर्थन किया। उसे टीन की चादरें देखकर चाय-भजिए के टपरे की याद हो आती है। कमरे के एक्सटेंशन में वह टीन की चादरों के बिलकुल खिलाफ रहा। एक प्रस्ताव यह भी आया कि पुरानी सीमेंट की शीटें तलाशी जाएँ। पुरानी शीटें सस्ती मिलेंगी और टिकाऊ भी ज्यादा रहेंगी। सर्वसम्मति से छत की समस्या हल हुई।

अभी तक मिर्जा चुप था। छत की समस्या हल होते ही उसने अखबार हिलाते हुए कहा, "अमाँ यार! छत पर बहस करके सुबह का जायका क्यों खराब करते हो। इस खबर को तो पढ़ो, जनाब। एक उपमंत्री ने क्या कारनामे कर दिखाए हैं। लोकायुक्त का छापा पड़ा है। लॉकर से निकला है लाखों का फिक्स डिपॉजिट। शहर की आलीशान कॉलोनियों में चार-चार प्लॉट। एक बँगला बीस लाख का राजधानी में, दूसरा दस लाख का ससुराल में साली के नाम। तीसरा बन रहा है वी.आई.पी. रोड पर, बारह एकड़ का फार्महाउस अलग से। सोना-चाँदी तो होना ही है। बच्चे खर्चीले शिक्षा संस्थानों में।"

शर्मा ने कहा, "मिर्जा भाई, यही पढ़कर तो आदमी भीतर से बेचैन होता है। तीस साल की नौकरी के बाद हमारा मित्र धानेश्वर सीमेंट की पुरानी शीट तलाश

रहा है। उपमंत्री पंद्रह साल में मालामाल। ऐसा लगता है कि सिंचाई विभाग ने नहर का पानी किसानों के खेतों तक नहीं पहुँचाया। सारा तरल पानी ठोस पूँजी बनकर उपमंत्री के लॉकरों तक पहुँच गया।''

लोखंडे ने गुस्सा दिखाते हुए कहा, ''यारो, खबरें पढ़कर गुस्सा तो बहुत आता है। आखिर इन छापों से होना-जाना क्या है। इन धनपशुओं का बाद में क्या होता है, पता नहीं चलता।''

मिर्जा बोले, ''अमाँ यार! आहिस्ता-आहिस्ता देखते रहो, होता क्यों नहीं। रोब-दाब सारा गायब हो जाता है। चेहरे पर एक बदनुमा दाग उभरता है। सामाजिक हैसियत में फर्क पड़ता है। शहर भर में थुक्का-फजीहत होती है, वह अलग। मानसिक शांति कब्रिस्तान के सन्नाटे में तब्दील हो जाती है। झूठी शान का पानी उतर जाता है। कवि रहीम ने कहा भी तो है—रहिमन पानी राखिए, बिन पानी सब सून। बोलो, अपने धानेश्वर भाईजान का पानी कोई उतार सकेगा? यही तो फर्क है ईमानदारी के गुल्लक और बेईमानी के लॉकर में।''

दिवाकर, जो अब तक बहस से बाहर था, चुप्पी तोड़ते हुए बोला, ''बँगला बेईमानी के लॉकर से ही नहीं बनता। ईमानदारी के गुल्लक में भी दम है। ऐसा बँगला किस काम का जहाँ लोकायुक्त का छापा पड़े और नाम अखबार की सुर्खियों में आए। हम भी बँगला बनाने की हैसियत रखते हैं। बँगला कह लो या घर। आखिर रहना ही तो है। नाम से हम जैसे विचारवान् लोगों को क्या फर्क पड़ेगा! धानेश्वर चाहे तो अपने कमरे की फ्लोरिंग में टाइल्स लगा सकता है। ऊपर एसबेस्टस शीट, नीचे टाइल्स। रोकेगा कौन?''

शर्मा ने कहा, ''रोकेगा कौन, लेकिन सोचेगा जरूर। धानेश्वर भी अजीब घनचक्कर है। कमरे के ऊपर पुरानी शीट डलवाई, नीचे टाइल्स। जरूर कोई मुरगा फाँसा होगा, जिसने ऊँची बाँग दे दी होगी।'' मिर्जा ने कहा, ''हमारी बिरादरी के साथ यही तो दिक्कत है। हम गाँठ का पैसा खर्च करेंगे तो भी लोग सोचेंगे—जरूर कोई लंबा हाथ मारा है। हमारी ईमानदारी भी बेईमानी के ढोल में समा जाएगी। और उपमंत्री किस्म के धनपशुओं पर जब तक छापा न पड़े, समाज में वे बगुला भगत बनकर बैठे रहेंगे।''

शर्मा ने कहा, ''सीमेंट की फ्लोरिंग ठीक रहेगी। सस्ती, सुंदर और टिकाऊ।''

लोखंडे का कहना था, ''सीमेंट एक सौ पचास पर है। सीमेंट से फ्लोरिंग महँगा सौदा है। यह सस्ता रहेगा, न टिकाऊ। मेरे खयाल से पॉलिशवाले पत्थर ठीक रहेंगे।''

दिवाकर ने कहा, ''हर चमचमाती चीज महँगी होती है। पॉलिशवाले पत्थर हमारी पहुँच से बाहर हो गए हैं। काले फर्शी पत्थर का आज भी कोई जवाब नहीं है। इससे सस्ते फ्लोरिंग की अभी तक खोज नहीं हुई है।''

''ये तो प्रकृति का वरदान हैं। घर-घर विराजमान हैं।'' दिवाकर की बात का समर्थन करते हुए धानेश्वर ने कहा, ''हम मिट्टी की फ्लोरिंग को गोबर से लीप-लीपकर पवित्र करते रहें या ज्यादा हुआ तो अनगढ़ फर्शी लगाकर संतोष प्राप्त करें। यही हमारी परंपरा है और शायद यही हमारा विश्वास भी है।''

बगलवाले कमरे से पालतू देशी कुत्ता बाहर आया और अधूरे बने कमरे में बैठने के लिए जगह तलाशने लगा।

□

सम्मेलन-दर-सम्मेलन

✍ रामेश्वर वैष्णव

एक अंधा था, एक लँगड़ा। नयनसुख अंधा था, भागचंद लँगड़ा। जाहिर है कि नयनसुख भागलपुर का रहनेवाला था और भागचंद ग्वालियर का। दोनों राजधानी जाना चाहते थे। राजधानी में विकलांग-सम्मेलन हो रहा था। वे राजमार्ग के किनारे लिफ्ट मिल जाने की आस में खड़े थे। दोनों में यह वार्त्तालाप हुआ—

भागचंद : भई नयनसुख, देख रहे हो ? कितनी सारी मोटरगाड़ियाँ तेज रफ्तार से राजधानी की ओर भागी जा रही हैं, जैसे इनका भी सम्मेलन होने वाला हो।

नयनसुख : भाई भागचंद, देख तो नहीं, सुन जरूर रहा हूँ। राजधानी सत्ता, सुख-सम्मान की खान होती है, इसलिए सभी लोक-परलोक वाहन उधर ही दौड़ते हैं, ताकि वहाँ जाकर गड़ जाएँ और बिना खुदाई के न निकलें। लेकिन हम यहाँ कब तक गड़े रहेंगे ? कोई उपाय करो। सम्मेलन का समय बीता जा रहा है।

भागचंद : क्या करूँ भाई ! ऐसा लगता है कि इनमें से किसी की आँख नहीं हैं, जो हमें देखे और सहायता करे।

नयनसुख : अरे भाई, दौड़कर किसी वाहन में चढ़ जाओ। यों देखते रहे तो देखते ही रह जाओगे। या फिर कोई दूसरा उपाय सोचो।

भागचंद : एक उपाय है। पहली कक्षा में पढ़ाई जानेवाली कहानी तुम्हें याद है ना ? अभी पुलिसवालों की आंशिक मेहरबानी से हमारी आँखें और टाँगें सही-सलामत हैं। क्यों न उस कहानी की तरह तुम मुझे अपने कंधे पर बैठा लो। मैं राह बताऊँगा, तुम चले चलना।

नयनसुख : मैं इतना बेवकूफ नहीं हूँ कि अंतरराष्ट्रीय विकलांग वर्ष में

इतनी दूर पैदल चलूँ और ऊपर से तुम्हारा बोझ ढोऊँ।

(इसी समय एक ट्रक उनके पास आकर रुका, जिसमें भेड़-बकरियों की तरह आदमी ठूस-ठूसकर भरे थे। उनमें से एक टोपीवाला और बाकी पगड़ीवाले थे। टोपीवाले ने उनसे पूछा कि कहीं वे किसान तो नहीं हैं, क्योंकि वह ट्रक किसान रैली में भाग लेने राजधानी की ओर जा रहा है। उनके यह बताने पर कि वे सिर्फ अंधे और लँगड़े हैं, वे ट्रक लेकर यह कहते हुए भाग गए—'वह तो हम भी देख रहे हैं।')

भागचंद : भाई नयनसुख, देखो, ये लोग कितने अंधे हैं कि इतनी सारी किसान रैलियों का हाल जानते हुए भी उसमें भाग लेने के लिए भागे जा रहे हैं।

नयनसुख : हाँ, भाई, और इतने लँगड़े हैं कि भेड़-बकरियों की तरह लदे हुए नजर आ रहे हैं। पैरों में ताकत होती तो घर से ही रैली बनाकर पैदल चले जाते। लेकिन ये तो दूसरे के पैरों की ताकत बनने जा रहे हैं।

(इसी समय 'आदिवासी सम्मेलन' में भाग लेनेवालों का एक दूसरा ट्रक उसी तरह आदमियों से ठसाठस भरा आकर रुकता है और यह पता लगते ही कि वे आदिवासी नहीं हैं, आगे बढ़ जाता है।)

भागचंद : भाई नयनसुख, क्या जमाना आ गया है। सारी सरकारी व्यवस्था आदिवासियों के हितवर्द्धन में लगी है, अंधों की ओर देखने और लँगड़ों की उन्नति की दिशा में कदम बढ़ानेवाला कोई नहीं है। और आदिवासी हैं कि आगे बढ़ना ही नहीं चाहते।

नयनसुख : हाँ भाई, जब तक हम पूरे-पूरे आदमी थे, सारी व्यवस्था हमें विकलांग बनाने में व्यस्त थी। जैसे ही हम अपाहिज हुए, लोग हमारी ओर से आँख मूँदकर दूर-दूर भागने लगे। सबको अपने-अपने सम्मेलन या रैली की पड़ी है।

(फिर हरिजन सम्मेलन में जानेवाला खचाखच भरा एक ट्रक आकर रुकता है। दोनों के विकलांग होने पर सहानुभूति दिखाई जाती है और उनके हरिजन न होने के दुर्भाग्य को कोसते हुए मजबूरी में आगे बढ़ जाता है। तत्काल बाद समाजवादी सम्मेलन, गुटनिरपेक्ष सम्मेलन, लोकतांत्रिक सम्मेलन आदि के ओवर लोड ट्रक एक के बाद एक रफ्तार से गुजर जाते हैं। एक आती हुई कार, जिसमें भी क्षमता से अधिक आदमी सवार हैं, इशारा पाकर रुकती है।)

नयनसुख : क्यों भाई साहब, आप लोग कौन हैं और किस सम्मेलन में जा रहे हैं ?

एक आदमी : देखते नहीं ? हम लोग कवि हैं और कवि-सम्मेलन में जा रहे हैं। राजधानी में श्रोता संघ सम्मेलन के उपलक्ष्य में कवि-सम्मेलन आयोजित है।

भागचंद : देखिए, हम दोनों भी कवि हैं और विकलांग-सम्मेलन के कवि-सम्मेलन में जाना चाहते हैं। कृपया हमें भी ठूस लें।

दूसरा आदमी : ठीक है, ठीक है, पीछे डिग्गी में पाँच श्रोता बंद हैं, उनके साथ लद जाइए; लेकिन खबरदार, उन्हें कविताएँ नहीं सुनाएँगे!

(दोनों खुशी-खुशी डिग्गी में घुस जाते हैं। कार राजधानी पहुँच जाती है; लेकिन वहाँ पता चलता है कि शहर में धारा १४४ लागू है। लाठी चार्ज और अश्रु गैस का उदारतापूर्वक प्रयोग हो चुका है। स्थिति तनावपूर्ण है। हजारों लोग गिरफ्तार हो चुके हैं। चौराहे पर वे कार से उतर ही रहे होते हैं कि एक पुलिस ट्रक वहाँ रुकता है और उन्हें पुलिसाना अंदाज में स्वागत करते हुए ठसाठस भरे ट्रक में लाद लिया जाता है, जिसमें पहले से नवनिर्मित विकलांग भरे होते हैं। पुलिस उन तमाम लोगों को एक जंगल में उतारकर भाग जाती है। ये लोग और कोई नहीं, वही लोग हैं जो विभिन्न सम्मेलनों में भाग लेने गए थे। थोड़ी देर तक कराहते हुए विचार-विमर्श करते हैं, फिर शुरू हो जाता है वहीं विकलांग-सम्मेलन, इस शर्त पर कि बाद में कवि-सम्मेलन भी होगा, क्योंकि वे भी अब यह पद प्राप्त कर चुके होते हैं।)

□

टूटी हुई टाँग पर चिंतन

✍ **लतीफ घोंघी**

एक मित्र ने अपने पत्र में लिखा है—'आपका पत्र यथासमय मिल गया था; लेकिन मैं एक दुर्घटना में अपना पाँव तुड़वा बैठा था, सो शीघ्र उत्तर नहीं दे सका। आप अन्यथा नहीं लेंगे।'

सीधी सी बात है कि हम अन्यथा क्यों लेंगे। हमारी तरफ से आप अपने दोनों पाँव तुड़वा लीजिए, हम कौन होते हैं अन्यथा लेनेवाले! और यदि मान लो कि हमने अन्यथा ले ही लिया तो क्या करोगे? अपने पैर में बँधा प्लास्टर उखाड़कर फेंक दोगे? और वह भी केवल इसलिए कि हम अन्यथा ले रहे हैं? तुम्हारा पैर था, तुमने तुड़वा लिया, इसमें हम कौन होते हैं तुम्हारी टाँग के मामले में दखल देनेवाले? लेकिन देखिए हमारे मित्र की सज्जनता, पैर अपना तुड़वाया है और डर रहे हैं कि हम अन्यथा न लें। पत्र में उनका यह शालीन व्यवहार देखकर मुझे अच्छा लगा कि अभी इस पावन भूमि पर ऐसे भी लोग हैं जो दूसरों के अन्यथा लेने की चिंता करते हैं।

हमारे एक और सज्जन मित्र हैं इसी टाइप के। चोरी करते हुए पकड़े गए थे। पुलिस ने थाने में स्वागत-सत्कार किया। थाने से लौटने के बाद दो-चार दिनों तक उन्होंने बदन सेंका और फिर मुझे पत्र लिखा—'मित्र, मैं चोरी करते हुए पकड़ा गया था और पुलिसवालों ने मेरी पिटाई की। आशा है, इसे आप अन्यथा नहीं लेंगे।'

फिर कुछ दिनों बाद दूसरा पत्र आया। लिखा था—'मैं ऑफिस में घूस लेते हुए पकड़ा गया। आशा है, आप अन्यथा नहीं लेंगे।'

फिर तो हर हफ्ते दो पत्र मिलने लगे और सभी पत्रों में अन्यथा नहीं लेने का

निवेदन वे करते रहे। इच्छा हुई कि इस अन्यथा-पुत्र को पत्र लिखूँ और बताऊँ कि भाई मेरे, तुम चोरी करो या डाका डालो, पुलिस तुम्हें पीटे या तुम्हारे हाथ-पैर तोड़े, तुम घूस लेते हुए पकड़े जाओ या देते हुए, मैं अन्यथा नहीं लूँगा। तुम जो बार-बार अन्यथा लेने की बात लिखते हो तो मुझे शर्म आती है और सोचता हूँ कि जब इतना आग्रह कर ही रहे हो तो एक बार अन्यथा ले ही लूँ। आशा है, इसे तुम अन्यथा नहीं लोगे।

इसके बाद उस सज्जन मित्र के पत्र आने बंद हो गए। करीब सात माह बाद पत्र आया—'प्रिय भाई, मैं छह माह की जेल काटकर कल ही लौटा हूँ। जेल की यंत्रणा भोग रहा था, इसलिए आपको पत्र नहीं लिख सका। आशा है, आप अन्यथा नहीं लेंगे।'

अब आप ही बताइए कि वे जेल चले जाएँ तो मैं अन्यथा क्यों लूँगा ? मैं तो कहता हूँ, मेरी तरफ से आप छह महीने क्या साल भर जेल में रहो, मैं क्यों लूँगा अन्यथा। लेकिन साहब, यह शालीनता है पत्र व्यवहार की। अस्पताल में भरती हैं, ग्लूकोज चढ़ा है, बातचीत बंद है। आँखें खुली हैं और आँखों में प्रश्नवाचक तैर रहा है, 'डॉक्टर साहब, आशा है, आप अन्यथा नहीं लेंगे।' यह एक सुसंस्कृत मरीज की पहचान है। यह है भारतीय चरित्र। अंग्रेजों ने 'सॉरी' शब्द से इसे प्रचलित किया। आज भी हमारे बीच ऐसे कई लोग हैं जो स्लिप होकर गिर जाते हैं और सामनेवाले से कहते हैं, 'सॉरी प्लीज।' जोर से छींक दिया और मुँह से निकल गया, 'सॉरी प्लीज।' अरे, मैं कहता हूँ, तुम मरो साले! इसमें 'सॉरी प्लीज' की क्या जरूरत है ?

मैंने पाँव तुड़वानेवाले मित्र को तत्काल पत्र लिखा—'प्रिय भाई, जानकर प्रसन्नता हुई कि आप अपना पैर तुड़वा बैठे। मैं कई दिनों से इस उपलब्धि के लिए तरस रहा हूँ। इन पैरों के सहारे घिसटता हुआ गृहस्थी की गाड़ी खींच रहा हूँ। मेरे पैर कभी राशन की दुकान की लाइन में लगते हैं, कभी अपने बच्चों को साइकिल पर ढोते हुए चलते हैं। इन पैरों को आराम नहीं मिला। दिन भर खटते हैं। चाहता हूँ कि कभी टूट जाएँ तो कुछ दिनों के लिए आराम कर लूँ। लेकिन मेरे ऐसे भाग्य कहाँ! पैर तो भाग्यवालों के ही टूटते हैं इस देश में। अपने भूतपूर्व मंत्रीजी को देखो, किस तरह टूटे उनके पैर, एक झटके में। हमने तो सोचा भी नहीं था कि हाईकमान उनके पैर इस तरह तोड़ देगी। इसलिए मित्र, इसमें निराश होने की बात नहीं है। यह तो हमारी परंपरा है। दूसरों के पैर तोड़कर हम अपना ईगो शांत करते हैं और कभी-कभी अपने पैर तुड़वाकर भी हम स्वयं को गौरवान्वित महसूस करते हैं।'

'पिछले दिनों हमारे यहाँ सिंचाई विभाग के एक अफसर का पैर टूटा था। अस्पताल में देखनेवालों की भीड़ जमा हो गई थी। ठेकेदार से लेकर छोटे-बड़े कर्मचारी सभी इस पैर के दर्शन के लिए जमा हो गए थे। और मजे की बात बताता हूँ तुम्हें, कि उसी दिन हमारे नेताजी का भी एक पैर टूट गया था और वे भी उसी अस्पताल में भरती थे। पूरे अस्पताल में खादी के कुरतों और पाजामों की गंध तैर रही थी। लंबी लाइन लगी थी देखनेवालों की। एक तरफ व्यवस्था का पैर था और दूसरी तरफ प्रशासन का। धक्का-मुक्की चल रही थी कि पहले हम देखेंगे। सेवा दलवाले अलग, युवक दलवाले अलग। ऊपर से विद्यार्थी परिषद् की भीड़—सबको चिंता थी नेताजी के पैर की। होनी भी चाहिए। इसी पैर के सहारे कई लोगों का भविष्य जुड़ा है। उधर सिंचाई साहब का यह हाल है कि बेड पर चित लेटे हैं और उनकी एक टाँग डॉक्टर ने ऊपर उठाकर टाँग दी है। उनकी इच्छा भी हो रही है कि नेताजी की टाँग देख आएँ। हो सकता है, उनके न पहुँचने पर नेताजी इसे अन्यथा ले लें।

'मेरे कहने का मतलब केवल इतना ही है कि पैर का टूट जाना उतना बुरा नहीं है जितना तुम समझ रहे हो। तुमने लिखा है कि तुम दुर्घटना में अपना पैर तुड़वा बैठे। मित्र, जहाँ भी तोड़-फोड़ होती है, उसे दुर्घटना से ही जोड़ा जाता है। बिना दुर्घटना के टूटा है आज तक किसी का पैर? हम लोगों के पैर अभी इतने आत्मनिर्भर नहीं हुए हैं कि कुरसी पर बैठे-बैठे आपसे आप तड़ाक टूट जाएँ। तोड़ने पड़ेंगे, तभी टूटेंगे। मुझे विस्तार से लिखना कि ऐसी कौन सी दुर्घटना थी, जिसके फलस्वरूप तुम्हारा पैर टूटा? अपने यहाँ परंपरा यही है कि पहले दुर्घटना का विस्तार से वर्णन किया जाता है और बाद में बताया जाता है कि पैर कैसे टूटा। नेताजी तो केवल दुर्घटना का ही वर्णन विस्तारपूर्वक कर रहे थे और बता रहे थे कि इसमें विदेशी ताकतों का कितना हाथ है! विपक्ष की क्या चाल है! उन्हें अपने पैर की चिंता बिलकुल नहीं थी और एक तुम हो कि अपने पत्र के प्रारंभ में ही लिख दिया कि तुम पाँव तुड़वाकर बैठे हो। मेरी व्यक्तिगत राय है कि पहले दुर्घटना की मानसिकता को समझो, उसके कारणों पर विचार करो, उसके पीछे काम कर रही साजिश को समझो। तुम्हें तो अपने पैर की चिंता है, बस। मित्र, यह बात अच्छी नहीं लगी मुझे। आशा है, तुम इसे अन्यथा नहीं लोगे।

'पत्र जरूरत से कुछ अधिक लंबा हो रहा है, लेकिन एक मित्र होने के नाते तुम्हारे टूटे हुए पैर पर संवेदना प्रकट करना मेरा नैतिक कर्तव्य है। वैसे पिछले पचपन वर्षों में मैंने हर स्थिति और घटना पर इतनी संवेदना प्रकट की है कि अब

मुझे इस शब्द से भी कोई सार्थक ध्वनि नहीं आती और लगता है कि यह भी एक औपचारिकता ही है। लेकिन किया भी क्या जा सकता है? संवेदना प्रकट नहीं करूँगा तो लोग कहेंगे कि हमारी संवेदनाएँ मर गई हैं। देश की कोई भी दुर्घटना हमें उद्वेलित नहीं कर रही है। आशा है, तुम इसे अन्यथा नहीं लोगे।

'और अंत में मुझे विस्तार से लिखना कि तुम्हारी टाँग टूटने पर क्या तुम्हारा रीजनल मैनेजर तुम्हें देखने आया? क्या तुम्हारी कर्मचारी यूनियन का प्रेसिडेंट तुमसे मिलने आया? क्या उसने तुम्हारी टाँग पर अपने विचार प्रकट किए? और कौन-कौन देखने आया था तुम्हारी टाँग? सबकुछ विस्तारपूर्वक लिखना, ताकि मुझे इस बात का संतोष हो सके कि तुम्हारी टाँग का टूटना सार्थक हुआ है। आशा है, तुम स्वस्थ एवं प्रसन्न होगे।'

मित्र को यह पत्र लिखने के बाद मैंने अपनी दोनों टाँगों को देखा। अपने घुटनों को टटोला कि वे सही जगह पर हैं या नहीं। दूसरों की टाँगों पर इतनी गंभीरतापूर्वक चिंतन करने के पीछे मेरी कुटिल मानसिकता कहीं निर्वस्त्र न हो जाए, इसकी चिंता मुझे थी, पर-पीड़ा का मजाक उड़ाना मेरा अभीष्ट नहीं है। होना भी नहीं चाहिए। मेरी अपनी दोनों टाँगें इतनी कमजोर हैं, लेकिन फिर भी मैं पिछले पचपन सालों से इसपर बढ़ी हुई महँगाई, बढ़े हुए बस किराए, बढ़ी हुई कीमतों का बोझ लादकर चल रहा हूँ। और यह भी जानता हूँ कि मेरी टाँग किसी दिन टूट गई तो कोई देखने नहीं आएगा और उलटे यही कहेगा कि अच्छा हुआ। इन टाँगों पर इसे बहुत विश्वास था। मुझे दुर्घटना का डर नहीं है। जिस टाँग का महत्त्व केवल बोझ ढोने तक ही सीमित हो, उसे दुर्घटनाओं से डरना नहीं चाहिए। देश में मेरी तरह करोड़ों ऐसी टाँगें हैं जिनका मूल्य शून्य है। वे केवल इसलिए हैं कि शरीर को संतुलित रखने के लिए ऊपरवाले ने दे दी हैं। मुझे लगता है कि मैं इन टाँगों से चल नहीं रहा हूँ, घिसट रहा हूँ। आजादी के बाद इन टाँगों का मूल्य मेरे लिए केवल इतना ही है। घिसटना ही मेरी टाँगों की नियति है।

एक हफ्ते बाद टाँगवाले मित्र का पत्र आया। लिखा था—'आदरणीय भाई, आपका पत्र पढ़कर मेरा उत्साह बढ़ा है। मेरी टाँगों में एक नई ऊर्जा का संचार हुआ है। आशा है, इसे आप अन्यथा नहीं लेंगे। मुझे दुःख के साथ लिखना पड़ रहा है कि मेरी टाँग टूटने की कोई सार्थक प्रतिक्रिया मेरे ऑफिस में नहीं हुई। लोगों ने इस बात की कोई नोटिस नहीं ली। मैंने छुट्टी का आवेदन दिया था तो बड़े साहब ने उसपर लिख दिया कि एक्सरे रिपोर्ट की फोटोकॉपी संलग्न करने पर ही अवकाश स्वीकृत किया जाएगा। मैं अपनी टूटी हुई टाँग का डॉक्यूमेंटरी प्रूफ जमा कर रहा हूँ। सरकारी

कर्मचारी की टाँग है, इसलिए सबकुछ रिकॉर्ड पर साफ-साफ रहना चाहिए।

'आपने अपने पत्र में दुर्घटना की पृष्ठभूमि जाननी चाही थी। आप लेखक हैं। अपनी कल्पना से कोई ऐसी पृष्ठभूमि मेरी टाँग से जोड़ दीजिएगा, जिससे मेरी प्रतिष्ठा समाज में बढ़े। अगले पत्र में विस्तारपूर्वक लिखिएगा कि नेताजी की टाँग और सिंचाई अधिकारी की टाँग को लेकर आपके यहाँ वातावरण कैसा रहा? लोगों की प्रतिक्रियाओं से भी मुझे अवगत कराइएगा, ताकि अपनी टाँग को लेकर मैं अपना आत्मावलोकन और आकलन कर सकूँ।

'एक बात और लिखना चाहूँगा। ऑफिस में एक वर्ग ने मेरी टाँग टूटने पर मिष्टान्न वितरण किया। इसपर भी आप अपने पत्र में कुछ लिखिएगा। अपनी इस टाँग पर शेष अगले पत्र में। सानंद होंगे।'

टाँग टूटने पर मिष्टान्न वितरण का ऐंगल मेरे लिए नया है। इच्छा हो रही है कि अपने अहं की संतुष्टि की इन ऊँचाइयों पर नए सिरे से चिंतन शुरू करूँ। टाँग टूटने पर ऐसा भी होगा। इसकी कल्पना मैंने नहीं की थी।

□

शहर में वसंत की तलाश

✍ विनोद शंकर शुक्ल

वसंत को देखे कई साल गुजर गए। यह भी याद नहीं कि उसे आखिरी बार कब देखा था। बहुत दिनों से मेरा मन वसंत से मिलने के लिए मचल रहा है। पर वसंत है कि अपने हर ठौर-ठिकाने से गायब है। वैसे ही जैसे सरकारी अस्पतालों से दवा और डॉक्टरों के दिल से दया गायब रहती है।

इस बेरहम जमाने में जवानी से बुरी कोई चीज नहीं। वह आती है तो जीवन की बहुत सी अच्छी चीजें छीन लेती है। पहले जवानी आती थी तो जीवन में बहुत कुछ आता था—प्रेम आता था, कविता आती थी, फूल आते थे, संगीत आता था। मतलब जवानी वसंत लेकर आती थी।

अब जवानी आती है तो बेरोजगारी का पतझर लाती है। विश्वविद्यालयों की अर्थहीन डिग्रियाँ लाती है। रोजगार दफ्तरों की लंबी कतारें लाती है। युवाओं की इश्क की उम्र अब रोजगार की तमन्नाओं में गुजरने लगी है। जवानी की इसी बेबसी को खम करते हुए कहा गया है, 'मेरे महबूब मुझसे पहले सी मुहब्बत न माँग। और भी गम है जमाने में मुहब्बत के सिवा।' लड़कियों के कॉलेज के चौराहे सूने दिखाई देते हैं। मजनुओं की नस्ल समाप्त होती जा रही है। पार्क रिटायर्ड बूढ़ों से भरे रहते हैं। शहर से रोमांस जैसे निर्वासित हो गया है। जवानी अब भूख लाती है, हताशा लाती है, आत्महत्या का खयाल लाती है। मुझे किसी बच्चे को जवान होते देख बड़ी दया आती है। मन करुणा से भर उठता है। आशीष देने की इच्छा होती है कि वह हमेशा बच्चा ही बना रहे, कभी जवान न हो! सच्चे भारतीय की भाँति बचपन से सीधा बुढ़ापे में छलाँग लगाए।

हमारे देश में बेरोजगारी बाधा-दौड़ की तरह है। अच्छी डिग्रियाँ होने पर भी पचासों बाधाएँ सीना ताने खड़ी रहती हैं। नौकरी पाने के लिए कुछ कर्मकांड अनिवार्य हैं। योग्यता यहाँ खोटा सिक्का है। नौकरी की एक शर्त है—सिफारिश। सिफारिश के लिए राजनीति के खलीफाओं की चौखट पर नाक रगड़नी जरूरी है। नाक तब तक रगड़नी पड़ती है जब तक उसका खंडहर शेष न रह जाए। नाक रखते हुए आप नौकरी नहीं पा सकते। नौकरी के लिए नाक की शहादत जरूरी है।

नाक रगड़ने की कला के बाद दफ्तर के देवताओं को प्रसन्न करने का विज्ञान जानना जरूरी है। दफ्तर के देवता चढ़ावे से प्रसन्न होते हैं। इनका पेट महासागर होता है। दोहन की कला के ये सिद्ध पुरुष होते हैं। तात्पर्य यह कि देश में नौकरी पाने की एक पूरी टेक्नोलॉजी विकसित हो गई है। इस टेक्नोलॉजी के कारण अनेक हयादार युवाओं को अपने मनुष्य होने पर शर्मिंदगी महसूस होने लगती है। वे मानव योनि से मुक्त होने के लिए नींद की गोलियाँ, सल्फास, सीलिंग फैन, रेल की पटरियाँ आदि की शरण तलाश लेते हैं। बेरोजगारी की पीड़ा से मुक्ति के लिए इन आविष्कारों का योगदान अमर रहेगा।

युवाओं की जो शक्ति भ्रष्टाचार पर फल-फूल रही व्यवस्था को बदलने में लगनी चाहिए थी, वह नौकरी के जुगाड़ में लग रही है। सरकारें बड़ी चतुर होती हैं। वे युवकों को रोजगार के संघर्ष में व्यस्त कर देती हैं। फिर इत्मीनान से घोटालों में लिप्त हो जाती हैं। युवा जान ही नहीं पाते कि देश भ्रष्टाचार का महासागर बन गया है।

बेरोजगारी से मैंने भी लंबा संघर्ष किया। इस कोल्हू में जीवन का सारा रस निचुड़ गया। सारे रंग हवा हो गए। बड़ी मुश्किल से सफलता मिली। बेरोजगारी बुरी चीज है। अच्छे-अच्छे शूरवीरों को चित कर देती है। संभावनाओं के कई शीर्ष शिखर धराशायी हो जाते हैं। ऐसे शिखर, जो कला, साहित्य, संस्कृति में नई जमीन तोड़ सकते थे।

रोजगार मिला तो मुझे दुनिया का होश आया। बेकारी ने घर-आँगन, यार-दोस्त, पास-पड़ोस, सैर-सपाटे, चाट-चटनी सबसे बेगाना कर दिया था।

रोजगार की संजीवनी से मुझे नया जीवन मिला। वर्षों बाद भोर मुझे बहुत सुहानी लगी। पेड़ पर फुदकती गिलहरी को देख मैं अरसे बाद मुसकराया। तार पर बैठे कौओं की कव्वाली सुन महीनों बाद हँसा। मस्ती में मैंने सूरज को सैल्यूट मारा और कहा, ''कॉमरेड! देखो, मैं फिर गुनगुना सकता हूँ, हँस सकता हूँ, खुश हो सकता हूँ। बेरोजगारी के कारण मैं हँसी, चाँद-तारे, इंद्रधनुष, भोर, गिलहरी, खुशबू,

प्यार, परिंदे आदि सबसे हाथ धो बैठा था। रोजगार मिला तो वसंत का खयाल आया। लगा, बहुत कीमती चीज खो बैठा हूँ। मन का मरुस्थल हरा होते ही मैंने वसंत की तलाश शुरू कर दी। निश्चय कर लिया कि वसंत से अवश्य मिलना है।

घर पर वसंत का मिलना मुश्किल था। पानी की किल्लत के कारण घरेलू बगिया कब की सूख चुकी थी। वसंत के वनवास में हमारे नगर निगमों का बड़ा योगदान है। वे पीने का पानी मुश्किल से देते हैं। नहीं चाहते कि नागरिक बाग-बगिया लगाकर पानी की फिजूलखर्ची करें। वे नागरिकों से वसंत की निकटता के विरोधी हैं। फूल उनकी दृष्टि में क्षणभंगुर चीज हैं—सुबह खिलकर शाम को मुरझा जानेवाले। नगर निगमों का वश चले तो वे 'पुष्प-प्रतिबंध अधिनियम' बना दें, जिसमें फूल उगाने पर पाँच मास के सश्रम कारावास का प्रावधान किया गया हो।

मेरी बगिया अवशेष मात्र रह गई थी। फिर भी गुलाब का एक पौधा अर्धजीवित था। वह किसी खैराती अस्पताल के टी.बी. ग्रस्त रोगी की तरह लग रहा था, जो डॉक्टरों की देखरेख में दम तोड़ना चाहता है। मैंने उससे पूछा, "वसंत की कोई खबर है ?"

वह खाँसा और मरियल स्वर में बोला, "मैं वसंत को पहचानता तक नहीं। कुपोषण का शिकार हूँ। मुझपर बारह मास पतझर रहता है। मोटरों और स्कूटरों के धुएँ से मुझे टी.बी. हो गई है।"

मुझे गहरा अफसोस हुआ। आदमी की सोहबत से फूलों की सभ्यता भी खतरे में पड़ गई है। मैं सोचने लगा, फूलों की नस्ल यदि खत्म हो गई तो क्या होगा ?

वसंत की तलाश में मैंने पड़ोसी के बँगले पर नजर डाली। वे फूल-पौधों के बड़े शौकीन थे। पर वहाँ भी निराशा हाथ लगी। हरा-भरा रहनेवाला उनका लॉन सूखा था। निर्जला उपवास के बाद पौधों को निर्वाण प्राप्त हो चुका था। लॉन में भैंसें बँधी पगुरा रही थीं। फूलों की जगह भैंसों को देख मैं चकरा गया। बगीचे की हवा में गोबर की गंध फैली हुई थी। मैंने सोचा, वसंत यहाँ आया भी होगा तो नाक दबाकर उलटे पाँव लौट गया होगा। मन में प्रश्न उठा कि शहर में वसंत का विकल्प क्या पगुराती भैंसें होंगी ? उद्यानों का स्थान क्या भैंस स्थान ले लेंगे ?

मोहल्ले से निराश हो मैं नगर में वसंत को खोजने निकल पड़ा। नगर में पहला साक्षात्कार निगम की नालियों से हुआ। वे गंदगी से लबालब भरी थीं। मच्छर शिशु उनकी कोख में लोट-लोटकर बड़े हो रहे थे। मक्खियों का वहाँ अखंड ऑर्केस्ट्रा चल रहा था। नालियाँ नाना प्रकार के कीड़े-मकोड़ों की मैट्रोपोलिस

सिटी नजर आ रही थीं। मुझे मितली आने लगी। लगा कि ये नालियाँ नहीं, मच्छरों की नर्सरियाँ हैं। भारतीय मच्छरों की गुणवत्ता विश्वप्रसिद्ध है। संभवत: निर्यात हेतु निगम इनका उत्पादन कर रहा था।

विश्राम की मुद्रा में लेटे एक वयोवृद्ध केंचुए ने मुझे देखकर कहा, ''अखबारवाले हो क्या, भैया? निगमवालों तक हमारा आशीष पहुँचा देना। पिछले एक दशक से उन्होंने यहाँ कोई सफाई कर्मचारी नहीं भेजा। उनकी कृपा से हम बड़े मजे में हैं। हमें वोट देने का अधिकार मिल जाए तो सारे मच्छर-मक्खियाँ वर्तमान पदाधिकारियों को ही वोट देंगे। भगवान् ऐसे काबिल अफसर सभी निगमों को दे।''

इस गंदगी में वसंत की खोज व्यर्थ थी। यहाँ तो दुर्गंध का अखंड साम्राज्य था। मनुष्य और मच्छर-मक्खियों का अनोखा सह-अस्तित्व यहाँ दिखाई दिया। दोनों आदर्श पड़ोसियों की तरह भ्रातृभाव से रह रहे थे।

मैं आगे बढ़ा। सामने एक मकान की नेमप्लेट पर मेरी दृष्टि अटक गई। लिखा था—नटवरलाल 'नटखट', नगरकवि। कवि से वसंत का पता अवश्य मिल जाएगा, यह सोचकर मैंने उनके द्वार पर दस्तक दी।

द्वार खुला। नगरकवि प्रकट हुए। चहककर बोले, ''आओ मित्र, आओ। मैं एक अदद श्रोता का ही इंतजार कर रहा था। दस मिनट पहले ही एक उत्कृष्ट कविता लिखी है।''

मैंने कहा, ''वसंत पंचमी अभी आकर गई है। जरूर वसंत गीत लिखा होगा। सुनाइए।''

नटखटजी ने बुरा सा मुँह बनाया। बोले, ''वसंत! हिश्ट!! आजकल कौन वसंत पर लिखता है? दस-पंद्रह साल पहले जरूर एक हिट वसंत गीत लिखा था। वसंता आला रे आला, गोरी मुखड़ा दिखाओ मतवाला।''

मैंने कहा, ''मैं आपके पास वसंत का पता पूछने आया हूँ।''

नटखटजी ने मुझे हिकारत से देखा। बोले, ''आप समय से बहुत पीछे चल रहे हैं। उन्नीसवीं सदी वसंत की थी। बीसवीं सदी परमाणु बमों की रही और इक्कीसवीं सदी मीडिया तथा मल्टीनेशनल की है।''

मैंने पूछा, ''क्या कविता ने भी वसंत को खारिज कर दिया है?''

नगरकवि बोले, ''कविता वसंत से बहुत आगे बढ़ गई है। अब वसंत पर नहीं, बाबूलाल पर कविताएँ लिखी जाती हैं।''

मैंने आश्चर्य से पूछा, ''ये महाशय बाबूलाल कौन हैं?''

वे किंचित् नाराजगी से बोले, ''आप इस सदी के प्राणी नहीं मालूम पड़ते।

बाबूलालजी को न जानना अपराध की श्रेणी में आता है। वही बाबूलाल, जिन्होंने दल बदलकर अभी-अभी सरकार गिराई है और नई सरकार में तीन विभागों के मंत्री बने हैं।''

मुझे याद आया। बारदाना व्यापारी बाबू खोटेलाल के सपूत श्रीयुत बाबूलाल! वे एक मंत्रालय पाकर संतुष्ट नहीं थे। असंतुष्ट होकर उन्होंने सरकार गिरा दी। अब नई सरकार में तीन-तीन मंत्रालयों पर कब्जा किए बैठे हैं।

नगरकवि बोले, ''मैंने बाबूलालजी पर धाँसू कविता लिखी है। उनके अभिनंदन पर आज शाम मंच से पढ़ूँगा, सुनो—

'बाबूलालमय सब जग जानी,
बाबूलाल को भज अज्ञानी।
बाबूलाल हैं संकट-हरणा,
आ जा मूरख उनकी शरणा।
कहैं नगरकवि नटवर 'नटखट',
बाबूलाल मोहे तारो झटपट।'

मेरी कल्पना में एक दृश्य उभरा—वसंत जमीन पर चित पड़ा है। महाकवि नटवरलाल 'नटखट' उसकी छाती पर सवार हैं। वे वसंत का गला दबाकर कह रहे हैं—अबे भाग! तेरी जगह बाबूलालों ने ले ली है। कुर्सीन पे, कलाम में, कवि के कलाम में, कीर्तन में, कानूनन में—अब सारे कल्चरान में, बैठ्य बाबूलाल है। जा, नदी में डूबकर मर या पहाड़ से कूद जा। फिर मनहूस मुँह मत दिखाना।

नगरकवि की बाबूलाल-भक्ति से मैं घबरा गया। किसी तरह जान छुड़ाकर वहाँ से भागा।

आगे एक नदी मिली। मैंने उससे पूछा, ''नदी, तुमने वसंत को देखा है?''

नदी ने बहुत दुःखी स्वर में जवाब दिया, ''मुझे नदी मत कहो। मैं कभी नदी थी, अब तो शहर का जल-मल ढोनेवाली नाली हूँ।''

मैंने गौर से नदी को देखा, उसमें पानी कम और दलदल ज्यादा था। कचरे और कीचड़ के कारण वह गंदी भिखारिन लग रही थी।

मुझे अफसोस हुआ। मैंने पूछा, ''तुम्हारी यह दशा कैसे हो गई? कुछ साल पहले तो तुम बहुत खूबसूरत हुआ करती थीं।''

नदी रोने लगी। उसने किनारे पर खड़े चमड़े के कारखाने की ओर इशारा किया। बोली, ''उसने मुझे कोढ़ी बना दिया है। मुझसे दूर रहो, बाबू!''

मेरा दिल भर आया। बोझिल पाँवों से लापता वसंत की तलाश में आगे बढ़ा। एक पेड़ पर कोयल दिखाई दी। वह चुप थी।

मैंने कहा, ''वसंत आ गया है। तुम गा क्यों नहीं रही हो?''

कोयल खरखराई आवाज में बोली, ''सुबह से गाने की कोशिश कर रही हूँ, पर गा नहीं पा रही। पेड़ों में तुम लोग ये कैसा रासायनिक खाद डालते हो। फल खाकर मेरा गला खराब हो गया है। कौए से भी बेसुरी आवाज निकल रही है। कैसा दुर्भाग्य है, वसंत के स्वागत में मैं गा भी नहीं सकती!''

मैंने पूछा, ''क्या तुमने वसंत को देखा है?''

कोयल बोली, ''शायद वह वसंत ही है। लाला मदनलाल की कोठी पर बैठा है।''

मैंने सोचा, मदन (सामदेव) और वसंत तो पुराने सहचर हैं। वसंत जरूर वहाँ होगा। मैं खुशी-खुशी लालाजी की कोठी पर पहुँच गया।

वहाँ सचमुच वसंत विराजमान था। चारों ओर फूल-ही-फूल थे। खुशबू-ही-खुशबू बिखरी थी। मैंने लालाजी को बधाई दी। कहा, ''सारे शहर में वसंत आपकी कोठी पर ही मिला। इतने सारे फूल और इतनी भीनी-भीनी सुगंध! मन मस्त हो गया।''

लाला मदनलाल हँसने लगे। बोले, ''सारे फूल नकली हैं। नकली फूलों पर मैंने इत्र डलवा रखा है।''

मुझे आश्चर्य हुआ। पूछा, ''असली की जगह नकली क्यों?''

लालाजी बोले, ''भगवान् के बनाए फूलों से मुझे इनसान के बनाए फूल ज्यादा पसंद हैं। वे कभी मुरझाते नहीं। बार-बार बदलने का झंझट नहीं। पैसे की भी बचत होती है। भई, मैं तो इनसान को भगवान् से भी बड़ा कलाकार मानता हूँ।''

मैं फिर निराश हुआ। परंतु मैंने लालाजी के वसंत-प्रेम की सराहना करते हुए कहा, ''जो भी हो, ऋतुराज वसंत के स्वागत में आपने उत्सव तो आयोजित किया। वसंत के कद्रदानों की तो नस्ल ही लुप्त हो रही है। कम-से-कम आपने तो ऋतुराज का स्वागत किया।''

लालाजी चौंके—''कैसा ऋतुराज? मैं किसी ऋतुराज को नहीं जानता। मेरे परिवार में किसी का नाम ऋतुराज नहीं है। वसंत मेरे पौत्र का नाम है। आज मैं उसकी पाँचवीं सालगिरह मना रहा हूँ।''

मैं हतप्रभ सा लालाजी की कोठी से निकल आया।

शाम होने आ रही थी। वसंत अब तक अदृश्य था। मैं थककर एक सार्वजनिक

पार्क की बेंच पर बैठ गया। पार्क रोशनी से जगमगा रहा था; पर वहाँ जो थोड़े-बहुत फूल थे, उनके चेहरे बुझे-बुझे थे। एक व्यक्ति उदास भाव से आकर मेरे पास बैठ गया। मैंने पूछा, ''क्या आप भी वसंत के न मिलने से उदास हैं ?''

उसने कहा, ''वसंत नहीं, मैं आनेवाले बजट की चिंता से दुबला हो रहा हूँ। मार्च के महीने से मुझे बहुत डर लगता है। पता नहीं, सरकार किन-किन जरूरी चीजों पर टैक्स ठोक दे!''

बजट के अँदेशे से दुबले होनेवाले सज्जन के जाने के बाद एक फटेहाल पागल-सा व्यक्ति पास आकर बैठ गया। उसके हाथ में गुलाब का एक फूल था। वह उसे बच्चे की तरह छाती से चिपकाए था। मैंने पूछा, ''वसंत का पता बता सकते हो ?''

वह व्यक्ति हँसने लगा। हँसते-हँसते दोहरा हो गया। बड़ी मुश्किल से उसने अपनी हँसी को नियंत्रित किया। फिर बोला, ''नादान हो, शहर में वसंत खोजते हो। शहरवाले गाँववालों की तरह भगवान् पर निर्भर नहीं हैं। वे आत्मनिर्भर हैं। अपना वसंत खुद बना लेते हैं। क्या तुमने कोयल की कूक कॉलबेल में नहीं सुनी ? आम्रमंजरी की महक इत्र में नहीं पाई ? फागुन का संगीत क्या कैसेटों में नहीं सुना ? वासंती बयार क्या कूलरों से निकलती नहीं देखी ? शहरवाले अपने फल-फूल, हवा-पानी, नदी-पहाड़ खुद बना लेते हैं। तुम देखना, शहरवाले अपना सूरज भी जल्दी बना लेंगे। उनका सूरज सौरमंडल के सूरज से भी श्रेष्ठ होगा। वह रात को भी ड्यूटी देगा।''

अचानक वह व्यक्ति उठा। मुझे सैल्यूट दागा और एक देशी पिल्ले को पुचकारता हुआ आगे बढ़ गया।

चलते-चलते मैंने बाग के बूढ़े माली से वसंत के बारे में पूछा। वह बोला, ''सुबह थोड़ी देर के लिए आया था। बूढ़ों की तरह खाँस रहा था। चेहरा पीला-पीला था। पहले मैं पहचान ही नहीं सका कि यह वसंत है।''

मैंने पूछा, ''कुछ बातें हुईं ?''

माली बोला, ''हाँ, मैंने पूछा—क्या तबीयत खराब है ? दुबले और बीमार नजर आ रहे हो। तुम्हारी गुलाबी रंगत कहाँ चली गई ?''

मेरी उत्सुकता बढ़ी। पूछा, ''क्या बोला वो ?''

माली ने बताया, ''वसंत चुपचाप घास पर लेट गया। उसकी साँसें उखड़ी-उखड़ी थीं। थोड़ी देर सुस्ताने के बाद थके स्वर में बोला— बनों से तो भला-चंगा चला था, बाबा! शहर में दो ही दिनों में बीमार हो गया। ज्यादा चला नहीं जाता।

दम फूल जाता है। पता नहीं क्या बीमारी हैं ? और वह जोर-जोर से खाँसने लगा।''

मैंने पूछा, ''फिर ?''

माली बोला, ''खाँसी रुकी तो छाती पकड़कर बैठ गया। बोला—कहीं क्षय रोग न हो गया हो ? बाबा, तुम्हारी औद्योगिक सभ्यता ने सभी ऋतुओं को बीमार कर दिया है। वर्षा भी शहर में सूखा रोग से ग्रस्त हो जाती है। शीत को मिर्गी आने लगती है। देखना, कुछ वर्षों बाद पृथ्वी पर एक भी ताजा और स्वस्थ फूल नहीं खिल पाएगा। फूलों और फलों से विहीन हो जाएगी यह धरती। सारी ऋतुएँ समुद्र में आत्मघात कर लेंगी। वसंतविहीन यह पृथ्वी एक बड़ा मरुस्थल होगी—औद्योगिक रेगिस्तान, जहाँ धुआँ-ही-धुआँ होगा, प्रदूषण-ही-प्रदूषण, तब सूर्य से भी काली किरणें निकलेंगी।''

मैंने अधीर होकर पूछा, ''वह कहाँ चला गया ? तुमने उसे रोका क्यों नहीं ?''

माली बोला, ''वह लेटा-लेटा सन्निपात के रोगी की तरह बड़बड़ाता रहा। फिर पता नहीं कहाँ निकल गया।''

पौराणिक शंकर ने कामदेव को भस्म कर दिया था। मैंने अनुभव किया, आधुनिक सभ्यता के शंकरों ने वसंत की हत्या कर डाली है।

□

जंगल की ओर

✍ विनोद साव

वह बिना दरवाजोंवाली 'कमांडर' थी। इसे जंगल के लिए उपयुक्त माना गया था—यह सोचकर कि जंगल में दरवाजों का क्या काम? जंगल के जानवर कौन से दरवाजों के भीतर रहते हैं, जो हम रहें। लिहाजा दरवाजों की जरूरत नहीं समझी गई। जमकर जरूरत समझी गई तो लीजेंड, ब्ल्यू-रिबांड और वजीर नामोंवाली कुछ बोतलों की, जिन्हें सँभालने और समय पर नफासत के साथ पेश करने के लिए एक फौजी मुकर्रर था, जो इन दिनों छुट्टियों में घर आया हुआ था। उसने अपने साथ एक सहयोगी रख लिया था, जो आइस बॉक्स के भारी-भरकम इंतजाम के साथ कमांडर के पिछले हिस्से में इस तरह तैनात था कि गाड़ी के हिचकोलों से बोतलों में कोई विस्फोट न हो जाए। सहयोगी के बाएँ कंधे पर एक थैला लटक रहा था, जिसमें सिगरेट के डिब्बों के अतिरिक्त बीस-पच्चीस रैपर में वे सारे किस्म के गुटके थे जिन्हें लेकर कैंसर होने का इन दिनों बड़ा हल्ला मचा हुआ है। पोल्ट्री फार्म से चार बॉयलर एक विधायक प्रतिनिधि ने पहले ही झटककर गाड़ी के पिछले हिस्से में डाल दिए थे। ये मुरगे चूँकि वन्य प्राणियों में नहीं गिने जाते, इसलिए वनों में इनकी हत्या पर कोई पाबंदी नहीं है। रेस्ट हाउस में आज की रात कत्ल की रात होगी, इसकी ताकीद खानसामों को पहले ही की जा चुकी थी। विधायक प्रतिनिधि ने अपनी पार्टी के एक गंभीर कार्यकर्ता को साथ रख लिया था, जो जंगल के हिंसक पशुओं को सर्चलाइट के दम पर खड़े कर देने का दावा करता था। कुल मिलाकर वे सभी तैयारियाँ हो गई थीं, जिनके लिए लोग जंगल जाते हैं। जंगल यात्रा के मुख्य आयोजक विधायक प्रतिनिधि ने कुछ अतिथि-सत्कार की

स्वाभाविक विनम्रता और कुछ इस सारे इलाके में अपना डंका बजा देने के दर्प से भरकर कह भी दिया कि 'बस्स, औरत छोड़कर सारा इंतजाम हो गया है।'

जंगल जानेवाली टीम में एक नगर पंचायत के अध्यक्ष थे, जो पंचायती राज का नुस्खा जानने के लिए जंगल की ओर निकल पड़े थे। फिलहाल अपने पंचायती क्षेत्र से बाहर थे, इसलिए कुरते और पाजामे की राजनीति से बाहर निकलकर जींस और टी-शर्ट के फैंसी ड्रेस में दाखिल हो चुके थे। उनकी मूँछें खास थीं। खास इसलिए, क्योंकि वे नकली दिखाई देती थीं। ऐसा लगता कि उन्होंने बाजार से छाँटकर कोई बढ़िया डिजाइनवाली मूँछें खरीद ली हों। मूँछधारी इन महाशय की विशेष आस्था खान-पान में और खान-पान में केवल मुरगों में और मुरगों में केवल देशी मुरगों पर ही केंद्रित थी। गाड़ी के पीछे जब पोल्ट्री फार्म से मुरगे झटककर डाले जा रहे थे तब वहाँ भी उन्होंने 'देशी नहीं तो कॉकटेल चलेगा' का नारा बुलंद किया था। बाद में ब्रॉयलर मुरगों को इस मजबूरी में स्वीकार लिया कि 'चलो, कुछ भी हो, मुरगा तो हाथ में आया।' वे अपनी जंगल यात्रा के दौरान केवल खाने-पीने का जिक्र करते रहे। उनकी जंगल यात्रा का एकमात्र ध्येय येन-केन-प्रकारेण देशी मुरगा हासिल कर लेना ही रहा। खान-पान के संस्कारों में समृद्ध ऐसे ऊर्जा-संपन्न महानुभावों के लिए एक विशिष्ट महानुभाव ने कहा था कि 'तुम्हारा भोजन ही तुम्हारा भगवान् है, तुम्हारा उदर ही तुम्हारा मंदिर है, तुम्हारी तोंद ही तुम्हारी वेदी है, तुम्हारा रसोइया ही तुम्हारा पुरोहित है। तुम्हारा प्रेम पकाने के बरतनों में ही उद्दीप्त होता है, तुम्हारी श्रद्धा रसोईघर में तीव्र होती है, तुम्हारी सारी आशा मांस की थालियों में ही छिपी रहती है। बार-बार दावतें देनेवाले के बराबर, उत्तम भोजन करानेवाले के बराबर और आदतन पिलानेवाले के बराबर तुम्हारे आदर का पात्र कौन है ?'

गाड़ी के बीचवाली सीट के दाहिने छोर पर औद्योगिक नगर भिलाई से आया हुआ नाटे कद का एक आदमी था जो इस मान्यता को पुख्ता कर रहा था कि 'हर छोटे कद का इनसान बड़े काम करता है।' वह गाड़ी के पीछे पड़ी बोतलों को बार-बार पलटकर बड़ी श्रद्धा से देखते हुए अपना बड़प्पन सिद्ध कर रहा था। उसने जंगल यात्रा में यह भी सिद्ध किया कि 'देखने में उसकी कद-काठी एक पौवे के बराबर है, लेकिन वह पूरी बोतल हजम कर जाने का माद्दा रखता है।' वह चलती गाड़ी में तब-तब बेचैन हो उठता जब-जब गाड़ी में बोतलों की खड़खड़ाहट उसे सुनाई देती। जहाँ मूँछधारी महोदय अपने खान-पान का चरम सुख देशी मुरगे के झटका या हलाल होने में ढूँढ़ा करते वहीं नाटे कद के महाशय

ने जंगल में मिलनेवाली देशी दारू तक बात छेड़ दी थी। अपनी चिर-परिचित अदा में उन्होंने कह दिया कि ''पार्टनर, जंगल आकर 'हाथ का उतारा' न लिया तो फिर क्या किया! जब जंगल आए हैं तो सारे करम करके जाएँगे।'' नहीं तो 'जंगल में मोर नाचा, किसने देखा' जैसे मुहावरे से उन्होंने आने के औचित्य और उसकी सार्थकता पर सवालिया निशान दाग दिया था।

देशी मुरगा और देशी दारू के इस स्वदेशी आंदोलन के बीच मैं था, जो हर स्थिति को एक घटना और हर आदमी को एक चरित्र से अधिक कुछ नहीं समझ पा रहा था। वन्य जीवन और वन्य पशुओं को करीब से देखने की तीव्र उत्कंठा इन देशप्रेमियों के साए में डूब रही थी। अपना हौसला बनाए रखने के लिए मरता क्या न करता—ब्लू-रिबांड की जीन में बर्फ, सोडा और नींबू डालकर मैंने सिगरेट सुलगा ली थी और वन्य पशुओं का इंतजार करने लगा था। गंभीर कार्यकर्ता ने सर्चलाइट लेकर जीप के ऊपर अपना स्थान बना लिया था। सामने बॉयसन का झुंड था—चेहरा बैल का और कद-काठी भैंस जैसी। पैर घुटनों से नीचे सफेद थे तो ऐसा लगता मानो सफेद मोजे पहनकर वह घूमने निकला हो। फिर जानवरों के झुंड-के-झुंड दिखने लगे—हिरणों और बारहसिंगों के झुंड, फिर जंगली सुअरों के झुंड। अपनी बिरादरी के साथ पूरी तरह पारिवारिक भावना से अपने नन्हे बच्चों को लिये हुए। शेर नहीं दिखा, जब गाड़ी में सवा सेर बैठे हों तो शेर भला कैसे दिखे! घर आकर मैंने पत्नी से कहा, ''जंगल में जानवर अपनी फैमिली के साथ दिखते हैं।''

तब पत्नी ने तीर मारा, ''और आप लोग अपनी फैमिली छोड़कर गए थे। आप लोगों को जानवरों से सीखना चाहिए।'' तब ऐसा लगा कि हमें जाना होगा—'वापस, जंगल की ओर।'

□

राजनीतिक सफर

✍ **शरद कोठारी**

राजनीति का शौक बचपन से ही था। तब हम विद्यार्थी थे। राजनीतिज्ञ के गुण भी हममें विकसित हो रहे थे। स्कूल में हड़ताल करवा चुके थे। हड़ताल इस बात पर हुई थी कि हमारा स्पोर्ट्स टीचर सामान के पैसे खा जाता था। क्रिकेट खेलने के लिए बल्ले, बॉल, पैड आदि के लिए जो रकम आती थी, मास्टर साहब रिकॉर्ड में तो सामान की आवक बता देते, फर्जी बाउचर फाइल में लगा दिए जाते; लेकिन जब लड़के उनसे खेलने के लिए चीजें माँगते तो वे कह दिया करते, 'क्या करें भाई, फंड की कमी है, स्पोर्ट्स आइटम खरीद नहीं सकते। तुम लोग खुद चंदा करके सामान ले आओ, हम अपने ग्राउंड पर तुम्हें खेलने देंगे।'

हमने उन्हें जता दिया कि लड़के सबकुछ जानते हैं। उन्हें मालूम है कि सारा फंड उनके बच्चों के खेलने में चला जाता है। हमारे पैसों से खरीदे गए खेल के सामान से उनके बच्चे खेलते थे। हमने कहा कि यह सहन नहीं होगा, सर। वे फिर भी नहीं माने। हमने छात्रों को संगठित करके हड़ताल का आह्वान कर दिया। लड़कों में सर के खिलाफ गुस्सा तो था ही, हेडमास्टर भी परेशान थे। हड़ताल सफल हुई, हमारी माँगें मान ली गईं। स्पोर्ट्स टीचर बदल दिया गया, स्पोर्ट्स का सामान खरीदने के लिए एक क्रय-समिति बनाई गई। हम घोषित रूप से छात्र नेता कहलाए। क्रय-समिति का हमें सदस्य मनोनीत किया गया। हम खुद मैनेजमेंट हो गए थे। हमारा दबदबा बढ़ा। पढ़े-लिखे बगैर ही पास होने का हमारा मार्ग प्रशस्त हो गया। ये नेतागिरी के अभ्युदय के आरंभिक दौर होते हैं।

नेतागिरी के वे हमारे प्रारंभिक दिन थे। ज्यों-ज्यों हम अगली कक्षाओं में

पहुँचते गए, हमने अपने नेतृत्व के गुणों का विकास किया। होनहार पूत के पैर पालने में ही दिख जाते हैं। हमारी नेतृत्व-क्षमता का लोहा कॉलेज के अधिकारी भी मानने लगे थे। हमें चुनाव लड़ने का पहला अनुभव भी वहीं प्राप्त हुआ। छात्र संघ का चुनाव हमने कुछ इस ढंग से लड़ा जैसे विधानसभा का चुनाव लड़ रहे हों। उसी तरह बेहिसाब खर्च, धुआँधार प्रचार, प्रतिद्वंद्वियों का अपहरण, हमें वोट न देनेवालों को प्रताड़ित करके रखना, गरीब छात्रों को पैसे का प्रलोभन आदि। वे सारी हरकतें, जो विधानसभा चुनाव में होती हैं, हमने छात्र संघ चुनाव में ही विकसित कर डाली थीं। नतीजा जब निकला तो हम खुद आश्चर्य में पड़ गए। हमें सबसे अधिक वोट मिले थे। हम सर्वाधिक लोकप्रिय छात्रनेता माने गए। पहले हम कक्षा-प्रतिनिधि और बाद में अपनी जोड़-तोड़ की राजनीति से उसी तरह छात्रसंघ अध्यक्ष बने जैसे कोई विधायक से मंत्री बनता है। धीरे-धीरे हमारे भीतर आत्मविश्वास बढ़ने लगा। यह तो हमने उसी समय तय कर लिया था कि हम राजनीति में ही रहेंगे।

हमारी राजनीतिक शिक्षा-दीक्षा का जहाँ तक सवाल है, छात्र जीवन में वह काफी हो चुकी थी। बहुत से गुर हमने उन्हीं दिनों में सीख लिये थे। पारंगत होकर जब हमने सार्वजनिक जीवन में कदम रखा, पहला प्रश्न हमारे सामने उठा कि हम किस दल में शामिल हों? किसे अपनी प्रतिभा का लाभ दें? और किसे अपनी सेवाओं से धन्य करें, यानी देश का कल्याण किस राजनीतिक पार्टी के माध्यम से करें। हमने अपने चारों ओर नजरें घुमाईं। देखा कि मोहल्ले के मजदूर नेतृत्व-विहीन हैं, उनकी समस्याएँ भी बहुत विकराल हैं। गोया कि नेतागिरी का कच्चा माल काफी तादाद में मौजूद है। हमने एक संगठन बना डाला। उसका पंजीयन कराया। लाल रंग की स्याही में लेटरपैड छपवाया और अध्यक्ष की जगह अपना नाम लिखवाया। क्रांतिकारी नारों के साथ मुट्ठी भर साथियों का जुलूस निकाला, माँगपत्र इत्यादि दिए। मजदूर वर्ग समझता था कि हम उसके कल्याण के लिए संघर्ष कर रहे हैं; लेकिन वास्तव में हमारा वह संघर्ष विधानसभा चुनाव में अपनी सीट पक्की करने के लिए था।

आखिर चुनाव आ ही गए। हमने चुनाव लड़ने का फैसला कर लिया था। मित्रों ने बहुत समझाया-बुझाया। उन्होंने सीख भी दी कि चुनाव लड़ोगे तो घर-द्वार बिक जाएगा। परंतु हम नहीं माने। हमें अपनी ताकत पर गर्व था। हमने कहा, ''देखना, मजदूर वर्ग हमें अपने कंधों पर बिठाकर विधानसभा तक पहुँचाएगा।''

मित्रों ने कहा, ''भैया, मजदूर संघ चलाना और चुनाव लड़ना दोनों अलग-अलग बातें हैं। जरूरी नहीं कि संघ के सब मजदूर तुम्हें वोट दे दें। जब तक उनको

लड़ाई लड़ोगे वे आपको नेता मानेंगे, जब खुद कुछ नेता बनने की कोशिश करोगे तो वे तुम्हें अलग कर देंगे।'' हम माननेवाले कहाँ थे? हमने सोचा कि दोस्त हमारी भावी तरक्की से ईर्ष्या करते हैं, इसलिए चुनाव लड़ने से रोकते हैं। हमने उन्हें दो-टूक उत्तर दे दिया, ''हम तो लड़ेंगे, चाहे जो हो।''

हमारी गर्जना के सामने वे सब चुप हो गए। हम चुनाव में कूद पड़े। उसके बाद हमें मनाने भी कोई नहीं आया। वे मन-ही-मन जैसे कह रहे हों—साला, खुद ही सबक सीख जाएगा।

दस दिन में ही हवा खिसक गई थी। मजदूरों ने यूनियन ऑफिस आना इसलिए बंद कर दिया था, क्योंकि मैं उनसे हमेशा चुनाव फंड लाने के लिए कहता रहता था। वे जानते थे कि मेरे चुनाव में पैसा लगाना पानी में पैसा डालने के बराबर है। मैं लगभग अकेला पड़ चुका था। चुनाव का नतीजा दिन के उजाले की तरह मेरे सामने स्पष्ट था। जमानत जब्त हो गई।

मजदूर संघ से त्यागपत्र देकर हम एक राजनीतिक दल में शामिल हो गए। वहाँ तो कई खुर्राट पहले से मौजूद थे। वे हमारे लिए कोई ज़गह नहीं बनने देना चाहते थे। हमने दल के महासचिव का दामन थामा। वे भी मेरी तरह दूसरे संगठन से आए थे, लेकिन अपनी वाक्पटुता से इस पद तक पहुँचे थे।

महासचिव की मिजाजपुर्सी में हमने अपने आपको उड़ेल दिया था। उनके घर के छोटे-मोटे काम करना, बच्चों का ध्यान रखना और महासचिव का गुणगान करना ही हमारी दिनचर्या हो गई थी। हमारी सेवाओं से वे बहुत प्रसन्न थे। उन्होंने हमें पार्टी का संयुक्त सचिव बना दिया। पदाधिकारी होने के नाते हमारी जान-पहचान पार्टी के उच्च नेताओं से हो गई। उनके बीच आना-जाना, उठना-बैठना आदि शुरू हो गया। महासचिव के संदेश उन तक पहुँचाना और उनके संदेश यहाँ तक लाना हमारा काम था। हम दोनों अपने-अपने दाँव में चौकस थे। महासचिव समझते थे कि उन्हें एक वफादार अनुयायी मिल गया है और मैं मन-ही-मन कहता था—ठहरो बच्चा, मौका आने दो, कैसी पटखनी देता हूँ, देखना। अपने मन में समर्पण और महत्त्वाकांक्षा का द्वंद्व शुरू हो गया। सोचने लगा कि यह आदमी मुझे कभी कुछ बनने का मौका नहीं देगा। बगावत भी आसान बात नहीं थी। अभी संगठन पर पकड़ मजबूत नहीं हुई थी। मैं उनकी गोपनीय बातों पर नजर रखने लगा। उसकी कमजोर नब्ज तलाशने लगा।

विधानसभा के चुनाव फिर आ गए। इस बार मेरी भूमिका दूसरी ही थी। मैं संगठन का विश्वसनीय पदाधिकारी था। ऊपर तक मेरी जान-पहचान हो चुकी

थी। मैंने बाहर से यही आभास दिया कि मैं जो कुछ कर रहा हूँ, महासचिव के लिए और उन्हीं की खातिर कर रहा हूँ; लेकिन भीतर मैं अपनी अलग योजना बना चुका था। ऊपरवालों को यह विश्वास दिलाता रहा था कि यदि महासचिव को पार्टी ने उम्मीदवार बनाया तो सारे कार्यकर्ता बगावत कर देंगे, सीट हार जाएँगे और पार्टी चौपट हो जाएगी। मौका देखकर मैं उनपर झूठे आरोप भी लगा देता था। लेकिन महासचिव भी कम घाघ नहीं था। उसे यह अंदाज हो चुका था कि कहीं-न-कहीं से मैं खुद अपने लिए कोशिश कर रहा हूँ। उसने पैंतरा बदला। नेताओं को लालच दिया कि वह अच्छा-खासा पार्टी फंड देगा, अपने चुनाव के लिए एक भी पैसा पार्टी से नहीं लेगा, बल्कि बड़े नेताओं के खास उम्मीदवारों का चुनाव खर्च भी वह वहन करेगा। महासचिव का यह गुर कामयाब हो गया। उसे अंतत: टिकट मिल गया। मुझपर तो जैसे वज्रपात हुआ हो; लेकिन अब मैंने महासचिव को चुनाव के मैदान में ही मात देने की सोच ली थी।

चुनाव अभियान प्रारंभ हुआ। मैंने पुन: वफादारी का मुखौटा पहन लिया। सबके सामने कसमें खाने लगा कि महासचिव की विजय के लिए प्राणपण से काम करूँगा। जिसे उम्मीदवार बनाया गया है वह सिर-माथे पर। मैं घर से बहुत तड़के चुनाव प्रचार पर निकल जाता था। प्रत्याशी की ही जीप और उसी का पेट्रोल, दिन भर अमुक एरिया को मैं ठीक कर आया हूँ। उधर और दोबारा किसी को अपनी पार्टी की ओर से जाने की जरूरत नहीं है। यह तो मैं ही जानता था कि मैं क्या कर आया हूँ।

भितरघात की कला का मैं पूरे कौशल के साथ उपयोग कर रहा था। अंग्रेजी में इसके लिए शब्द है—'सेबोटाज'। निश्चय ही जिस विनाशकारी शक्ति की ध्वनि सेबोटाज कहने से होती है वह हिंदी के भितरघात से नहीं आती। यह एक दूरमारक प्रक्षेपास्त्र की ताकत लिये हुए होता है। आपको पता नहीं चल पाता कि किसने कहाँ सेबोटाज किया है, उसका कितना असर कहाँ जाकर होगा। उदाहरणार्थ, हमने अपने उम्मीदवार की तारीफ के पुल तो बाँधे, लेकिन आखिर में धीरे से कह दिया, ''निर्णय आप अपने विवेक से करें। प्रश्न पाँच वर्षों का है। हमारी बातों पर ही पूरा भरोसा न करें।''

इस दौर में हमने अन्य पार्टियों के भितरघातियों अर्थात् सेबोटाज करनेवाले उस्तादों के अंदाज भी देखे हैं। एक नेता तो गाड़ी पर झंडा अपनी पार्टी का लगाता था और काम दूसरी पार्टी का करता था। पोलिंग बूथ पर बैठकर नकली मतपत्र पर अपनी पार्टी के चुनाव-चिह्न की बजाय दुश्मन पार्टी के चुनाव-चिह्न पर मोहर

लगाता था। वोट निकालने के लिए वाहन अपनी पार्टी का रखता था और उसमें ढोए गए वोटरों से ऐन वक्त पर दूसरी पार्टी की बात कह देता था। मैंने तो पाया है कि भितरघातियों की यह प्रजाति बढ़ती ही जा रही है। कहीं ऐसा न हो कि ऐसा समय आए कि वफादारों से इनकी संख्या बढ़ जाए। आजकल हर चुनाव के साथ भितरघात के नए-नए तरीके ईजाद हो रहे हैं। समर्थन के वेश में विरोध का विचित्र संचार देखते ही बनता है। देखन में छोटे लगें, घाव करें गंभीर वाली कहावत भितरघातियों के दोहों में ही चरितार्थ होती है।

हमारे महासचिव भी मेरे सधे हुए तीरों के शिकार हुए। चुनाव में उनकी भारी पराजय हुई। यह राजनीति में मेरी प्रथम बड़ी विजय थी।

□

मेरा फोटो महान्

✍ शिवानंद कामड़े

हमने भी खूब कैमराकारिता की। अच्छे-अच्छों की उतारकर धर दी हमने। जिसको आप कहते हैं चमचागिरी, वह भी पूरी तन्मयता से की। खूब आगे पीछे घूमे—कैमरा लटकाए, मुँह लटकाए, कंधे झुकाए। गले से लेकर गोली तक के फोटो खींचे और बेहिसाब खींचे। आज की राजनीति में टाँग और फोटो खींचने व खिंचवाने के अलावा होता ही क्या है?

कैमरा न होता तो आप नंगे घूमते। किसे दिखाते अपनी तसवीर और किसे करते ब्लैकमेल? कहाँ से लाते प्रूफ और किसकी उतारते आरती? यदि ये कैमरा न होता तो सच कहूँ, आज गांधी को लोग भूल जाते। हम कैसे मान लें कि आप गांधी की बात कर रहे हैं? क्या सबूत है आपके पास? एक गांधी के अनेक अर्थ निकल आते। वह तो कहो कि कैमरे ने हमारी नाक रख ली, वरना हर गांधी को आप 'महात्मा' बताते। सभी खादीधारी नेता बन जाते। जरा सोचिए, कैमरा न होता तो पुलिस थाने की दीवारों की क्या हालत होती?…अपराधियों की जगह वहाँ हमारी-तुम्हारी तसवीरें लटकी होतीं या हम खुद ही लटके होते।

यह तो कैमरा ही था जिसने बताया कि आप कृपया मुँह छुपा लो, क्योंकि देश का बँटवारा होने वाला है। समझदार नेताओं ने यही किया। बँटवारे के वक्त शर्म के मारे अपने मुँह छिपा लिये। जिन्होंने मुँह नहीं छिपाए, उन्हें पाकिस्तान भेज दिया—तुम उधर जाओ…अबे तू कहाँ जा रहा है उधर…इधर आ, तू तो अमुक धर्म का है न…तो उधर काहे को जाता, इधर रह। सारा देश धर्म, जाति व सांप्रदायिकता के खेमे में बँट गया। कैमरे ने सबको कैमराबंद कर लिया। कुछ लोगों को कैमरे की यह हरकत अच्छी नहीं लगी। उन्होंने कैमरे पर हमला कर दिया। रील तोड़नी

चाही, मगर कैमरा साफ बच निकला।

आज वे ही लोग बताते फिरते हैं, ''ये रहे हमारे दादाजी। आजादी की लड़ाई में ये देखिए, लाठियाँ खा रहे हैं।'' कैमरे के इन फोटुओं से उन्होंने भरपूर फायदा लिया। कुछ का कहना है कि कैमराकारिता एक अपराध है। उसे सजा मिलनी चाहिए! क्यों? क्योंकि कैमरा कभी झूठ नहीं बोलता। हमेशा सच की खाल खींचता है। सुंदर को सुंदर कहता है, उसे 'सुंदरजी' कभी नहीं कहेगा।

कैमरा कैमरा होता है, वह किसी नेता के सिर की कोई काली-सफेद टोपी नहीं कि आज इसके सिर तो कल उसके कदमों में। कैमरा कोई मतपेटी भी नहीं, जिसमें सौ करोड़ जनता डाल दें तो हजार-दो हजार नेता निकल आएँ। इस कैमरे के बगैर नेता जिंदा नहीं रह सकता। इसी पिंजरे में उसकी आत्मा कैद होती है। उनका संपूर्ण व्यक्तित्व कैमरामय होता है। यदि वे शपथ भी लेंगे तो कैमराना अंदाज में। फीता काटेंगे तो कैमरात्मक ढंग से। मुसकराएँगे तो कैमरांटिक तरीके से।

''यार, हमारा एक कैमराता हुआ फोटू तो खींचो।'' अभी-अभी वे लोकसभा के लिए चुने गए थे।

''यस सर।''

''और देखो, फोटो की प्रिंट अच्छी होनी चाहिए। एकदम फस्स क्लास।''

''सर।''

''माला चढ़ाने लायक फोटो होगी।''

देश का प्रिंट चाहे बने या बिगड़े, आपका प्रिंट बढ़िया होना चाहिए।

पिछले दिनों यही हुआ। देश की तसवीर बिगड़ती गई, आपकी निखरती चली गई। आपने अपने फोटो को देश का फोटो माना। अपने घर के एलबम को देश की प्रगति का एलबम समझ बैठे। आपने अपनी खुशी को देश की खुशहाली माना। हर तसवीर में आप—अपने आप में एक नया हिंदुस्तान समेटे।

हर कोण में आप—हर जगह आप-ही-आप।

विमान से उतरते हुए, सीढ़ियाँ चढ़ते हुए, कभी हाथ हिलाते, कभी मुँह, कहीं पलकें झुकाते, कहीं नजरें चुराते—फोटो-ही-फोटो—आप-ही-आप।

मेरा फोटो महान्।

यह देखिए दूसरा एलबम।

तोप की सलामी लेते हुए, उसका कमीशन लेते हुए, जनता को संबोधित करते हुए, संबोधित होते हुए। लक्षद्वीप में लक्ष्यहीन, दिशाहीन छुट्टियाँ बिताते हुए, वहाँ की व्हेल मछली से बतियाते हुए। यहाँ की जमीन का कोई प्वॉइंट नहीं छोड़ा आपने। सब जगह आप कैमरास्थ हुए, कैमरासीन हुए, कैमरासन हुए। आपकी कृपा से हमने

टी.वी. के स्क्रीन पर आसनों की विभिन्न मुद्राएँ देखीं। वरना हम तो भूल ही गए थे कि इक्कीसवीं सदी के मशीनी युग में ये मयूरासन क्या होता है ? और वकासन क्या बला है ? क्यों हंसाजी ? ठीक कह रहा हूँ कि नहीं ? कैमरे का आविष्कार इन्हीं दिनों के लिए तो हुआ है। यही दिन देखने थे कैमरे को, आपको, देश को।

कैमरा-प्रधान हो गया अपना यह देश। प्रगति के नाम पर ढेरों कैमरे चमक उठते हैं। कितनी सुंदर-सुंदर, प्यारी-प्यारी, रंग-बिरंगी तसवीरें दी हैं आपने इस देश को। कहाँ से खींची यार, ऐसी तसवीरें ? भारत महोत्सव की हैं। करोड़ों खर्च किए थे भाई साहब महज इस तसवीरबाजी के लिए।

सचमुच आप महान् हैं जी। यदि आप न होते तो ये कैमरा क्या करते ? आपकी अदाओं से ही तो इनका पेट चल रहा है। आप हो भी तो कितने स्मार्ट! आप सचमुच धन्य हैं, कैमरा-पुरुष हैं। आप न होते तो कैमरा टी.वी. को क्या मुँह दिखाता ? समाचारों का 'मेकअप' करने का, मुसकराने का मौका कहाँ से मिलता ? किसे देखकर कैमरा अपना कोण बदलता, लेंस बदलता, पोज़ीशन बदलता ? अरे, कहने दो अपोजीशनवालों को। उनकी परवाह करता कौन है ? आपने कैमरे को एक नई दृष्टि दी, देश को मौलिक सृष्टि दी, देश की प्रगति के लिए टी.वी. को कैमरे का महत्त्व बतलाया। कितने व्यस्त रहे आप कैमरे के लिए ! व्यस्त-से-व्यस्त क्षणों में भी आप कैमरे को भूल न पाए। अंतिम क्षण (राजनीति के) तक आप कैमरे के आगे किसी वीर योद्धा की तरह डटे रहे। हर धड़कन आपके लिए ही थी और आपकी हर धड़कन भारत के लिए।

आप कितने समर्पित थे देश के लिए, देश के कैमरे के लिए! सच तो यह है कि कैमरे को भी आपसे लगाव हो गया था। न आप कैमरे को छोड़ रहे थे और न कैमरा आपको। आप देश को खींच रहे थे, कैमरा आपकी खींच रहा था फोटो। पता नहीं कौन, कब, किससे जुदा हो जाए। राजनीति एक घोंसला है कैमरे के वृक्ष का और आप एक पंछी। न जाने कब यह चमन उजड़ जाए।

साथियो, इस देश की जनता का मैं शुक्रगुजार हूँ कि उन्होंने मुझे इस देश के साथ चंद तसवीरें खिंचवाने की इजाजत दी। देश को इन तसवीरों के अलावा मैंने कुछ भी नहीं दिया। इसलिए मैं यहाँ से इन तसवीरों के अलावा कुछ भी नहीं ले जाऊँगा, फुरसत के समय इत्मीनान से बैठकर इन तसवीरों को देखूँगा। शायद हिंदुस्तान की असली तसवीरें आपके इस एलबम में हों। हो सकता है, इस पवित्र देश—हिंदुस्तान, भारत, इंडिया, नेहरू, गांधी और इंदिराजी की इस पावन पुण्य धरती—को समझने में ये तसवीरें मेरी मदद करें।

धन्यवाद। जयहिंद! □

खुले बाजार में सहमा वसंत

✍ शीलकांत पाठक

आज जब हम विश्व बाजार के खुले छाते तले खड़े होने की तैयारी में लगे हुए हैं, हमें वसंत को विद्यापति, सेनापति या बिहारी की आँखों से नहीं, अमेरिकी दृष्टिकोण से देखना है। धन, धाक (सत्ता) और बाजार के युग में फाकेमस्त कवियों के वसंत, ढाक (पलायन) और बहार का क्या काम! समाजवाद की तरह अनुत्पादक वसंत को अबेंडन करके अमेरिकी जलवायु को लाने की भगीरथ कोशिश में जुट जाना चाहिए। फिर भी आइए, देखें कि ऋतुराज वसंत के अपने शहर में कैसे बुरे हाल हैं!

वसंत को शहरी आबोहवा सूट नहीं करती और वह अपने शहर में बीमार चल रहे हैं। वे भटके हुए प्रवासी पक्षी की तरह 'रोज गार्डन' में उतरे थे; लेकिन वहाँ उन्हें अपने चिरसाथी आम्रकुंज, आम्रबौर, पिककूजन, भ्रमरगान, पलास तरु तथा रतिगंध नहीं मिले। पिककूजन के स्थान पर कागों ने उनका स्वागत किया। भ्रमर के स्थान पर मक्खियों ने शहरी बाग को गुंजायमान कर रखा था तथा रात ढले विकृत रतिगंध की भभक से वे परेशान हो उठे। और जब उनके प्रिय कवि विद्यापति द्वारा वर्णित दक्खिन वायु (अपने शहर के संदर्भ में दक्षिण की ओर) चली तो डिस्टिलरी की सड़ाँध से वे मर्माहत हो गए।

उन्हें क्या मालूम कि हम शहरवासी तो उनके आगमन की सूचना इसी सड़ाँध से पाते हैं, क्योंकि तब शहर वासंती हवा के साथ आए मादक झोंकों से मदमस्त होने लगता है। टी.वी. पर आए सरकारी विज्ञापनों ने बता रखा है कि एक सिगरेट पीनेवाले के बगल में बैठा व्यक्ति आधी सिगरेट 'फ्री सप्लाइड धुएँ' से पी जाता

है। डिस्टिलरी से आती हुई हवाएँ हमें क्या पिला रही हैं, इसपर शासन ने जनता का ज्ञानवर्धन करने की जरूरत अभी तक नहीं समझी है।

शहर में तो बस एक ही मौसम रहता है—महँगाई का। दूसरे सब मौसम इसके चटक रंगों के आगे फीके हैं। वसंत पहचानने की बात पर याद आता है पहले शहर में सड़कों के बीचोबीच गड़ाया गया एरंड का तना वसंत के आगमन की औपचारिक सूचना देता था। यह एरंड का तना मोहल्ले के दादाओं की विजय पताका-सा सड़क के बीचोबीच गड़ा रहता और आठ फीट के गोल टापू पर होली तक दादाओं का स्वत्वाधिकार रहता। आज ऐसा लगता है कि मानो उस तने पर आर.टी.ओ. की कूटभाषा में लिखा रहता था—'विधायक तना', 'प्रेस तना', 'स्टुडेंट तना' या 'पोलिस' वैसे ही जैसे आज ये सम्माननीय जन अपने वाहनों पर लिखे रखते हैं और आर.टी.ओ., कोड-वर्ड्स के इन संकेतों को पहचान जाते हैं तथा चेकिंग कर 'आ बैल, मुझे मार' का मौका नहीं देते।

शहर में स्वस्थ रहने के लिए तेज-तर्रार कसरती शरीर चाहिए, ठीक गरमी की ऋतु की तरह। वसंत तो बहुत सुकुमार ऋतु है। वह सेनापति, बिहारी और विद्यापति के काव्यों में ही सुरक्षित है। आज तो बाग में, गलियों में, सड़कों पर सब तरफ वसंत नहीं, धूल और गंदगी बिखरी पड़ी है। आव्रजक वसंत सही रास्ते पर, गाँव की ओर उड़ जाना चाहता है; क्योंकि उसे दिगंत तक फैले सरसों के पीले-पीले खेत, गाँव की अमराई, गाँव के उन्मुक्त जीवन, परिवेश और होमवर्क से फ्री गाँव के ऊधमी बच्चे—यह सब बहुत पसंद हैं। उसे यह भी मालूम है कि वहीं वह पूर्ण यौवन प्राप्त कर सकेगा और किसी नए बिहारी या सेनापति के काव्य का बिंब बन सकेगा। शहर में तो कविगण निगेटिव काव्य रचना करते हैं कि यहाँ वसंत का क्या काम या 'बीमार वसंत' या 'पूँजीवादी वसंत'।

लेकिन वसंत से बढ़कर समाजवादी ऋतु और कोई नहीं। ऋतुओं में गरमी डिक्टेटरशिप का प्रतीक है, शीत फासिज्म का, वर्षा भारत की देशनीति के समान ढुलमुल कभी इधर तो कभी उधर। परंतु वसंत पक्का समाजवादी है। वह रस और छटा बिखेरने में कोई भेदभाव नहीं करता। वह गुलाब और बेशरम के पुष्पों को समान प्रेमभाव से पोषित करता है। वह उदार आर्थिक नीति के 'ट्रिकलिंग' सिद्धांत पर भरोसा नहीं करता कि गुलाब (अमीर) खिला दो, बेशरम (गरीब) अपने आप ही खिल जाएँगे। लेकिन सेटेलाइट टाउनशिप के कारण अब गाँव दूर हो गए हैं और यात्राएँ महँगी। महँगाई के कारण बेचारे गाँववाले अपने ही प्राण मुश्किल से बचा पा रहे हैं; वे वसंत को भला अपने साथ क्योंकर और कैसे ले जाएँगे?

उपर्युक्त विवरणों से स्पष्ट है कि ऋतुराज वसंत चीते या शेर की तरह ही एक विलुप्त ऋतु (प्रजाति) होती जा रही है और टाइगर प्रोजेक्ट की तरह ही विश्व बैंक की सहायता से एवं अमेरिका के मार्गदर्शन में इसका संरक्षण अति आवश्यक है। विश्व का सर्वाधिक उन्नत देश अमेरिका एवं उसकी समाजसेवी संस्थाएँ इन कामों में भारतीय बंधुओं (पपेट्स) का बड़ा हाथ बँटाती हैं तन, मन और धन से। भारतीय विशिष्टताओं को पहले वे विलुप्त करने में सहायता देती हैं, फिर उसके संरक्षण में भी मददगार होती हैं।

तो अभी वसंत गाँव के लिए कूच कर भी नहीं पाया था कि हमें एक निमंत्रण पत्र मिला 'अमेरिकी सहयोग से आयोजित वसंत दर्शन'—शहर से 'ड्राइविंग डिस्टेंस' पर, 'फुल्ली एयरकंडीशंड, ग्रीन हाउस इफेक्ट' सहित, साथ में ग्रेंड गेला सेलेक्शन—१. मिस्टर वसंत, २. मिस वसंत, ३. मिस्टर एंड मिसेज वसंत, ४. बाबा वसंत; नीचे लिखा था—आयोजक 'मि. केपचर क्राउन', अमेरिकी निवेशक एवं भारतीय वसंत के अमेरिकी संरक्षणकर्ता तथा आगे अमेरिकी वसंतोत्सव के अंतर्गत भारत में अमेरिकी प्रायोजक।

भारत-गौरव से गौरवान्वित प्रायोजित मिस वर्ल्ड एवं मिस यूनिवर्स को क्लोजअप, पेप्सीकोला इत्यादि के विज्ञापनों में काम करते देख हमने तसल्ली कर ली कि प्रतियोगिता में जीतनेवाले मिस्टर एवं मिस वसंत से अमेरिकी परफ्यूम्स के विज्ञापनों में काम करवाया जाएगा तो हमने प्रतियोगिता में भाग लेने का इरादा छोड़ दिया।

समारोह का उद्घाटन 'मास्टर ऑफ ऑल (बट जैक ऑफ नन)' सर्वप्रिय नेताजी ने किया; उन्होंने कहा कि अब भारत को वसंत क्रांति की जरूरत है और इसके लिए एक प्रतिनिधिमंडल उनके नेतृत्व में शीघ्र ही अमेरिका की यात्रा करेगा। सम्मानित अमेरिकी निवेशक ने भारतीय वसंत को 'वर्ल्ड पेटेंट ऑर्गेनाइजेशन' में पहले पेटेंट करवाने पर जोर दिया, ताकि उसकी शुद्धता बरकरार रह सके और अमेरिका उसमें मुक्तहस्त से मदद कर सके। मदद यानी बाजार की भाषा में इन्वेस्टमेंट।

अमेरिकी निवेशकों ने भारत सरकार के साथ निम्न अनुबंधों पर हस्ताक्षर किए—

१. अमेरिकी तकनीक से वर्ष भर वसंत का मौसम बनाए रखने के लिए अमेरिकी फूलों, तितलियों एवं भौंरों का आयात किया जाएगा। जिनसे ऐसी हाइब्रिड नस्ल विकसित की जाएगी जो भारत में इन फूलों का रस पी-पीकर मोटे होते जाएँगे।

२. अमेरिकी पिकों को इन वसंती उद्यानों में रखा जाएगा, ताकि पता लगे कि भारतीय वसंत उन्हें कितना भाता है। ये पिक मेक्सिको एवं दूसरे विकासशील देशों से लाए जाएँगे, जहाँ का वसंत अब इन्हें अच्छा नहीं लग रहा है।

वसंत के संबंध में शहर की जागरूक नागरिक समिति ने भी निम्न प्रस्ताव पास किए हैं और शासन के पास विचारार्थ भेजा है—

१. वसंत के प्रथम दिन शासकीय छुट्टी की घोषणा की जाए, ताकि जनसामान्य को वसंत के आगमन का औपचारिक पता चल सके।
२. वसंत शहर से काफी दूरी पर आता है, अतः रिआयती दरों पर एक्सकर्शन टूर की व्यवस्था की जाए।
३. वसंत ऋतु में आनेवाली दक्खिनी वायु को अमेरिकी परफ्यूमों से सुगंधित किया जाए, ताकि शहर के छोर पर बनी डिस्टिलरी की सड़ाँध दब जाए। इसके लिए परफ्यूमों का आयात किया जाए।

छुट्टी हो या न हो, मैं तो फिलहाल शहर के सुदूर उत्तर में स्थित गाँव में जाकर ऋतुराज वसंत के दर्शन का कार्यक्रम बनाने में व्यस्त हूँ।

□

स्पीड ब्रेकर

✍ संजीव बख्शी

जितना आवश्यक शादीशुदा स्त्री के लिए गहना पहनना होता है उतना ही किसी सड़क के लिए जरूरी होता है उसपर स्पीड ब्रेकर का होना। जैसे गहना पहननेवाली स्त्री जरूरी नहीं कि नवयौवना हो, सुंदर हो, नई-नवेली शादीवाली हो वैसे ही सड़क चाहे सीधी-सपाट हो या ऊबड़-खाबड़, उसपर स्पीड ब्रेकर शोभायमान किया जा सकता है। सड़क बनाते समय यह सोचना आवश्यक नहीं होता कि उसे कहाँ बनाएँ। अकसर सड़क वहाँ नहीं बनती जहाँ अधिक लोग उसपर चलते हों, बल्कि वहाँ बनती है जहाँ अधिक लोग मजदूरी करते हों। सड़क कहीं भी बना सकते हैं, पर स्पीड ब्रेकर कहीं भी नहीं बना सकते। स्पीड ब्रेकर बनाना है तो पहले सड़क बनाओ। जिस गाँव के सामने स्पीड ब्रेकर नहीं वहाँ का मुखिया अपने को अभागा और निरीह समझता है। बिना 'एप्रोच' वाला समझने लगता है। सड़क को ही एप्रोच कहते हैं, उन्हें कई बार बताया गया; पर वे नहीं मानते। सपाट सड़क देख-देखकर रोज उनका दिल जलता है। एक लाइनवाला ही बना दें। जिनके यहाँ एक लाइनवाला है, वे दो लाइनवाले के लिए लगे रहते हैं। आठ-आठ लाइनवाले भी बनाए जाते हैं, पर इसके लिए सबसे संबंध बनाकर रखना पड़ता है, थोड़ी सी चूक हुई कि दो लाइन कम।

एक गाँव के सामने पूरे ग्रामीणों की भीड़ लगी थी—स्पीड ब्रेकर बनाया जा रहा था। मैंने एक को बुलाकर पूछा, "क्या बनवा रहे हैं?"

उसने बताया, " 'स्परीट ब्रेकर' बनवा रहे हैं।" कितना सही जवाब था। मुझे तो तुरंत उसे पी-एच.डी. देने की इच्छा हुई; पर एक गाँववाले ने बताया कि

गाँव में आठ-दस पी-एच.डी. पहले से हैं। मैंने इरादा बदल दिया। मैंने उससे पूछा, ''यहाँ प्राथमिक स्कूल है ?''

वह बोला, ''हाँ है।'' उसने बताया, ''यहाँ हाई स्कूल भी है, कॉलेज भी है, बस स्पीड ब्रेकर की कमी थी।''

उसके कहने के अंदाज से मुझे ऐसा महसूस हुआ कि पढ़-लिखकर सब शहर न चले जाएँ, इसलिए बाड़ लगा रहे हैं। मैं देख रहा था कि पूरे गाँव के बच्चे-बूढ़े-जवान स्पीड ब्रेकर बनवाने में भिड़े हुए थे। छोटे बच्चे इसी स्थान पर ईंट-पत्थर रखकर हर साल गणेशजी रखने हेतु चंदा माँगते थे, आज उनका खुश होना स्वाभाविक था।

स्पीड ब्रेकर की उत्पत्ति किसी एक्सीडेंट से होती है, उसका समापन भी किसी एक्सीडेंट से होता है। ठीक हम इनसानों की तरह। कई बार शांति-व्यवस्था कायम रखने में यह रामबाण दवा की तरह कामयाब हुई है। अकसर सड़क एक्सीडेंट के प्रकरणों में आनन-फानन गाँववाले इकट्ठे हो जाते हैं। एक्सीडेंट होने के बाद सबसे पहले वहाँ चक्का जाम करवा दिया जाता है। इसकी खबर सुन शहर से एक-दो नेता अगुवा बनने के लिए आ जाते हैं और धरना, भूख-हड़ताल शुरू कर देते हैं। प्रशासन की ओर से जब पहल की जाती है तो धरना देनेवालों की प्रमुख माँग वहाँ के गुरुजी व पटवारी का अन्यत्र स्थानांतरण तथा एक तालाब निर्माण की होती है। उन्हें जब याद दिलाया जाता है कि वे एक्सीडेंट होने के कारण धरना पर बैठे हैं तो स्पीड ब्रेकर बनाने के आश्वासन पर धरना समाप्त हो जाता है। स्पीड ब्रेकर को गाँववाले लक्ष्मण रेखा खींचने जैसा महत्त्व दिया करते हैं और मान लेते हैं कि आज से कोई एक्सीडेंट नहीं होगा।

राजनीतिज्ञ चुनाव के समय स्पीड ब्रेकर बनवाकर गाँव के लोगों को पूर्ण सुरक्षा की गारंटी दे देते हैं। शुरू-शुरू में गाँववाले इसे कोई स्मारक होना समझ लेते हैं—रोज गोबर से लीपना, फूल-पान डालना प्रारंभ हो जाता है।

बहरहाल स्पीड ब्रेकर के कुछ अन्य महत्त्वपूर्ण फायदे भी हैं। गाँव भर के कुत्ते स्पीड ब्रेकर की आड़ में बड़े आराम से नींद ले पाते हैं। गाँववाले इन कुत्तों के रात भर भौंकने से परेशान रहते थे, अब सुखी हैं।

मेरे घर के सामने भी एक स्पीड ब्रेकर है। मोहल्ले भर के कुत्ते यहाँ आश्रय पाते हैं। शहर में इनका एरिया वार्ड वाइज होता है। लोग स्वभावत: स्पीड ब्रेकर के आजू-बाजू से निकल जाते हैं। स्पीड ब्रेकर के संबंध में कोई भी कानून बना दीजिए, कोई व्यवस्था लागू कर दीजिए, आजू-बाजू से निकलने की प्रवृत्ति दिखने

लगती है। पान थूकने के डिब्बे के आजू-बाजू लाल-लाल मॉडर्न आर्ट इसके प्रत्यक्ष प्रमाण हैं। आजू-बाजू से निकलनेवालों में उसके हिमायती लोग भी होते हैं, जिनके अथक प्रयास से यह बन पाया था। स्पीड ब्रेकर को बनवाने का वे अकसर दावा करते थे, पर दुर्भाग्य कि वे बाजू से निकल जाते हैं।

मेरे घर के सामनेवाले स्पीड ब्रेकर के पास ही एक पान का ठेला भी है। कोई भी नया आदमी इस मोहल्ले में आता है, उसे इस स्पीड ब्रेकर का और इसकी संस्कृति का ज्ञान नहीं होता, इसलिए उसके ऊपर से चला आता है। पूरे मोहल्ले को इस घटना की जानकारी हो जाती है कि कोई नया आदमी मोहल्ले में आया है। तमाम कुत्ते उस व्यक्ति को भौंक-भौंककर काफी दूर तक दौड़ाते हैं। पानवाला पान लगाते-लगाते कहता है, 'जानता नहीं, यहाँ स्पीड ब्रेकर है! नया आदमी लगता है।' कुत्ते दौड़ाकर वापस लौटते हैं। उनकी मुख-मुद्रा चुनाव जीतकर लौटे उम्मीदवार जैसी होती है। फिर ब्रेकर की आड़ में सो जाते हैं। मेरी सोच अपनी तरह की है। जहाँ तक हो सके, कायदा-कानून से चलना चाहता हूँ। जाहिर है, स्पीड ब्रेकर बनाया इसलिए गया है कि उसके ऊपर से चला जावे। मैं जब भी स्पीड ब्रेकर के पास पहुँचता हूँ, मेरा सिद्धांतवादी खयाल सामने आ जाता है। मैं आजू-बाजू न जाते हुए सीधे स्पीड ब्रेकर के ऊपर से निकल जाता हूँ। कई बार कुत्तों ने मुझे दौड़ाया, पानवाले ने समझाया, पर सिद्धांत तो सिद्धांत है। लोग आजादी की लड़ाई लड़े, अंग्रेजों से नहीं डरे, उनके सामने नहीं झुके और मैं कुत्तों से डरकर अपना सिद्धांत छोड़ दूँ, कुत्तों के सामने झुक जाऊँ, यह नहीं हो सकता। अब मोहल्लेवाले यह जान लेते हैं कि या तो कोई नया आदमी आया है या सिद्धांतवादी साहब आए हैं।

आज मैं आश्चर्यचकित भी हूँ, चिंतित भी हूँ, कुछ सोच नहीं पा रहा हूँ। शायद आप मेरी मदद कर सकें। आज मैं हमेशा की तरह स्पीड ब्रेकर के ऊपर से गुजरा, पर न कुत्तों ने दौड़ाया, न पानवाले ने ध्यान दिया।

□

पब्लिक स्कूल में सरस्वती-पूजन

✍ सिद्धार्थ कुमार श्रीवास्तव

हम आजाद हो गए। अंग्रेज चले गए, अंग्रेजी रह गई। हर सुंदर चीज अंग्रेजी हो गई। चाहे वह आदमी का चौखटा हो या फूल। गुलाब, केवड़ा, हरसिंगार तथा बेला, चमेली—सब 'इंग्लिश फ्लावर' हो गए। टपरा होटल कैबरे डांस करवाकर फाइव स्टार होटल हो गए। साले सब 'ब्रदर इन लॉ' हो गए। ससुर भले दामादों की गाली खाते रहे, परंतु कहलाते 'फादर इन लॉ' हैं। दहेज के लेन-देन में सब निर्भय हैं, मगर हर रिश्ते के साथ लॉ जुड़ गया है।

हुआ यह कि 'इंटरनेशनल लैंग्वेज' हमारी नेशनल लैंग्वेज बनने लगी है। आज भी लोग रोब गालिब करने के लिए टूटी-फूटी अंग्रेजी बोलते हैं। इसमें वे गर्व महसूस करते हैं। 'हमारा लेरका पब्लिक स्कूल में परता है' कहनेवाले एक बंगाली बाबू का सीना बिना फुलाए इतना फूल गया कि फट गया। उसमें टाँके लगवाने पड़े।

धड़ाधड़ अंग्रेजी स्कूल खुलने लगे। 'देशी स्कूलों' में बच्चे चटाई लेकर घर से स्कूल जाने लगे। अंग्रेजी स्कूलों में विदेशी पैसों से लेंटर पड़ने लगे। हिंदी स्कूलों के कबेलू आँधी में उड़ने लगे। गोया अंग्रेजी हिंदी पर हाबी होने लगी। 'वसंत पंचमी' आई। एक अंग्रेजी स्कूल में अंग्रेजी की तर्ज पर सरस्वती-पूजन संपन्न हुआ। अंग्रेजीदाँ भारतीयों के बच्चों ने बड़ी धूमधाम से माता सरस्वती का पूजन किया। एक झलक आप भी देखिए।

कमरा बंदनवारों से सजा है। आयताकार ढंग की अंग्रेजी झंडियाँ रस्सियों से लटक रही हैं। त्रिभुजाकार झंडियाँ देशी स्टाइल की कहलाती हैं, इस कारण नहीं

लगाई गईं। दीवारों पर बड़ी-बड़ी पेंटिंग्स लगी हैं। एक चित्र में महारानी विक्टोरिया का स्थूल शरीर दरशाया गया है; दूसरी चौखट के चित्र में 'प्रिंस एडवर्ड' झूल रहे हैं। कमरे में अगरबत्तियाँ जल रही हैं, पर उनमें 'जस्मीन' तथा 'ड्रीम फ्लावर' की सुगंध आ रही है। रात की रानी यानी 'क्वीन ऑफ नाइट' की कुछ डालियाँ 'शारुश्वोतीजी' के स्टेच्यू के सामने पड़ी हैं। शारुश्वोतीजी के सामने 'डायस' (भाषण मंच) रखा है। इसका सहारा लेकर हेड मिस्ट्रेस मिस पाटलिपुत्रा बॉयस एंड गर्ल्स को भाषण यानी लेक्चर देने वाली हैं।

मिसेज रजनी रॉबर्ट (बंगाली अंग्रेज) जोर-जोर से बच्चों को आदेश देने का प्रयत्न कर रही हैं, "चिल्ड्रेन एंड बेबीज, तुम शांत रहो। हमारा हेड मिस्ट्रेस आना माँगता है।"

सभी लगभग शांत हो गए हैं। इसी बीच कमरे में हेड मिस्ट्रेस पाटलिपुत्रा ने प्रवेश किया। सब बच्चे व मिस्ट्रेस उठकर खड़े हो जाते हैं। बच्चों की भीड़ से गुजरते वक्त उन्हें अभिवादन किया गया है। कुछ बच्चे 'हैप्पी न्यू ईयर मैडम' कहते हैं; क्योंकि एक माह पहले जनवरी माह बीत गया है। हेड मिस्ट्रेस एक लाइट स्माइल फेंकते हुए अपने बैठने के स्थल को प्रोसीड करती हैं।

उनके रिवॉल्विंग चेयर पर बैठते ही उन्होंने एकदम एक विहंगम दृष्टिपात करते हुए सभी को आशीर्वाद का संकेत किया। उनके बैठते ही रूपरेखा के अनुसार कार्यक्रम को आगे बढ़ाया जा रहा है। कुछ छात्राओं के द्वारा सरस्वती वंदना का सरल अंग्रेजी अनुवाद कुछ इस प्रकार गाया गया—

'बौर डे, बाइना बौडिनी बौर डे।
प्राइड सुतंत्र रौब अमरीट मौंत्र नौव
भारत में बौर डे।'

एक साथ सभी तालियाँ बज उठीं।

"वेरी गुड, वेरी गुड, टुम बोति अच्छा गाटा हाय।" हेड मिस्ट्रेस ने शाबासी दी। आगे वे बोलीं, "आइसा अच्छा चिल्ड्रेन हमारा इस्कूल में परता है, हमकू नईं मालूम था।"

अब वे खड़ी हो चुकी थीं। आयोजिका मिसेज रजनी रॉबर्ट ने पहले माइक को तीन बार फूँका और फिर 'हलो', 'हलो' कहा। फिर माइक को ऊँचा किया। एक तीखी खड़खड़ाहट के बाद सूँ-सूँ की आवाज लगातार ध्वनि-विस्तारक से निकलने लगी। उन्होंने फिर फूँका। अबकी बार साँप की फुफकार की तरह डरावनी

ध्वनि वातावरण में फैल गई। माइक में पुनः मिसेज रजनी रॉबर्ट ने धारावाहिक रूप में बोलने का उपक्रम किया—

"अब हम निवेडन करटा हाय कि हमरा प्राचार्य मदर शारुश्वोती का पूजा कौरे अउर हमरा कार्यकरम को सूफल बनाने हेतू चार शबद बोले।"

हेड मिस्ट्रेस के हाथों में जलती हुई आरती की थाली पकड़ाई जाती है। उन्होंने भारतीय ढंग से आरती की, फिर 'शारुश्वोतीजी' के गले में माला पहनाई। तत्पश्चात् उन्होंने छात्र-छात्राओं को संबोधित करते हुए कुल दो शब्द कहे—

"माई चिल्ड्रेन, टुडे वी आर सेलिब्रेटिंग शारुश्वोती पूजा कार्यकरम। यू नो अबाउट शारुश्वोती डेवी। शी गिब्ज अस ब्रेन। ऐवरी बॉडी हैज गाट हिज ब्रेन इन हिज हेड। समवन हैज गॉट लेस एंड समवन हैज गॉट मोर। आई मीन यो ही डेवी डिमाग का बोटवारा करती हाय। तुम डिमाग से क्या करती हाय?"

सब चिल्ड्रेन—"हम पढ़ती हाय।" कोरस का स्वर दसों दिशाओं में प्रतिध्वनित हो उठता है।

"बिलकुल ठीक! पढ़ता ही हाय। कोऊ के.जी. पढ़ता हाय, कोऊ-कोऊ स्टैंडर्ड वन पढ़ता हाय। स्टैंडर्ड नाइन करके टुम स्टैंडर्ड नाइन टेन में जाटा हाय। स्टैंडर्ड टेन करके बाड में टुम सीनियर कैंब्रिज करटा हाय। फारदर क्लासेस को पढ़ने कू टुम किडर जाटा हाय?"

सभी छात्र चीखे—"फॉरेन जाटा हाय। फादर का पइसा से इंग्लैंड जाएगा।" कई अंग्रेज भारतीयों ने हाँक लगाई।

"ब्रेन का डेवी क्या ड्रेस पहिनटा हाय, टुमको मालूम हाय कि नेई? जैसा तुम नीला हाफ पेंट व्हाइट शर्ट एंड नेक-टाई अऊर चप्पल पहिनटा हाय वैसे ही शारुश्वोती डेवी व्हाइट साड़ी, व्हाइट क्राउन एंड व्हाइट ब्लाउज पहिनटा हाय। शी राइडस ऑन व्हाइट डक। डक को क्या बोलटा हाय? वो बत्तख-बत्तख। आज का डिन स्प्रिंग सीजन का डिन हाय। इंग्लैंड में यो ही फ्लावरिंग सीजन होटा हाय। इन डिनों वो स्कूल से रन करके गार्डन इनसाइड बैठटा था। देयर ही रोड सो मैनी ब्यूटीफुल सांग्स। वो भौट ही अच्छा लिखटा था। हैव यू हर्ड विलियम वर्ड्सबर्थ नेम माई बॉयस।

"अउर एक इंपार्टेंट थिंग आई हैव टिल नाउ फारगॉटन। वो हाथ में गिटार के माफिक जो इंस्ट्रूमेंट डेखटा हाय उसको हिंडुस्टान में सिटार बोलटा हाय। शी हैंडिल्स इट वैरी नाइसली, उसको वो कभी-कभी बजाता भी हाय।

"डिड यू ऐवर हर्ड सिटार माई चिल्ड्रेन। कभी सुना तुमने?"

"नो मैडम, वी हैव नैवर हर्ड। हमकू डेवी डिखा ही नहीं।" बालक-बालिकाओं ने मुग्ध कंठ से अनभिज्ञता जाहिर की।

"आई विल ट्राई टू लिसन यू दैट होली साउंड।

"हायर एडूकेशन लेने से टुमको क्या-क्या फायडा होता है ? हमकू बताओ।" मिसेज हेडमिस्ट्रेस टाइम पास करने और बच्चों को उलझाए रखने की दृष्टि से बात को आगे बढ़ाती हैं।

बच्चे—"हमकू अच्छा सर्विस मिलटा हाय। नंबर टू, हमारा हाई फैमिली में रिलेशन होटा हाय अउर नंबर थ्री, हमकूँ इंपोर्टेड गाड़ी फादर से मिलता हाय।" अंग्रेजनुमा छात्र-छात्रा समवेत स्वर में उत्तर देते हैं।

"ऑफकोर्स, ऑफकोर्स टुमको यो ही मिलेगा। इसी वास्टे आई टोल्ड यू दी इंपोर्टेंस ऑफ शारुश्वोती डेवी।"

इस प्रकार हेड मिस्ट्रेस द्वारा शारुश्वोती पूजा पर अध्यक्षीय भाषण समाप्त होता है। तत्पश्चात् सभी छात्र एवं छात्राओं में 'बटर' लगी केक का वितरण किया जाता है। अंडा लगे अग्रभाग को चाटते हुए सभी 'स्टुडेंट' अपने-अपने घरों को प्रस्थान करते हैं। वे रास्ते भर भाषण के अंतर्गत की गई बातों को दोहराते जाते हैं। सभी की आँखों में उच्च भावना-ग्रंथि का उदय हो चुका है। उनकी आँखों में अंग्रेजी सल्तनत के रंगीन सपने अब तक तैर रहे हैं। वे सुनिश्चित और सुखद भविष्य की ओर एकटक निहार रहे हैं। उन्हें हिंदी स्कूलों में पढ़नेवाले साथी-पड़ोसी बच्चे आदम और हव्वा की तरह काले और बौने लग रहे हैं। धन्य है आभिजात्य वर्ग शिक्षा जगत्, धन्य है आजाद भारत में वर्ष-दर-वर्ष बढ़ती अंग्रेजीपरस्ती। ईश्वर हमारी 'लायनेस' और 'लायनों' को सद्‌बुद्धि दे। हमारे 'रोटरी क्लब' हमारी भारतीय संस्कृति को डबल रोटी और केक की संस्कृति बनाने से रुक जाए। 'इनरव्हील' कितना इनर है, यह तो वक्त ही बतलाएगा। फिलहाल तो देश में आउटर व्हील ही तेजी से घूम रहा है।

□

बेचारा दूल्हा

✍ सुरजीत नवदीप

दूल्हा जैसा बेबस और आदमी कोई दूसरा नहीं होता। यह हमारी संस्कृति का अभिन्न अंग है। सृष्टि के विकास में इसका योगदान महत्त्वपूर्ण है। परिवार के विकास को यह गति देता है। वैसे विवाह करना या होना एक दुर्घटना है। अधिकतम लोग इसके शिकार हुए बिना नहीं रह सकते। शिकार होना एक आनंदोत्सव है। बुजुर्ग लोग कहते हैं—जो विवाह करेगा वह भी पछताएगा, जो न करेगा वह भी पछताएगा। जैसे कोई कह रहा हो—यह मुंबई की मिठाई है, जो खाएगा वह भी पछताएगा, जो न खाएगा वह भी पछताएगा। दूल्हे के लिए दोनों स्थितियों में घाटा-ही-घाटा है।

यह दूल्हा नामक प्राणी बड़ा ही आदरणीय व शोचनीय उस समय होता है जब वह घोड़ी पर बैठा हुआ बारात के आगे, बैंडवालों के पीछे मंथर गति से चलता है। बारातियों में से कुछ उत्साही नौजवान या उसके कुछ प्रिय दोस्त अथवा डिस्को संस्कृति की फूल-फल रही पौध फिल्मी स्टाइल में दूल्हे के आगे नाचते-नाचते चौराहे पर भीड़ इकट्ठी करते, लोगों का मार्ग अवरुद्ध करते अपने बाराती होने का अहसास कराते चलते हैं। यह दृश्य देखने योग्य होता है। नाचकर दूल्हे को तथा उसके रिश्तेदारों को मूर्ख बनाने का मूर्खोत्सव होता है। कुछ लोग इसे मन की प्रसन्नता समझ लेते हैं, जबकि अनजाने में रचा गया यह एक 'सड़क नाटक' होता है। जिन्हें मंच पर 'डांस' करने का अवसर नहीं मिलता, वे बारात में उछल-कूद कर अपनी भड़ास निकाल लेते हैं। प्रश्न उठता है कि दूल्हे को घोड़ी पर क्यों बैठाया जाता है। इसके दो उत्तर हैं—पहला तो यह कि जीवन में कम-से-कम एक

बार हर गधे को घोड़े पर सवार होने का सौभाग्य प्राप्त हो। दूसरा उत्तर यह है कि विवाह के आजन्म बंधन में गा-बजाकर जिसे समाज बाँधने जाता है उसे एक अवसर भी दिया जाता है। यह अवसर होता है उसे एक अदद घोड़ी मुहैया कराने का—इस अघोषित ताकीद के साथ कि अब भी मौका है, भाग सकता है तो घोड़ी पर बैठकर भाग निकल। दूल्हा समझता है, उसका यार उसकी शादी की खुशी में नाच रहा है। मैं सोचता हूँ कि वह ऐसा क्यों नहीं मानता कि लोग उसे मूर्ख बना रहे हैं। शादी में पहले बैंड बजता है, बाद में जिंदगी भर 'हसबैंड' बजता है। पत्नी नचाती है, वह नाचता है। वह बजाती है, वह बजता है। वह उठाती है, वह जागता है। वह हाथ में झोला थमा जाती है, वह दूल्हा नामक जीव राशन की लाइन में लग जाता है। वह बच्चों को जन्म देती है, वह खिलाता है। बच्चा रोता है, वह चुप कराता है। वह घोड़ा बनता है, वह सवार। वह रोटी बनाती है और वह बरतन माँजता है। यदि उसका मूड ठीक रहा तो मीठी चाय, वरना फीकी। किसी दिन नमक कम तो कभी ज्यादा। किसी दिन मिर्च-ही-मिर्च, किसी दिन मिर्च का पता नहीं। दूल्हे राजा, और करेगा शादी? ये मुंबई की मिठाई है, खाएगा तो पछताएगा, नहीं खाएगा तो पछताएगा।

यह दूल्हा घोड़ी पर बैठता नहीं, बिठाया जाता है। बैठना उसकी मजबूरी है। जिंदगी में यह एक ही अवसर आता है जब उसे घोड़ी पर बैठा हुआ देखा जा सकता है। यही उसके जीवन की पहली व अंतिम गलती होती है। घोड़ी के इशारे पर ही दूल्हे को चलना होता है। यह बात अलग है कि घोड़ी को बारात के लिए साधा जाता है, जबकि दूल्हे को नहीं। इस मामले में वह नया व अनाड़ी होता है। जैसा जिसने कहा वैसा उसने मान लिया। बाराती नाच रहे हैं। घोड़ी खड़ी है। दूल्हा रुका है। सूर्य ठीक सिर के ऊपर है, गरमी-ही-गरमी है, लोग पसीने में नहा रहे हैं। दूल्हा सूट-बूट पहने है। अंदर पसीने की हजारों धाराएँ बह रही हैं। पसीने से तन, मन सब भीग गया है। सेहरा बँधा होने के कारण हवा लौट जाती है। चेहरे का 'मेकअप' पसीने में धुल गया है। पानी पर पानी पिए जा रहा है। लोग उस निरीह प्राणी को देखकर उसके भावी जीवन की सुखद कामनाएँ कर रहे हैं; पर इस समय तो दूल्हे राजा अर्धमूर्च्छितावस्था में हैं। दिन में भी तारे दिख रहे हैं। वह सोच रहा है—शादी के पहले जब यह हाल है तो बाद में क्या होगा? वह कुछ कह नहीं सकता, क्योंकि बोलना उसके लिए मना है। उसे रूमाल दिया गया है। उसे मुँह के आगे रखे और मौन रहे। वैसे भी जो शहीद होने जा रहा है, उसे बोलने का मौका कहाँ दिया जाता है। शहीदी की यह सनातन परंपरा रही है। बलिदान होनेवाला

चुपचाप बलिदान हो जाता है—समाज के लिए, परिवार के लिए, यार-दोस्तों की मुहब्बत के लिए; लेकिन वह कुछ बोलता नहीं, क्योंकि बोलना परंपरा के विपरीत है। और हम ऐसी परंपरा को निभाना गौरव समझते हैं। इसी परंपरा के कारण दूल्हा मौन अंदर-ही-अंदर रोता है, पछताता है; किंतु ऊपर से मुसकराता है, दूसरे लोग गाते हैं, नाचते हैं। दुल्हन की विदाई-वेला आ गई है। सात फेरे लगाकर बहुत बड़े फेर में पहले ही पड़ चुका है। डोली के नाम पर कार में बिठाकर दुल्हन को अपने घर की ओर ले जाने का समय आ गया है। किसी शरारती मित्र की रिश्वत पर बैंडवालों ने पुरानी धुन बजा दी—

'दिल में छुपाकर प्यार का तूफान ले चले,
लो हम आज अपनी मौत का सामान ले चले।'

□

नहिं असत्य सम सुख जग माही

✍ स्नेहलता पाठक

समय बहुत बलवान होता है। समय बदलता है तो सामाजिक मान्यताएँ अपने आप पुरानी केंचुल छोड़ देती हैं। सतयुग में सत्य, शील, सदाचार, सन्मार्ग और सुमति—ये पाँच बातें मानव जीवन का आधार थीं। आज की स्थिति ठीक इसके विपरीत है। आज असत्य ही जीवन के लिए टॉनिक का काम करता है। जो असत्य की महिमा से परिचित नहीं हो पाते उनका जीवन निस्सार हो जाता है। आज असत्य अपने पूरे शबाब पर है। संत कबीर और गोस्वामी तुलसीदास ने तो कई सौ वर्ष पहले ही असत्य के जलवे का आभास करा दिया था और कहा था कि जो भी इसके चक्कर में आएगा, माया उसे नहीं छोड़ेगी। कबीर की भविष्यवाणी शत-प्रतिशत सच निकली। असत्य के क्षणिक आनंद में डूबे आदमी की स्थिति कुछ इस तरह हो गई है—

'न खुदा ही मिला न विसाले सनम
न इधर के रहे न उधर के रहे।'

कबीर और तुलसी के समय तो शायद एक ही माया रही होगी, पर आज न जाने कितनी मायाएँ हाथ में फंदा लेकर घूम रही हैं। शायद इसीलिए इन दिनों हमारे देश में असत्य की खेती खूब फल-फूल रही है। इससे उपजनेवाले फल-फूलों को खाकर हमारे नेताओं की मान्यताएँ चार्वाक दर्शन में आकंठ डूब गई हैं।

'वह चाल चल कि उम्र खुशी से कटे तेरी, जहाँ से मिले ले उधार
खूब खा-पी, मौज कर, क्या जाता है जेब से तेरी।'

वैसे देखा जाए तो हमारे देश के नेता उच्च कोटि के चिंतकों में माने जाते

हैं। सत्य के मार्ग पर चलनेवाले भगवान् बुद्ध, भगवान् राम, सत्यवादी राजा हरिश्चंद्र, सत्यप्रिय युधिष्ठिर, महात्मा गांधी आदि की दुर्गति देखकर वे समझ गए थे कि सुखी जीवन के लिए सत्य किसी काम का नहीं है। इसीलिए शुरू से ही वे सत्य से बचते रहे। वे इस बात को अच्छी तरह जान गए थे कि जीवन का सुख भोगना है तो असत्य ही काम आएगा। दिन-रात आँख मूँदकर असत्य के पीछे भागो और मजे भोगो।

कभी-कभार धोखे से सत्य किसी बेताल की तरह नेता के कंधे पर चढ़ जाता है तो नेता कंधे उचकाकर बोलता है, ''रे मूर्ख सत्य! दूर हट, उतर जा मेरे कंधे से, मुझे क्या तुमने मूर्ख समझ रखा है? जा, मैं तेरा बोझ नहीं ढो सकता; क्योंकि जो तेरे साथ रहता है वह आज की दुनिया में विक्रमादित्य की तरह आउटडेटेड माना जाता है।'' बात बिलकुल सच है। स्वार्थ, धोखा, अकर्मण्यता और असत्य की चांडाल चौकड़ी की जादू नगरी में आज का आदमी चारों तरफ से सम्मोहित हो गया है। अत: धोखे से भी कोई नेता अपने भाषण में कह देता है, 'हम महँगाई हटाकर रहेंगे' तो सुनते ही नचनिया की तरह नैना मटकाकर महँगाई कहती है, 'ऐ भूल गए! हमीं से मजे लूटते हैं और हमीं से बेवफाई करते हैं। अरे! हमें हटाओगे तो जनता दूध-मलाई खाएगी और तुम्हें चने चबाने पड़ेंगे।' अपने दु:ख की बात सुनते ही नेता की रूह काँप जाती है और महँगाई हटाने की एजेंडावाली बात एजेंडा में ही रह जाती है।

हमें इस बात पर गर्व है कि हम बहुत समझदार और सुलझे हुए व्यक्तित्ववाले हैं। कब, कौन सी बात कहाँ बोलनी है, यह हम अच्छी तरह जानते हैं। हम यह भी जानतें हैं कि हमारे देश में सत्य को जिंदगी के शीशे में उतारकर नहीं चला जा सकता; क्योंकि सदा सच बोलना आज भी खतरे से खाली नहीं है। इसलिए हम हमेशा असत्य को सत्य में लपेटकर बोलते हैं। पहले यह लपेटीकरण का मंत्र थोड़ा कम प्रचलित था। इसका मुख्य कारण यह था कि तब अकेली माया ही सबको निपटाया करती थी। बाद में जब हम जरा ज्यादा एडवांस हो गए तब इसका चलन और ज्यादा बढ़ गया। इतना बढ़ा कि हमने विदेशों तक दौड़ लगा डाली। इस दौड़ में हर नेता अपने बड़े नेता का अनुकरण करना चाहता था। परिणामस्वरूप मिस माया का काम बढ़ गया तो उसने अपनी दो बहनों मिस घोटाला और मिस हवाला को इस धरा पर अवतरित किया। वर्षों तक हवाला और घोटाला का आनंद देश लूटता रहा। देश की गरीब माया बेचारी दूर से ही देख-देखकर ताली बजाती रही। बाद में ये भी पुरानी लगने लगी। लिहाजा वे फिर कबीर की माया महाठगिनी के पास गए और बोले, ''देखो माया, अब इन तरकीबों में भी मजा नहीं आता। देखो अमेरिका को, कहाँ से कहाँ पहुँच गया। हम ससुरे अभी तक वहीं पुरानी ताली

गंगा में डुबकी लगा रहे हैं। कुछ नए तेवर दिखाओ। लिहाजा ऑन डिमांड मिस फिक्सिंग को इंट्रोड्यूस किया गया। कहते हैं कि हर बड़ी चीज से छोटी चीज ज्यादा चतुर और दिमागवाली होती है। सो मिस फिक्सिंग ने भी धरा पर अवतरित होते ही अपने पैंतरे दिखा दिए। वह बोला—क्यों, तुमने अकेले ठेका ले रखा है क्या? देश के बाकी लोग कहाँ जाएँगे? ये शिक्षा जगत्वाले, ये सेवा का उद्योग चलानेवाले, धर्म की रक्षा करनेवाले, न्यायवाले, पुलिसवाले।" 'असारे खलु संसारे असत्यमेव सारं' बहकर वह देश के उन तमाम गरीब इलाकों में भी फैल गई जहाँ सत्य बेचारा किसी तरह अपना अस्तित्व बचाए हुए था।

कहने को हम कुछ भी कह लें, मगर इस बात से हम सभी परिचित हैं कि फिक्सिंग माया का नया रूप नहीं है। यह रूप तो पहले से ही हर जगह अपना डेरा जमाए हुए है। यह बात अलग है कि हम जानकर भी अनजान बने रहना चाहते हैं। न्यायालयों में आँख में पट्टी बाँधे महिला के हाथ में न्याय की तुला दिखाई देती है। मगर हम सब जानते हैं कि नीरक्षीरविवेक की बात तो हंस के लिए कही गई है। न्यायालयों में बैठे बगुलों और कौओं पर यह बात लागू नहीं होती। पुलिस थाने में 'सत्यमेव जयते' का बोर्ड ठीक थानेदार के सिर के ऊपर टँगा रहता है। मगर वहाँ भी फिक्सिंग की ही जय होती है। वह चोरों की तलाश में है। सवेरे समाचारपत्रों में छप जाता है कि पुलिस चोरों की तलाश में है। मार्ग कायम कर लिया गया है। मुझे अपने ऑफिस से छुट्टी लेनी होती है बीवी के साथ सिनेमा जाने के लिए, मगर हम आवेदन लिखते हैं कि सीने में दर्द होने के कारण मैं ऑफिस नहीं आ सकता। नौकरानी कहती है कि आज में अपना काम थोड़ी देर में करने आऊँगी। पड़ोसीवाली के यहाँ बारसा है। तो मैं फट से बोलती हूँ कि नहीं, पहले मेरा काम कर दे, क्योंकि मुझे बाहर जाना है। जबकि मैं अच्छी तरह जानती हूँ कि मुझे कहीं नहीं जाना है। सब्जीवाले को साढ़े पाँच रुपए देने हैं तो मेरे पर्स में पैसे हैं, मगर पचास पैसे बचाने के लिए मैं कह देती हूँ कि फुटकर नहीं है। प्राय: हर शिक्षक अपने विद्यार्थी से कहता है कि उसे एकलव्य बनकर शिक्षा हासिल करनी चाहिए। जबकि वह जानता है कि वह स्वयं कभी द्रोणाचार्य नहीं बन सकता। अकसर माँ अपने बच्चों को हिदायतें दिया करती है कि 'बेटे, अश्लील पुस्तकें नहीं पढ़नी चाहिए।' जबकि वह अच्छी तरह जानती है कि उन किताबों को पढ़े बिना रात में उसकी काया में लहर नहीं आती। इस तरह हम सुबह से शाम तक केवल झूठ बोलते हैं, झूठ के सिवाय कुछ नहीं बोलते। पता नहीं क्यों, आज हर आदमी को सच बोलने में जितनी तकलीफ होती है वह उतनी ही सहजता से असत्य बोल जाता है। शायद आज की जीवन-शैली में मानव-मूल्यों का इतना पतन हो गया है

कि सच बोलने में पसीना छूटने लगता है। सच एक शिला की भाँति छाती से उभरता है और झूठ ठुमरियों की तरह ठुमकता हुआ।

सत्य को अपनाने के लिए हमें बचपन से ही शिक्षा दी जाती है। स्कूल में मास्टरजी सिखाते हैं, घर में घुट्टी में घोलकर माँ पिलाती है। पास-पड़ोस के बड़े-बुजुर्ग (यदि पड़ोसी से संबंध अच्छे हुए तो) सच्चाई का उपदेश देते हैं। देश के नेता अपनी कथनी से सन्मार्ग पर चलने की प्रेरणा देते हैं। तब कहीं जाकर हम 'सत्यमेव जयते' को केवल पढ़ना सीख पाते हैं। उसे जीवन में उतारने का साहस हम नहीं कर पाते। ठीक इसके विपरीत, अब असत्य को जीवन में उतारने की खुलेआम शिक्षा कोई नहीं देता, न ही उसके लिए प्रशिक्षण संस्थान खोले गए हैं। फिर भी हम इस चलन में इतने माहिर कैसे हो गए? आश्चर्य की बात है! 'बिन पगु चले सुने बिनु काना' की लीला हमने ईश्वर के लिए ही पढ़ी है। मगर असत्य के मामले में आदमी ईश्वर से भी आगे निकल गया। दीवार पर लिखी सूक्तियों को, पुस्तकों में दिए अनमोल वचनों को हम बदल नहीं सके। लिखने को तो आज भी यही लिखा जाता है कि 'सदा सच बोलो, चोरी मत करो, दूसरों को पीड़ा मत दो।' मगर अपने आचरण में से हमने इन तमाम बातों को दूध की मक्खी की तरह जो निकाल फेंका है तो फिर पीछे मुड़कर नहीं देखा कि असत्य बोलने की कला में हम कितने आगे बढ़ गए हैं।

लिहाजा आज के जमाने में सभी असत्य के उपासक हैं। नेता से लेकर अभिनेता तक, मंत्री से लेकर संतरी तक, भ्रष्टाचारी से लेकर व्यापारी तक, शिक्षक से लेकर शिक्षार्थी तक, बाप से लेकर बेटा तक। बाकी बचा झूठ, घर के ड्राइंग-रूम और बेड-रूम में घुसा टी.वी. उगल रहा है। जब उसमें कहा जाता है कि भारत की प्रसिद्ध जड़ी-बूटियों से निर्मित टूथपेस्ट को अपनाइए और दाँतों की तकलीफ से छुटकारा पाइए, तो निश्चित जानिए कि वह टूथपेस्ट आपके दाँत निश्चित रूप से उखड़वा देगा। टी.वी. में विज्ञापन आता है कि मेनका छाप क्रीम लगाइए और दस दिनों में गोरी बन जाइए। मतलब यह है कि उस क्रीम के लगाते ही दस दिनों में मेनका की जगह मेढकी जरूर दिखने लगेंगी। इस तरह असत्य बोलते-बोलते हमारा मुँह इतना काला पड़ गया है कि असत्य ही सत्य लगने लगा है। हमारे यहाँ कहावत है—'झूठ बोले कौआ काटे'। हमारे देश में निन्यानबे प्रतिशत लोग असत्य बोलते हैं। मगर आज तक किसी कौए द्वारा किसी असत्य बोलनेवाले को काटते नहीं देखा। शायद उसे भी असत्य सुनने में मजा आने लगा है। इधर कौए ही अंतर्धान हो गए हैं। हजार झूठ बोलनेवालों पर एक कौआ भी उपलब्ध नहीं है। अपनी बेबसी पर कौए ही मुँह छिपा रहे हैं। □

इस संकलन के रचनाकार

१. अंतर्यामी प्रधान : कवि, व्यंग्यकार, समीक्षक और संस्कृतिकर्मी। तीन संकलन प्रकाशित। संपर्क : रावण भाठा, पिथौरा-४९३५५१।

२. अश्विनी कुमार दुबे : गंभीर और बहुआयामी व्यंग्य लेखन। चार व्यंग्य संग्रह और एक उपन्यास प्रकाशित। संपर्क : एल.आई.जी.-ई/१००, शैलेंद्र नगर, रायपुर-४९२००१।

३. ईश्वर शर्मा : पत्रकारिता और व्यंग्य लेखन की जुगलबंदी में सिद्ध। चार पुस्तकें प्रकाशित। संपर्क : महाविद्यालय मार्ग, महासमुंद-४९३४४५।

४. कस्तूरी दिनेश : अध्यापक, कवि, संस्कृतिकर्मी और वरिष्ठ व्यंग्यकार। पत्र-पत्रिकाओं में प्रखर व्यंग्य स्तंभ लेखक। चार संकलन प्रकाशित। संपर्क : रामलीला मैदान, म्यूनिसिपल स्कूल, रायगढ़।

५. काशीपुरी कुंदन : व्यंग्य के पैने नश्तर हास्य के फूलों में छिपाकर प्रस्तुत करने में प्रवीण। एक संकलन प्रकाशित। संपर्क : 'मातृच्छाया', मेला मैदान, राजिम, रायपुर।

६. केशव शुक्ल : तीन दशकों से पत्रकारिता में। पत्र-पत्रिकाओं में व्यंग्य स्तंभ लिखते रहे हैं। तीन व्यंग्य संग्रह प्रकाशित। संप्रति : समाचार संपादक, 'दैनिक भास्कर', बिलासपुर।

७. गजेंद्र तिवारी : पेशे से अधिवक्ता और प्रवृत्ति से व्यंग्यकार। तीन व्यंग्य संग्रह प्रकाशित। संपर्क : प्रमुख पथ, बागबाहरा, महासमुंद-४९३४४९।

८. गिरीश पंकज : पत्रकारिता के साथ बाल साहित्य, काव्य और व्यंग्य लेखन में सक्रिय। साहित्यिक त्रैमासिकी 'सद्भावना दर्पण' के संपादक। एक व्यंग्य उपन्यास सहित एक दर्जन पुस्तकें प्रकाशित।

९. चेतन आर्य : वरिष्ठ कवि और व्यंग्यकार। दो पुस्तकें प्रकाशित। संपर्क : बसंती निवास, सुभाष नगर, महासमुंद-४९३४४५।

१०. जब्बार ढाँकवाला : कवि, निबंधकार और व्यंग्यकार। गृह नगर रायपुर। चार पुस्तकें प्रकाशित। भारतीय प्रशासनिक सेवा में। संपर्क : ई-११५/४०, शिवाजी नगर,

भोपाल-४६२०१६।

११. जी.एस. रामपल्लीकार : आदिवासी कल्याण विभाग में वरिष्ठ अधिकारी के पद से सेवानिवृत्ति के बाद पत्र-पत्रिकाओं, आकाशवाणी तथा दूरदर्शन के नियमित लेखन। संपर्क : १६/७१५, 'समाधान', तात्यापारा चौक, रायपुर-४९२००१।

१२. त्रिभुवन पांडेय : वरिष्ठ व्यंग्यकार और समीक्षक, पत्र-पत्रिकाओं में व्यंग्य स्तंभ लेखन। एक उपन्यास सहित तीन संकलन प्रकाशित।

१३. पी.के. श्रीवास्तव : वरिष्ठ प्राध्यापक। पत्र-पत्रिकाओं में व्यंग्य लेखन। दो संकलन प्रकाशित। संपर्क : ई-४७, इंजीनियरिंग कॉलेज कॉलोनी, रायपुर-४९२०१०।

१४. प्रदीप मेहता : वरिष्ठ व्यंग्य लेखक। बैंक के प्रबंधक पद से स्वैच्छिक सेवानिवृत्ति लेकर स्वतंत्र लेखन। पाँच संकलन प्रकाशित। संपर्क : रजब अपार्टमेंट, फरिश्ता नर्सिंग होम के पास, सिविल लाइंस, रायपुर-४९२००१।

१५. प्रभाकर चौबे : 'दैनिक देशबंधु' के चर्चित व्यंग्य स्तंभ 'हँसते हैं, रोते हैं' का पिछले तीन दशकों से नियमित लेखन। सांध्य दैनिक 'हाई वे चैनल' के संपादक। तीन संकलन प्रकाशित। संपर्क : ८७, नगर निगम कॉलोनी, रायपुर-४९२०१०।

१६. बिमलचंद्र गुप्ता : पत्रकारिता और स्वतंत्र लेखन के पश्चात् भारतीय प्रसारण सेवा में। व्यंग्य लेखन के प्रति सचेत रुझान। संप्रति : केंद्र निदेशक, दूरदर्शन, शंकर नगर, रायपुर-४९२००१।

१७. महावीर अग्रवाल : अध्यापन और संपादन के साथ बहुविध साहित्य सृजन। समीक्षा, नाट्य, कथा और व्यंग्य की सोलह पुस्तकें प्रकाशित। संपर्क : ए-१४, आदर्श नगर, दुर्ग-४९१००३।

१८. रमेश चंद्र महरोत्रा : पं. रविशंकर शुक्ल विश्वविद्यालय के भाषा-विज्ञान विभाग के पूर्व अध्यक्ष। ललित-निबंध, काव्य, जीवन-निर्माण, दर्शन, भाषा-विज्ञान एवं व्यंग्य लेखन में लगभग पाँच दशकों से सक्रिय। पचास से अधिक पुस्तकों के लेखक-संपादक। संपर्क : शांति नगर, डगनिया, रायपुर-४९२०१०।

१९. रमेश नैयर : 'दैनिक भास्कर', 'द हितवाद' और 'संडे ऑब्जर्वर' का संपादन। एक व्यंग्य संग्रह सहित लगभग एक दर्जन पुस्तकों के लेखक, संपादक, अनुवादक। संपर्क : १५२-ए, समता कॉलोनी, रायपुर-४९२०१०।

२०. रवि श्रीवास्तव : कवि, कहानीकार, समीक्षक और व्यंग्यकार। दो पुस्तकें प्रकाशित। संपर्क : २० बी, सड़क-३०, सेक्टर-१०, भिलाई नगर ४९०००६।

२१. रामेश्वर वैष्णव : हिंदी एवं छत्तीसगढ़ी में हास्य-व्यंग्य लेखन। मंचीय हास्य कवि के रूप में भी प्रतिष्ठित। आठ व्यंग्य संग्रह प्रकाशित। संपर्क : ४३/६९९, प्रोफेसर कॉलोनी, मैया तालाब पश्चिम, रायपुर-४९२००१।

२२. लतीफ घोंघी : चार दशकों से निरंतर स्तरीय व्यंग्य लेखन। अनेक रचनाएँ विदेशी भाषाओं में अनूदित। तीन दर्जन से अधिक व्यंग्य संग्रह प्रकाशित। संपर्क :

रूबी-९, कॉलेज रोड, महासमुंद-४९३४४५।

२३. विनोद शंकर शुक्ल : पत्रकारिता में अध्यापन और तीन दशकों से अधिक समय से व्यंग्य लेखन में सक्रिय। 'व्यंग्यशती' और 'अग्रदूत' के विशेषांकों का संपादन। चार व्यंग्य संग्रह प्रकाशित। संपर्क : ३५, 'संस्कृति', मेघ मार्किट के सामने, बूढ़ापारा, रायपुर-४९२००१।

२४. विनोद साव : अनेक पत्र-पत्रिकाओं में व्यंग्य स्तंभ लेखन। चार संकलन प्रकाशित। एक व्यंग्य उपन्यास पुरस्कृत। संपर्क : मुक्ति नगर, दुर्ग-४९१००१।

२५. शरद कोठारी : वरिष्ठ पत्रकार, कवि, चिंतक और व्यंग्यकार। सात पुस्तकें प्रकाशित। संप्रति : प्रधान संपादक, 'दैनिक सवेरा संकेत', राजनांदगाँव।

२६. शिवानंद कामड़े : साहित्य और संस्कृति के क्षेत्र में सक्रिय। पत्र-पत्रिकाओं में व्यंग्य लेखन। दो संकलन प्रकाशित। संपर्क : शासकीय पोलिटेक्नीक, दुर्ग-४९१००३।

२७. शीलकांत पाठक : कवि, निबंधकार और व्यंग्य लेखक। पत्रकारिता में भी सक्रिय। संपर्क : ४/६, सुंदर नगर, रायपुर-४९२०१३।

२८. संजीव बख्शी : वरिष्ठ प्रशासनिक अधिकारी। काव्य और व्यंग्य लेखन में विशेष रुझान। चार पुस्तकें प्रकाशित। संपर्क : आर-५, अवंती विहार-II, रायपुर-४९२००१।

२९. सिद्धार्थकुमार श्रीवास्तव : हिंदी प्रशिक्षण अधिकारों, पत्र-पत्रिकाओं में नियमित लेखन। तीन संग्रह प्रकाशित। संपर्क : श्याम नगर, पोस्ट रविग्राम, रायपुर-४९२००१।

३०. सुरजीत नवदीप : कवि-सम्मेलनों के प्रभावी संचालक और हास्य-व्यंग्य कवि के रूप में प्रतिष्ठित। दो काव्य संग्रह प्रकाशित। समाचारपत्रों में व्यंग्य स्तंभ लेखन। संपर्क : सुंदरगंज वार्ड, धमतरी-४९३७७३।

३१. स्नेहलता पाठक : वरिष्ठ प्राध्यापक, समीक्षक और व्यंग्यकार। छह पुस्तकें प्रकाशित। संपर्क : मेसनेट-४४, सेक्टर-१, शंकर नगर, रायपुर-४९२००१।

□□□